生态文化视域下的 广西民间文学研究

刘亲荣◎著

辽宁大学出版社
Liaoning University Press

图书在版编目（CIP）数据

生态文化视域下的广西民间文学研究/刘亲荣著
. --沈阳：辽宁大学出版社，2023.1
    ISBN 978-7-5698-1086-8

    Ⅰ.①生… Ⅱ.①刘… Ⅲ.①民间文学－文学研究－
广西 Ⅳ.①I207.7

    中国版本图书馆 CIP 数据核字（2023）第 004909 号

生态文化视域下的广西民间文学研究
SHENGTAI WENHUA SHIYU XIA DE GUANGXI MINJIAN WENXUE YANJIU

出 版 者：辽宁大学出版社有限责任公司
　　　　　　（地址：沈阳市皇姑区崇山中路 66 号　邮政编码：110036）
印 刷 者：沈阳海世达印务有限公司
发 行 者：辽宁大学出版社有限责任公司
幅面尺寸：170mm×240mm
印　　张：14.75
字　　数：290 千字
出版时间：2023 年 1 月第 1 版
印刷时间：2023 年 1 月第 1 次印刷
责任编辑：张　茜
封面设计：韩　实
责任校对：郝雪娇

书　　号：ISBN 978-7-5698-1086-8
定　　价：88.00 元

联系电话：024-86864613
邮购热线：024-86830665
网　　址：http://press.lnu.edu.cn

前言

　　广西地处我国南疆，在这片土地上居住着壮、汉、瑶、苗、侗、京等 12 个民族，在千百年的发展历程中，各民族形成了自己独特的民族文化，同时，各民族的相互交融、多元文化的碰撞，形成了多民族共有的、具有广西地方特色的绮丽的文化现象和璀璨的民间文学。广西民间文学内容丰富，形式多样，对了解和认识南疆少数民族的历史、思想、宗教、思维、文化、语言等具有重要意义。例如，布洛陀神话、盘古神话、雷王神话、盘瓠神话涉及族源与迁徙传说，包括瑶族族源与迁徙传说、仡佬族族源与迁徙传说以及其他民族族源与迁徙传说，对了解各民族的形成以及原始宗教思想，具有很重要的意义，其丰富多彩的动植物故事，既表达了童话情趣主题、生活和理想，也表现了一定的民族精神和品格。广西民间文学中还有很多内容在多个民族文学中存在着普遍性，这些民间文学对了解民族交融具有重要意义。

　　本书以生态文化视域下的广西民间文学为切入点，对广西民间文学进行了多角度的解读，全书共分为七章，第一章为生态文化概述，对生态文化的概念、特征、功能及生态文化的历史演进进行了阐述；第二章为生态文化视域下的民间文学解析，论述了民间文学的概念、特征、主要类型和主题，并进一步分析了其社会功能和生态研究；第三章为广西民间文学的发展与传承保护，先对广西民间文学的生态文化环境进行论析，接下来就广西民间文学的历史发展阶段和传承保护问题进行了论述；第四章为多姿多彩的广西民间文学文化形态及艺术特点，分别就广西民间歌谣、广西民间神话、广西民间故事、广西民间传说、广西民间谚语、广西民间戏曲及其艺术特点进行了详细阐释；第五章分析了广西民间文学的审美文化意蕴；第六章阐述了广西民间文学体现的民族文化精神及生态观；第七章对广西民间文学的文化心态、美学意境及哲学思想进行了深入探讨。

　　本书在撰写过程中参考了一些专家、学者的相关研究成果和著作，在此对他们表示衷心的感谢。由于时间仓促，水平有限，不足和缺陷之处在所难免，恳切希望广大读者、专家批评指正。

目 录

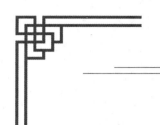

第一章　生态文化概述

第一节　生态文化相关概念的界定

一、生态的内涵

理解生态内涵须从生态学入手。生态学这一概念最早是由 19 世纪中叶德国学者海克尔提出来的。他认为，生态是生物之于环境的关系，生态学就是一种研究生物及其周围环境相互关系的科学。海克尔提出的生态概念还限定在自然的生物圈中，缺少人类行为的视域，这便制约了它的发展深度及广度，当时人们也没有足够重视它所揭示的规律。随着工业革命的推进，世界人口剧增，社会生产力大大提高，人类活动的强度日益加大，环境污染、生态破坏问题日益严重，到 20 世纪六七十年代，经济发展与人口、资源、环境之间的矛盾极其紧张。上述形势的变化，使生态问题引起了世人的普遍关注，生态的内涵和外延也都发生了变化。如今，生态学已经渗透到各个领域，被广泛运用到其他自然科学、人文社会科学等学科中，"生态"一词涉及的范畴也越来越广，其内涵已超出生物与环境关系的范围，并与其他学科相融合，如城市生态、生态伦理、生态经济等，而且生态的内涵还被赋予了很多美好的寓意，如生态食品指健康的、无污染的食品。总的来看，生态的内涵是随着人类实践的不断深入和拓展而逐渐演变的。今天，人们常用生态来定义许多美好的事物，如健康的、美的、和谐的等事物均可冠以生态来修饰，如生态环境、生态文明、生态哲学、生态政治、生态经济、生态文化、生态社会、生态伦理、生态科技、生态消费、生态食品等。

二、文化与生态

人类为了满足自己物质生活和精神生活的需要，必须在实践领域和观念领域用不同的方式掌握外部自然，这些方式都是人为的方式。用这些方式掌握自然生态本质就是文化的创造。但是，为了按人类的方式掌握外部自然，使之成为人的现实的生活要素和基础，必须同时对人自身的存在进行加工和改造，使人自身的自然存在成为人的存在。因此，文化不仅是外部自然的"人化"，还是人自身自然的"人化"。人使自身自然"人化"是使自身之外的自然"人化"的前提。文化本来就包括关于人自身的教化、教养、陶冶、修养,使人脱离单纯的自然状态,成为具有文化品质和文化创造力的文化存在物的意义。文化是历史凝结成的生存方式。

人作为文化创造的主体,必须是文化的载体、承担者,具有文化的素质和能力,并用文化来表现自己的生活,规范自己的行为。人具有理性,人的理性表现在人的能动思维上。就文化作为人的能力或本质力量来说,乃是人对自己的自然存在和自然本性进行加工、改造、充实和完善的结果。人作为直接的自然存在物,具有本能的自然机能,但作为社会文化存在物,人的行为并不是本能的自然机能的直接表现,而是在长期的社会交往中形成的。

人生活和活动于具有文化性质和内涵的社会关系中,逐渐扬弃了单纯由本能的自然机能所制约的行为方式,形成了处理各种"人的关系",符合社会公共秩序的行为规范、行为准则的行为方式。这些规范和规则体现在人的社会经济、政治、伦理动态关系之中。与这些动态关系相适应的行为,就是现实的符合人的规定性的行为,即具有文化的性质和内涵的行为。这正是作为社会文化存在物的人的一种正常存在状态。这种符合人的规定性的行为不属于自发的自然生命活动,而是一种体现人的本质力量、社会习俗、生活时尚与人自身的自然属性相统一的文化行为。

文化不是自然发展的过程和自然过程的结果,而是人的创造活动以及这种创造活动的产物。文化的创造绝不是与自然无关或脱离自然的,"文化根植于由人的生存发展需要所决定的人与自然之间双向适应的关系,根植于人为了满足生存发展需要所必须实现的人与自然之间双向适应的能力,表现为指向自然而且主动地发挥这种能力的多种活动及其结果"①。从文化的本质来讲,文化是人类普遍必然的生存发展方式,最初的、从动物界分离出来的人,在一切本质方面是和动物一样不自由的;但是,文化上的每一次进步,都是迈向自由的一步。在社会文化的世界中,人们创造了丰富多彩的物质生活和精神生活,创造了多种多样的生产方式和生活方式,还相应地形成了作为社会生活方式的规范化、稳定性的社会经济制度、政治制度、伦理规范等。

在长期的生产和生活实践中,人们逐渐意识到只有依赖与掌握自然、实现人

---

① 胡筝.生态文化:生态实践与生态理性交汇处的文化批判 [M].北京:中国社会科学出版社,2006:10.

与自然之间的双向适应才能保证自己的生存与发展，实现文化的延续。人的生存与发展应该是可持续的，作为人的生存发展方式的文化也应是可持续的，这意味着人与自然之间有可持续的双向适应的关系。自然是人类可持续生存与发展的对象性基础，也是人类可持续生产和创造文化的对象性基础。

文化是实现人与自然之间双向适应的根本方式，当人的活动不适应自然的时候，就会产生和造成异己的反文化结果，这种结果既破坏文化生产和创造的自然对象性基础，又危及文化生产和创造的主体性基础，从而会从根本上破坏人与自然的双向适应关系和本质的统一。这样就会产生文化的"危机"和人类持续生存与发展的危机。文化危机可以简单地界定为特定时代的主导型文化模式的失范。也就是说，当一种人们习以为常的、赖以生存的文化模式或人们自觉信奉的文化精神不再能有效地规范个体的行为和社会的运行，开始被人们普遍地怀疑和批判，同时一种新的文化特质或文化要素开始介入人的行为实践，并同原有的文化模式和文化观念形成冲突时，就可以理解为这种主导型文化模式陷入了危机。

在自然基础上创造人类文化价值需要特别注意两个方面。一是人类活动不能损害地球的基本生态过程。自然界的许多价值具有不可替代的性质，失去这些价值人类将无法生存。例如，绿色植物的光合作用以及由植物光合作用开始的生态系统的物质循环、转化和再生。这个过程是维持地球生命生存的条件，是人类创造文化价值的基础和前提。二是保护脆弱的生态系统。湿地、荒野等脆弱的生态系统表面看来对人类无太大作用，但其对整个生态系统的稳定是必不可少的。可以认为，人类文化发展到了今天，自然价值已经渗透于所有文化价值，自然价值是一切人类文化价值的基础。当我们从文化的角度思考生态环境问题时，就能够领悟到生态环境问题是人类文化发展到一定阶段必然产生的。也就是说，生态环境问题是人类文化发展的必然产物，要消除生态环境对人类生产生活的影响，就必须构建新的文化。

三、生态文化的概念

从广义来讲，生态文化可以理解为"人类新的生存方式，即人与自然和谐发展的生存方式"[①]。人类创造了文化，文化是人的生存方式，人类在文化的作用下可以改造对象世界、改造自身。工业社会条件下的文化是工业文化——人类中心

---

① 余谋昌.生态文明论[M].北京：中央编译出版社，2010：10.

主义文化，工业文化是人征服自然、统治自然的生存方式，从根本上具有反自然的性质。在工业文化的引导下，人类将大自然视为取之不尽、用之不竭的资源宝库。随着工业社会生产力水平的提高和人口数量的激增，人类不断加速占有和过度消耗自然资源，尤其是不可再生资源的数量急剧减少，造成越来越严重的资源和能源危机。同时，人类将大自然视为容量无比的天然排污池，工业化社会生产生活产生的垃圾数量庞大，垃圾降解难度加大，环境污染问题突出。传统的人类生存方式使自然价值严重透支，生态系统失衡，生态危机愈加严重，直接威胁到了人的生存环境，凸显了工业文化的狭隘。生态文化是从人统治自然的方式过渡到尊重自然、顺应自然、人与自然和谐发展的生存方式。广义的生态文化可以视为生态文明，是人类创造出来的物质财富和精神财富。

狭义的生态文化是以生态价值观为指导的社会意识形态、人类精神和社会制度[①]，是人类在重视和改善自身生存发展环境的过程中逐渐积累的生态意识，集中表现为人类社会经济与环境资源的可持续发展的生态理念和生态制度。生态文化完全按照人与自然和谐发展的价值观，建设尊重自然的文化，实现人与自然的共同繁荣，实现科学、哲学、道德、艺术和宗教发展"生态化"。除人的生态观念、生态意识以外，还有基于人的文明的生存理念发展起来的一系列有关生态环境的现代人文社会科学成果，如生态哲学、生态政治学、生态经济学、生态社会学、生态伦理学、生态美学、生态法学、生态文学等社会意识形态以及民主的社会管理制度，这些成果是生态思维对人文社会科学的渗透，是自然科学与人文社会科学的有机融合，它们相互促进，共同构成生态文化建设体系，能够使人类精神文化沿着符合生态安全的方向发展。

现阶段，生态文化的活力还未充分体现，这是因为工业文化的一些消极因素还在起作用，如不合理的思维方式、生产方式和生活方式，它们的共同作用使人与自然、人与人、人的物质世界与精神世界的矛盾在短期内难以调和。矛盾是推动事物发展的动力，也正是这些问题的存在，使在一定时间和空间内不同样态的文化相互交织、相互涤荡，不断催生新的文化元素，使人类文化加速调整和融合，形成全新的生态文化。

---

① 余谋昌.生态文明论[M].北京：中央编译出版社，2010：10.

第二节　生态文化的特征及功能

一、生态文化的特征

生态文化作为人类在特定环境下的一种文化创造，是人类在实践行为中维护生态环境、追求生态平衡的所有行为成果，涵盖人类在此过程中所形成的价值观念、思维方式等，它具有以下几个方面的基本特征。

（一）整体性与多样性的统一

生态文化是一个独立且具有自我修复能力的文化体系，其内部组成文化的诸多因素以及与外部文化因素的联系，构成一个整体，是不能被分割的。从横向上看，依次有物质层面的生态文化、制度层面的生态文化、行为层面的生态文化和精神层面的生态文化。物质层面的生态文化位于底层，是生态文化的基础；精神层面的生态文化属意识形态，位于高层；制度和行为层面的生态文化位于中间，是联结物质和精神层面生态文化的中介。从纵向上看，生态文化体系由生态文化个体、单位（团体）、地区、民族等因素和子系统组成，即不同地域、不同民族、不同风格和不同流派的生态文化，组成生态文化体系和一个生态文化共同体。显然，生态文化中任何一个因素和子系统都不是孤立的，而是作为文化体系中相互联系的一员或一环，与生态文化体系自身产生直接或间接的依存关系。另外，生态文化以生物圈或自然生态系统为研究基础，受自然的制约，因而会形成与各不相同的自然生态环境对应的各种类型的生态文化，并构成其内在整体性。还有，在现代社会中，有诸多领域及文化体系，如经济文化体系、政治文化体系、社会文化体系、精神文化体系以及生态文化体系等。在现代社会的大文化体系中，生态文化同其他文化一样，仅是现代社会大文化体系中的一个子系统。生态文化体系既是独立的、自行运转的，同时又作为一个子系统与其他文化系统一起构成现代社会大文化体系这一整体。但是，人类社会仅仅是生物圈或自然生态系统中的一个子系统，生物圈或自然生态系统包括比人类社会多得多的生命物种和种群，因而呈现出的多样性是前所未有的。

（二）和谐性与可持续性的统一

生态文化高度强调人与自然的和谐共生。生态文化既是人和自然、自然和自然、人和人、人和社会、人和自身和睦协调的真善美的文化，也是人类追求可持续发展的文化。可持续发展理论是对引领工业文明时代的传统发展理论的辩证扬弃，它可以在一定程度上缓解人类与自然界关系的失衡困境，并充分展现生态文化的基本特点。它的主旨是构建一种既满足当代人的合理欲望又不对后代人的正当需要造成伤害的发展形式，也就是一种兼顾人类基本利益及长远利益的发展形式。可以说，生态文化的主要思想是推进经济社会和环境资源的融洽相处，解决环境与发展所面临的困难，以使人类社会处于可持续发展状态。

（三）绿色性与民生性的统一

生态文化在本质上是一种绿色文化，其理念已经渗透到人们的衣食住行中，融会到人们的生产和生活中。例如，人们要求加强污染治理、重视环境保护、实行清洁生产等，这些都是绿色文化的体现。又如，越来越多的绿色食品和生活用品，越来越优雅的人居及城市的自然与社会条件以及在绿色文化的推动和影响下进行的以健康、安全和舒适为基本特点的绿色建筑、绿色包装和绿色交通等。生态文化的建设能够提高人的幸福生活指数，使人拥有丰富健康的物质生活和精神生活。从民生的角度看，没有良好的生态环境，就没有高品质的民众生活，所以说在生态文化意识指导下进行生态文明建设的过程就是提高全体公民生活质量的过程。就这一角度来看，生态文化具有民生性，就是指生态文化建设要依照科学发展观的需要，以治理民众极其关注的、直接的、实际的生态矛盾为核心，以政府驾驭、民众介入、社会支援为路线，以创设城乡兼顾、地区协作、人与自然友好的生态根本设施体制为保证，重点处理好与民众的生存平安、生活保障、人生进步、居住环境、正当利益等直接相关的生态问题，力求促成保证、奉献、改观民生的生态文明发展式样。

（四）伦理性与平等性的统一

从伦理角度看，生态文化把人的道德关怀和责任延伸或扩展至动物、植物和微生物，以及包括大地、山川在内的生态系统。换句话说，即把人以外的自然存在物，上升到道德维度，用道德来看待自然万物，这就是生态的道德化和生态文化的伦理性。因此，在生态文化的叙述中不仅要牵涉与调和人和人的关系，还要牵涉和调和人和万物、人和自然的关系，要对人以外的自然存在物讲道德，要对所有的生命行善，这符合有良知的人尊重自然界生命的本性。从平等性上看，生态文化理念强调人类要把自己置于与自然界平等的位置上，人既不比其他物种高贵，也不比其他物种低贱。如果说人类比其他生命高出一筹，那就是人类的利他性，人类既懂得保护自身，又懂得爱护其他人和物；同时，还要划分不同界别，分类对待，如在人类生存界，应当实行人道主义原则，而在动物权利界，则应实行动物解放论与权利论；对人类社会、动物社会、生物社会以及生态社会这四个社会或界别要一视同仁、倍加爱护，但毕竟是不同社会规范和行为准则的四个社会或界别，因而又要有所区别和侧重。

（五）传承性与永续性的统一

从文化的演变来看，生态文化具有传承性与永续性。人类文化作为人类实践的物质和思想成果不是永远停止在某一水平上的，而是具有一个合乎规律的文化发展史。当人类社会生产生活发展到一个新的阶段，便会产生新的人与自然关系，人类文化也会在之前文化的基础上提升到一个新的高度。生态文化不是单个人所创造的抽象物，而是处于整个人类文明发展史之中，处于复杂的社会生产生活之中，是经过人们集体创造而形成的宝贵的物质财富和精神财富的总和，是对以往人类在改造自然、改造社会、改造自身的过程中所积累的一切优秀文化的继承。同时，生态文化伴随着人类社会生产发展水平的发展而发展，进一步丰富了人类文化。

一般文化要探讨和解决的是单纯的人与人之间的关系，而生态文化要探讨和解决的是人与自然之间的复杂关系。生态文化是一种涉及社会性的人与自然性的环境及其相互关系的文化，是一种与社会科学和自然科学都有关系的交叉性的先进文化。生态物质文化、生态制度文化、生态精神文化能够使人口环境与社会生产力发展相适应，使经济建设与资源、环境相协调，实现良性循环，是维持自然生态系统可持续性的关键。可以说，没有可持续的生态文化，就没有和谐的人与自然关系；没有和谐的人与自然关系，就没有可持续的生态环境；没有可持续的生态环境，就没有经济社会和人类的可持续发展。人类正是在可持续的生态环境基础上推动经济社会的可持续发展的，同时也使自身永续发展，使文化永续发展。

（六）时代性与多样性的统一

从文化的作用和表现来看，生态文化具有时代性和多样性。文化是实践基础上的人类智慧的结晶，每一个时代的文化都有其所在时代的影子。从当代人类文化的作用来看，生态文化倡导人与自然、人与社会、人与自身和谐相处的观念体系，能够缓和快速的工业化进程所造成的紧张的社会关系、生态关系，是构建新的人与自然和谐的生态化生存方式，促使人类社会由工业文明向生态文明转型的必然选择。生态文化观念决定了生态文明的创建方向和基本路径，生态文明是依赖于生态文化所建立起来的一种新的更高级的文明。因此，生态文化是 21 世纪人类正在构建的生态文明的灵魂，具有鲜明的时代特色。

生态文化的多样性是自然生态系统、社会生态系统内在丰富性的外在表现。生态文化的价值观强调尊重和保护地球上的生物多样性，强调人、自然、社会的多样性存在。不同的社会生产、生活条件下，人与自然的生态关系不同，这决定了生态文化的不同形式。生态文化反映在社会领域便是多样的生态化的语言文字、宗教信仰、思想理论、文学艺术、民居建筑、风俗习惯等。

二、生态文化的功能

构建生态文化有助于促进人类生存方式的转变，使人类的思维方式、生产方式、生活方式生态化，使生产发展、生活富裕、生态良好、社会和谐，使经济社会可持续发展。在生态文化的引领下，也能不断促进整个社会的生态文明建设。

（一）促进经济社会可持续发展

自工业革命以来，随着世界人口的不断增加，生产规模的日益扩大，生态环境的日趋脆弱，贫富差距的逐渐拉大，人类社会的发展逐渐受阻，人的生存受到威胁。人们不得不冷静地思考：工业社会的发展究竟怎样才能继续维系？人与自然的关系能否得到调节？反思工业社会的发展和人与自然的关系，既表征着人类不可能脱离自然规律的总体制约，又表征着人类对自然的演替与进化有着举足轻重的作用。实现人类社会的良性发展，人与自然的协同进化就成为人类追求的理想目标。要么谋求短期的利益，毁坏人类生存的基础；要么谋求长期的利益，维护自身生存的摇篮，这根本上取决于人类认识、改造和利用自然的理性程度。

20 世纪 60 年代，原有的"人地学说"已经扩展为关于"自然—社会—经济—人"这一符合生态系统的理论，该理论就是要在促进人与自然生态关系协调的基础上实现经济社会的可持续发展，从而更好地实现和维护人类的利益。20 世纪 80 年代，《我们共同的未来》这一报告全面阐述了人与自然生态关系、人与社会关系，明确提出了可持续发展的理念。可持续发展理念旨在实现生态环境的可持续和经济社会的可持续。它强调生态环境与经济社会的协调发展，即环境与自然资源的长期承载力对经济和社会发展具有极其重要的作用；同时，经济社会的可持续发展对改善人类生活质量与生态环境也十分重要，人与人之间、人与自然之间的关系是互利共生、协同进化和发展的。作为一种新的社会发展观念，可持续发展理念试图克服工业化以来单纯以经济增长作为衡量社会发展的唯一指标的旧模式，转向以社会的全面发展为宗旨；从以物的发展为中心转向以人的发展为中心；从追求短期的经济增长转向追求社会的可持续发展。

在可持续发展理论的影响下，发展的内涵不再囿于经济增长和技术进步，而是被理解为社会经济、政治、文化各个子系统的相互协调和促进，以及人们生活方式、心理层面与价值系统的重建，它既包含了社会各子系统横向展开具有的协调性，又包含了社会发展具有的可连续性。可持续发展的理念以人与自然关系、人与社会关系为主线，探讨人类活动的理性规则、人类活动的时空耦合、人类活动的效益评估、人与自然的演化动态、人对自然的索取与调控以及人与人之间关系的伦理规范，最终达到人与自然的高度统一，实现人与人的高度和谐。走可持续发展道路意味着需要对现代人的生存方式进行全面变革，即要对现有的思维方式、生产方式、生活方式乃至经济社会领域一切阻碍可持续发展的因素进行变革。

可持续发展的理论为生态文化的兴起奠定了理论基础，生态文化为可持续发展提供了生态化的思维方式、生产方式和生活方式。第一，生态文化内涵的思维方式是生态的，生态思维是经济社会可持续发展的内在思想基础，是从整体的视角认识客观世界。生态系统是一个有机整体，它由自然生态系统和社会生态系统组成，即"自然生态系统—社会生态系统"。除人以外的一切生命形式和自然环境构成了自然生态系统，自然生态系统是整个生态系统存在和发展的基础。人类共同建构的社会生态系统在一定程度上影响着整个生态系统进化的速度和方向。自然生态系统和社会生态系统并非简单的总和，而是有着密切的相互联系、相互作用。自然生态系统有着自身的内在价值，它为社会生态系统提供物质和能量，支撑着社会生态系统不断向前发展。社会生态系统对自然生态系统的干预使自然生态系统的进化更加有序，人类对自然价值的占有和使用应符合自然规律，人的活动不能超越生态系统的涵容能力，不能损害支持地球生命的自然系统，实现经济社会发展的同时必须要节约资源、保护环境，要在人与自然和谐的基础上达到生态可持续性、经济可持续性、社会可持续性，要达到经济效益、社会效益和生态环境效益的有机统一。第二，生态文化所倡导的生产方式和生活方式是生态的，生态化的生产方式和生活方式是经济社会可持续发展的必要外在条件。生态文化所涉及的经济学方向以生产力发展水平提升、创新驱动、宏观调控、市场规则、财富创造与积累等为基本内容，力图使生态方式成为推动经济社会发展的根本方式。生态化的生产方式倡导提高人口质量，合理调整人口结构，妥善处理人口、资源、环境之间的矛盾，把现代发展转移到提高人的素质轨道上来，提高劳动者的科学技术和文化水平，增加人力资本存量；研发生态技术和生态工艺，建设生态产业，发展生态经济、循环经济，提高自然价值转化的效率和生态环境修复的能力；将发展中注重数量指标的增大转向注重经济内含量和可持续增长能力的培养，从而形成社会系统全面进步和不断更新的持续发展能力。

生态文化所涉及的社会学方向以利益平衡、社会进步、社会公平与正义、社会和谐等为基本内容，力图使经济效益与社会效益协调统一。生态文化倡导公平的财富创造机制，能够使一切劳动、知识、技术、管理、资本的活力竞相迸发，使一切符合经济社会发展规律、符合自然生态发展规律的创造社会财富的源泉充分涌流。同时，生态文化所构建的财富分配机制能够最大限度地保证每个人公平地享有劳动所得。对因人的素质差异导致的人与人之间的不和谐关系，生态文化强调要通过教育手段去解决。通过全面开展思想道德教育、科学文化教育、审美教育、生态道德、生态文化等全方位教育，实现科学、技术、哲学、道德、伦理、艺术和宗教发展的生态化，使人的道德修养、文化水准、行为规范得到全面提高；使人类精神文化沿着符合生态安全和经济社会可持续发展的方向有序发展；使人的心理素质、思想道德、科学文化水平协调发展；使人的实践能力、社会关系、人的需要全面发展。

生态化的生活方式倡导人们低碳消费、绿色生态生活，打破了旧发展观把人视为经济动物，把人的发展等同于生活条件的改善人的局限，从人的全面现代化角度去理解经济社会的发展。经济社会的发展意味着人从体力到智力、从思维方式和价值观念到科学文化知识及道德修养各个方面的质的提升，意味着人的物质生活需要和精神生活享受的平衡，对生态环境质量的需求得到满足，人、社会与自然保持平等和谐的关系，从而使社会发展达到人与自然和谐统一，生态与经济共同繁荣。

目前，相对于全球生态危机需要解决的迫切程度来讲，人类在可持续发展上所做出的努力还远远不够。就世界范围而言，主导当代人类社会发展方向的文化依然是工业文化，社会发展片面追求经济增长，人的价值选择更加注重实用主义、物质主义，由此造成的生态问题依然严峻。因此，探讨传统文化模式的内在缺陷，研究和建设适应社会与人的和谐、健康、全面发展的生态文化，把宇宙、地球与人类，把社会经济与科技文化，把物质领域、精神领域与自然领域都置入一个动态的系统中，寻求达到整个系统的最佳选择和结果，从而实现整个经济社会的全面进步，具有重要意义。

（二）引领生态文明建设

文明与人类生成、演替、进化的脉络一致，文明是自然进化、社会发展、人类进步的结晶，是人类发展进步性的表现。文明总是以人类自我演替过程中所创造的积极成果来表现，其中，不论是物质性的成果，还是精神性的成果；不论是满足生存与发展需要的成果，还是制度性的成果；不论是人与自然生态和谐交往与转换的成果，还是人类在社会生态、精神生态的交互推进的成果，都是人类文明的展示。

生态文明作为一种系统结构，以自然生态系统为存在之根，同时，作为文化形态又是由人参与的，以系统性及结构性存在的方式推进生态文明建设。生态文化作为人的存在的根本状态以及价值观转向，并不是一种简单的文化形态，它并不限于为近代工业文化的延续，不只是与物质文化、精神文化，甚至是与政治文化、制度文化等相并行的一种文化类型。总体来看，生态文化通过人与自然交往过程中的生态意识、价值取向和社会适应，维护和增强自然生态系统的供给、调节、支持、文化四项服务功能，实现自然资源和生态环境的生态价值、经济价值、社会价值和文化价值。[①]

具体来看，生态物质文化影响着生产力诸要素的性质和水平，规定了生态物质文明的发展方向，能够引领生态物质文明建设。生态文化提倡绿色发展，即在人口资源环境科学有效配置、相互矛盾有效协调的基础上实现经济社会的可持续发展。绿色发展是对资源过快过度开发和消耗、污染高排放、高消费生活的不可持续经济增长方式的彻底否定。绿色发展提倡人类不断创新和应用生态技术，大力发展生态工艺、优化产业结构、提升生产方式生态化水平；提倡建构以绿色低碳消费为主要内容的科学的生活方式，提高生态资源的开发和使用效率，推动生态物质文明在各个领域展开，从源头上扭转生态环境恶化的趋势，形成节约资源、恢复生态和保护环境的生态空间格局，有助于全人类走上生产发展、生活富裕、生态良好的文明发展道路。

---

① 江泽慧.弘扬生态文化推进生态文明建设美丽中国 [J].今日国土，2013(1)：6-8.

　　生态制度文化为现代社会的发展确立了生态化的制度规则，能够引领生态制度文明建设。生态文化强调要将自然资源开发和消耗、生态环境损害、生态效益与经济发展、社会发展、人的发展一同纳入促使经济社会可持续发展评价体系；强调要构建生态空间开发保护制度，包括科学严格的土地保护制度、水资源管理制度、环境保护制度；强调要建立反映市场供求和资源稀缺程度、体现生态价值和代际补偿的资源有偿使用制度和生态补偿制度，健全生态环境保护责任追究制度和环境损害赔偿制度；强调要构建政府主导，企业、社会和广大民众积极参与的生态文明建设机制，扩大公民的知情权、参与权和监督权，促进生态文明建设决策的科学化、民主化。依据生态文化所确立的人与自然和谐共荣的生态法规的日益完善，必然能够加快生态制度文明建设的进程。

　　生态精神文化作为社会意识形态，能够为生态文明建设提供生态世界观、生态价值观和生态伦理观，从而引领生态精神文明建设。生态精神文化从生态哲学层面为生态文明的建设提供了生态世界观与生态价值观，以生态世界观和生态价值观为核心又延伸出了系统观、发展观、资源观、消费观、效益观、平等观、体制观、法制观。生态哲学把世界看作是"自然—人—社会"的复合生态系统，从哲学智慧层面上，深刻揭示了万物相连、包容共生，平衡相安、和谐共融、平等相宜、价值共享，永续相生、真善美圣的生态文化思想精髓，重点回答了生态系统的有机创造性和内在联系性；将人—社会—自然生态系统看作价值系统，因而要求文化价值取向应立足于人—社会—自然生态系统，从人、社会、自然的协同发展出发，选择文化发展方向，规范人的社会实践活动，确立以自然生态为基础，以生态生产为手段，以生态生活为目标的生态文明实践纲领。

　　要真正解决生态问题，实现整个生态系统的可持续发展，仅仅依靠科技的、经济的、法律的和行政的手段是不够的，还要靠道德调节手段。生态文化确立了尊重自然、顺应自然、保护自然的"天人和谐"生态伦理观念，提倡人与自然和谐发展的价值取向，推动了人类伦理道德的进一步发展，使人类道德视野由人际扩展到了由人与自然构成的整个世界，激发了人类保护生态环境的道德责任感，使自然生态为生态文明建设提供坚实的生态基础。

第三节　生态文化的历史演进

生态文化的探究虽然始于当今，但生态文化本身却具有悠久的历史。人类来自自然界，成长于自然界，发展于自然界，同自然有着密不可分的关系，也由此孕育了各种不同类型的生态文化。生态文化是由一定社会历史阶段的生产方式所决定的，包括人类怎样认知自然、运用自然资源以及怎样解决人与自然的彼此关系等。不同历史阶段、不同文明形态的生态文化对生态环境以及社会经济发展产生了巨大的影响和作用。不同时期、不同地域、不同民族所形成的生态文化，同样也经历了由初始蒙昧到逐步成熟，再到传承发展的历程。它总是随着时代更替、生产力发展和社会进步有所取舍、有所革新、有所融合，而每一时期文化的发展和变易都是适应时代经济社会发展和人类需求的产物，必然会被打上时代和民族的烙印。

一、生态文化的起源

人类与生态文化的起源和发展是同步的，在改造自然和社会的实践中，人类在最初的发展时期就开始了对人与自然关系的思考与探索。在漫长的蒙昧时期，人类以图腾等形式表达对自然现象的崇拜和畏惧。这是最早出现的人类生态文化现象。

最初，人们把动物或幻想中的动物作为图腾崇拜，例如我国传说中的"黄帝族以熊为图腾""夏族以鱼为图腾""商族以玄鸟为图腾"等。相对于动物崇拜而言，植物崇拜在农耕文化地区更为普遍，华夏民族这一称谓本身就保存着植物崇拜的文化信息。"蒂"字本意为花蒂，即植物之子房，象形字，像花蒂的全形，中间像花萼，下面下垂的部分像雌雄花蕊。当时，人们已有生殖崇拜的观念，并因植物种植的经验，如植物花蒂有包孕种子之德，因而对蒂亦产生崇拜，以为其中有生养的魔力。植物崇拜有各种各样的形式，如祭祀农作物的神灵，希望得到丰产等，这些禁忌和戒律直接规范了原始人类对植物的行为方式，起到了护育树木和山林的作用。直到今天，原始文化中的植物崇拜力量在保护一些少数民族地区的生态环境方面仍在发挥重要作用。后来，人们意识到了生物和自然现象对人类的重要意义。比如，根据近代德国哲学家黑格尔的研究，古希腊神话中有许多代表自然事物的神祇，如火神普罗米修斯、海神波塞多、太阳神阿波罗、雷雨之神宙斯以及代表天空大气和银河系的天后赫拉等，这些神祇具有一种结合的本领，可以使各种代表自然事物的神祇结合在一起，维持它们之间的统一、变换、补偿与演化。古希腊神话中这些神祇的设定和力量的变换，可以看作古代人类关于人之外的环境条件和自然系统的统一与平衡功能的一种古老的哲理。同样，在中国古代的神话里，也可以发现对各种自然力的崇拜，如火神祝融、水神河伯、海神禺强、日神东君、云神六君等。水火土气、山川河湖、日月星辰、花草树木、牛头马面等，在中国神话中都可以找到代表它们的各种神灵，并使之成为敬畏的对象，进而建立起种种自然神灵的拜物教。中国神话中所表现的种种对自然力的崇拜，实际上是古人对自身生存环境的崇拜，他们通过这种崇拜，力图保持人所依赖的自然环境的永恒。

综上所述，早期人类以图腾等形式表达的对自然现象的崇拜和畏惧，反映出了原始先民善待自然、保护自然的生态观念，具有一定生态文化因素和影响，对生态文化的形成和发展产生了重要影响。

二、生态文化的发展

保留在古代图腾等形式中关于生态文化思想的记载，还不是确定意义上的生态文化理论，只能算作生态文化的萌芽，或生态文化的前史。而新石器时代的农业文明则是促使生态思想由萌芽逐步走向成形的标志。在农业文明的生活和生产中，人类与自然界保持着直接的联系，故此农业文明产生的还是一种重视自然法则、人和自然友好相处的生态文化。农业文明时代相对应的生态文化是从未间断的一种文化，长久以来人们为了适应生存和发展的需要，创造的多样性农业生产和丰富的农业生态文化，是各国劳动人民几千年生产生活经验积淀的结晶，凝聚着各个民族的智慧，并以不同形式延续下来。因此，种植业的产生，标志着人类从蒙昧时期进入了古代文明时期。它意味着人类从自然文化时代过渡到了人文化时代。相对于蒙昧时期，农业文明重人伦和人事，这种文化崇尚"天地人和""阴阳调和""天人合一"的观念，把热爱土地和保护自然融入了这些观念中。例如，种植制度、耕作制度、栽培制度都制定了关于环境保护的有关规定，表明生态文化思想在当时已经形成。

古代原始社会和农业文明朴素的生态文化，对生态环境和社会发展发挥了积极的推动作用，而植根于机械论世界观的西方工业文明，由于对人与自然关系的曲解，其对自然的控制和改造过程，变成了将自然资源转换为资本增值的无休止的欲望和对自然的破坏和掠夺，造成了人与自然之间的生态矛盾，从而使人类面临各种生态灾难和环境危机。对此，人类经过重新思考，认为人与自然之间生态矛盾的解决，不仅需要发展自然科学技术，还要开发哲学和人文社会科学，由此更多地去揭示人的社会属性与自然属性之间的关系，旨在恢复人类作为大自然一部分的意义。随着各门哲学和人文社会科学的发展，受教育的人类也就越来越亲近自然。事实上，人与人之间社会矛盾的解决需要人与自然矛盾的解决，两者不可分割。生态文化的发展就是在人类文化发展的感召下逐渐发展起来的。

21 世纪是由工业文明走向生态文明的时期。生态文明关注人与自然共存，人类的发展应该是和谐的可持续的全面发展。当今人类的责任就是从工业文明与农业文明中汲取营养，在生态文明的实践和探索中寻求拯救人类的新途径。在这样的背景下，相对于前三种文明类型的生态文化而言，现阶段和未来的生态文化将是物质生产和精神生产都高度发展，自然与人文和谐统一的文化，是人类面对地球生态危机所选择的新型文化。应该说生态文明时代生产力高度发达，人类对自然和对自身的认识更为科学，开始自发自觉培养生态意识，使自己的生态行为更加具有时代适应性特征，人类意识到要平等对待自然，尊重生态规律，所以新的生态文明将致力于消除工业文明对自然稳定与和谐构成的威胁，逐步形成与生态相协调的发展方式、生产生活方式与消费方式。因此，只有坚持生态文明的生态文化体系建设和研究，才能让现有文明在求真的同时求善，实现人类与自然和谐共生的双赢格局与模式，真正进入生态文明时代。

三、生态文化的繁荣

21 世纪是生态文明的世纪，这是人类生存和发展的需要，也是人类社会发展的必然。人类发展史的行为证实，生态文明会突破人类是唯一价值判断主体的错误价值观的限制，并用辩证的思维对待人与自然的矛盾。随着人们对自然看法的转变，人类将再一次反思人与人、国家与国家、民族与民族之间的矛盾。人类将自觉地建立有实际应用价值的行为规范，以节制消耗为特点，重视心理及文化的统筹享用。

生态文明作为一种与众不同的文明形态，是人类以生态化的文化为根本，对生态系统所取得的成就。生态文明水准的上升，必定要依靠文化生态化的支持，通过生态文化建设使民众拥有生态文明观念，从而满足生态文明建设的内在动力需要。可见，生态文明新时期的到来离不开生态文化的繁荣与创新，人类需要创建以自然界协调进步理念为中心的生态文化。因此，生态文化作为人类为获得永续发展而做出的文化选择，标志着人类在自然价值观的条件下，为达成人与自然的和解而创造的文化价值。生态文化作为处于兴起中并着眼于将来的文化形态，是生态文明时期的主流文化，它渗透到生产生活的各个领域，能够直接引领工业文明向生态文明转变。因此，人类必须弘扬生态文化，吸收人类自诞生以来世界各个国家、各个种族、各个民族长期积累的生态文化思想和实践成果，从而进行人类文化价值观念的革命，推进生态文化的繁荣和演进，建设绿色美好家园，等待生态文明新时代的来临。

本章小结

文化的本质是人的生存方式，是人与自然相互交往的结果。人类正是在认识自然、改造自然的过程中创造了丰富的物质文化财富和精神文化财富，形成了自身的存在方式。生态文化是人类在实践过程中形成的人与自然关系的物质财富和精神财富的总和，其目的在于促进人与自然的和谐发展、社会经济的可持续发展。生态文化作为生态文明的理论基础，显现了人类寻求人、自然与社会之间和平相处的方式和历程。生态文化具有丰富的内涵和外延，本章对生态文化相关的基础理论进行梳理，从生态文化的概念入手，从文化的角度对生态加以界定，分析了文化与生态的关系，阐释了生态文化的特征及功能，对生态文化的历史演进进行了详细论述。

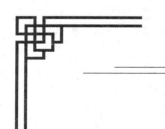

第二章　生态文化视域下的民间文学解析

第一节　民间文学的概念

　　文学是一种语言艺术。根据文学的作者、表现手段及手法的不同，文学通常可分为两种：一种是作家文学，即书面文学；另一种是民间文学，即人们口头创作的文学。从文学的发展过程来看，口头文学的出现先于书面文学，它产生于无文字的远古时代，在文字产生以前它是唯一的文学。后来，人类创制了文字，并且用于文学创作，于是有了书面文学。从书面文学产生直到现在几千年的历史进程中，口头文学和书面文学一直是同时存在，并且相互影响的，又按照各自的内部规律发展。作为文学的两个组成部分，口头文学和书面文学在本质上都是语言的艺术创作，是人们对现实生活的艺术认识和形象反映的产物。然而，两者也有区别。它们在创作机制、传承方式、存在形式以及社会功能上，都有各自的特点。我们所探讨的民间文学，就是一种口头的文学，它是与作家的书面文学相对应的特殊的文学。因此，在论述中不可避免地要与作家的书面文学进行比较。

　　什么是民间文学？这是民间文艺学要回答的问题，也是讨论其他问题的重要前提。因为，科学地认识并且定义民间文学，确定它的概念，是界定民间文学的范围，认定哪些是民间文学，哪些不是民间文学的依据，这对民间文学的搜集、整理和研究工作关系极大。"民间文学"这一名称，在西方国家最初叫作Folklore。Folk 有"人民""民众""民族"等含义，Lore 指"学问""知识"，合为"人民的学问""民众的知识"之意。这一术语最早于 1864 年由英国人汤姆斯提出和使用，后来被欧美各国学界接受，逐渐成为国际性学术用语。在使用过程中，它常常既是学科名称，也指这个学科所研究的对象，并且逐渐形成了广义和狭义两个概念。广义的概念是指包括民间文学在内的民俗和民俗学；狭义的概念是指民间文学和民间文学研究。另外，还有许多民族和国家称民间文学为"人民口头文学"或"口承文学""口传文学""口碑文学"等。在汉语里，目前通常使用"民间文学"的名称，而关于研究民间文学的学问则称之为民间文学研究或民间文艺学，它们大体上相当于 Folklore 的狭义概念。以上虽然是名称或术语问题，但它们同我们要讨论的民间文学概念、范围等问题密切相关。而学术界对民间文学的概念、范围的认识和解释也不尽相同，并且经历了发展和变化的过程。

在西方，最初提出 Folklore 的时候，是指不识字的、乡下人的歌谣、故事等，民间文学是包括在其中的。在后来的发展中，这一概念逐渐有所变化。中国学者在 20 世纪 20 年代初开始探讨民间文学的概念、范围问题，并且给它下过定义，做过阐释，其后各个历史时期的学者对此也都有过论述，直至 20 世纪 80 年代初还曾经展开过激烈的讨论。

特别是在 20 世纪 80 年代中期以后，中国的民间文艺学界开始反思和纠正民间文学理论教学与研究中的一些不当提法和某些理论偏差。在民间文学的概念、范围问题上，逐步摆脱沿用多年的"劳动人民的口头创作"的提法，更多的人倾向于"民间文学是人民大众口头创作、口耳相传的语言艺术"或"人民口头文学"[①] 的提法，而且这种提法已经体现在课堂教学和教材上。两种提法中，前者为解释性定义，后者为名词性定义，其内涵是一致的。"人民口头文学"或"人民口头创作"，既是名称，也是定义，是许多民族和国家普遍使用的术语，它包含着民间文学三个层面的含义。

一、民间文学曾经被概括为人民的文学

"人民不仅是创造一切物质价值的力量，人民也是精神价值的唯一的永不枯竭的源泉。无论就时间、就美还是就创作天才来说，人民总是第一个哲学家和诗人。他们创造了一切伟大的诗歌、大地上一切悲剧和悲剧中最宏伟的悲剧——世界文化的历史。"[②] 这里的"人民"这个词，界定了民间文学的社会属性和阶级属性，肯定了它是广大人民的文学。对民间文学的这种属性，国内外学界的认识和阐释有其一致的地方。民间文学曾经被看作"民俗"和"民俗学"，即 Folklore 的一部分，而 Folk 就被解释为"人民""民众"，为区分阶级社会中社会成员的用语，泛指社会下层的普通老百姓，与上层社会的贵族阶级是相对的概念。因此，使用"人民"这个词，也就把民间文学归属于社会下层的广大人民群众，将其同社会上层的统治阶级的文学区分开来，这对民间文学的概念范围起着重要的限定作用。在无阶级的社会里，没有什么人民和非人民之区别，大家都是平等的社会成员，民间文学也是全体社会成员共同的文学，无须限定它的社会属性。可是在阶级社会里，社会被分为对立的阶级和阶层，有统治阶级与被统治阶级之区

---

① 刘守华，巫瑞书.民间文学导论 [M].武汉：长江文艺出版社，1997：8.

② 李衍柱.以人为本：文学发展和繁荣的灵魂 [J].朔方，2009(2)：107-111.

分。这时，民间文学也不再属于全体社会成员，而只属于其中的一部分成员——下层社会的广大人民群众。一般情况下，由于统治阶级在政治、经济上处于统治地位，不仅垄断了社会的物质财富和精神财富，还控制了一切文化机构和设施，作家文学便成了他们的专利。他们和文人学士谈论文学创作，追求高雅文化，看不起民间文学。而无权受教育、掌握文化的广大民众，只能靠民间文学来传递信息，表现生活，抒发感情。民间文学由此成了广大人民群众生活的一部分。

二、民间文学是口头的文学

文学一般有口头文学和书面文学之分。定义中的"口头"两个字，表明了民间文学有别于作家创作，它是口头创作、口耳相传的文学。这是民间文学概念的另一层含义，同时也是界定民间文学范围的重要标志。这层含义，限制了上面提到的第一层含义"广大民众"，用"口头"两个字界定了民间文学创作手段的范围，使其界限更加准确明晰。"口头的文学"表明，口语是民间文学的主要手段和媒介，民间文学的创作实践、传播过程大都是靠口语来完成，靠口语去传播的。正因为如此，世界上许多民族和国家称它为"口头文学""口头艺术""口承文学""口碑文学"。

民间文学作为"口头的文学"，一般都出自不识字的人之口，而那些不识字的人在过去大都是社会下层的广大民众。从这一点上讲，广大民众创作和口头创作两者是一致的。

当然，这只是它们一致的一方面，不能因此就把"广大民众的创作"和"口头创作"这两层意义完全等同起来。因为，我们在这里所说的"广大民众"并不是仅仅指"社会下层"。即便是社会阶层，在中国过去的社会里，上层中也有不识字的人；同样，社会下层当中也并不是都不识字；此外，尤其值得注意的是，中国有相当多的民族自有史以来便从没有过文字。同时，需要指明的是，自从文字诞生并且被用于写作以来，民间口头文学就同文字、作家的书面文学有着错综复杂的关系。民间文学以口头语言为主要手段和媒介，这是它的重要特点和优点，但是口头语言又常常瞬间即逝，而文字的作用又恰恰可以弥补这种不足。因此，随着社会的发展，文字的使用越来越广泛，文字在民间文学的创作和流传过程中发挥着重要的作用。但是，用口头语言创作、用口头语言传播，对于民间文学来说却是最基本的，也是第一位的。

三、民间文学是语言的艺术

定义中的"文学"这个词，表明了民间文学不是一般的话语、闲谈，而是一种文学，是语言的艺术创作，这是从学科属性上界定了民间文学的概念范围。民间文学是广大民众的口语创作，是说和唱的艺术。但是，我们不能把这句话理解为凡是出自广大民众之口的话语都是民间文学。例如，在民间文学里有婚礼祝词、骏马赞、摔跤手赞等表现人们美好生活理想和赞美生活中美好事物的韵文形式，俗称"祝词""赞词"，这是文学。可是，人们在平时生活当中经常说的"祝你长寿""祝大家发财""你是我们的楷模"等具有祝福和赞美意思的话语，就不能看作文学了。所谓文学，是指以语言为媒介，形象地、带有感情地再现生活，而且给人以启迪和美感的文体，一般话语不在其范围之内。同时，民间文学作为口头语言艺术，它自有一套独具特点和优点的艺术手段，具有特殊的创造美的形象的规律，脱离了这种规律也就不能称其为民间文学。此外，在说到民间文学是语言的艺术的同时，也应该注意到，一些民间文学样式往往同歌、舞、乐紧密结合在一起而成为一个整体。例如，民歌的相当一部分通常是歌唱的，甚至有乐器伴奏，离开了"乐"，民歌就是不完整的，以至失去了民歌存在的价值。但是，民歌最主要的是靠语言表达心声，抒发感情，表现情绪；同时，民歌的唱腔、调式、节奏等要受到语言内在规律的制约，因而对于民间文学来说，文学性是第一位的，也是最基本的。

但是，民间文学不仅是语言的艺术，它还是表演的语言艺术。任何民间文学作品都必须面对听众（者），都是面对听众表演的创作和传播的过程。这种表演有自己的一套规律，它包括了语言的铿锵顿挫、声调的抑扬高低以及手舞足蹈、面部表情等。民间文学的讲或唱是在表演的过程中实现讲唱者和听众间的感情交流，从而完成民间文学的创作。民间文学的表演、创作、传播、接受是同时完成的。

根据以上的分析，所谓民间文学，是同作家书面文学相对而言的，它是一种表演的口头语言艺术，是由最广大的民众所创作、传播、接受的口头文学。当然，一切定义和概念都是相对的，它们是对某一事物或现象主要特性和本质的概括和反映。比起定义和概念，事物或现象本身要复杂千百倍。民间文学是一种极为复杂的精神文化现象，它与作家文学之间没有不可逾越的界线，同其他文化现象也往往交织在一起。因此，认识民间文学最本质的特点就成为我们孜孜以求的目标。

第二节　民间文学的特征

民间文学经过不断的创作与世世代代的流传，形成了自己的特征。这些特征一方面是区别民间文学与作家书面文学的主要依据，另一方面也是正确认识民间口头文学及其创作活动、规律的关键。

一、人民性特征

文学的人民性是专门研究文学和人民关系的理论。民间文学的作者基本上是下层人民，所以民间文学与人民的关系十分密切。民间文学的人民性具有充分的社会基础。在阶级社会里，多数下层人没有受教育的权利，不能掌握文字，只能进行口头创作，其作品内容一般来说是反映劳动者的生活和思想。当时的士大夫、文人、作家多数是统治阶级的代言人，因而文人的文学作品必然反映统治阶级的意识形态。人民口头创作就其所表现的阶级利益和思想实质来说，当然与这些士大夫文学有着本质的区别。

民间文学的人民性显著表现在其主题倾向上。大量民间文学创作都深刻地体现了人民群众的思想感情、愿望和理想，直接反映了人民的民主要求。其中，最普遍而重要的题材是歌颂劳动创造世界，反映劳动人民被压迫和斗争的生活。另外，描写妇女的痛苦生活和婚姻斗争，表现广大劳动群众热爱乡土和祖国等优秀品质，也都是民间文学常见的主题。

当然，民间文学作品本身是复杂的，难免夹杂着封建迷信、庸俗色情、因果报应、安分守己或轻视妇女等带有历史局限性的成分。对此，应用历史唯物主义观点对其进行分析，不能片面地从形式上理解人民性，更不能单纯地从作者的出身看问题。衡量人民性的标准，首先要看作品的内容是否提出人民所关心的具有普遍意义的问题，是否反映出人民的疾苦、心理、希望和期待；其次要看作者是否真实地反映了客观现实，是否站在人民的立场来阐明问题；最后要看作品的艺术形式是否为群众所喜闻乐见，是否具备鲜明的艺术力量。

二、口头性特征

口头性是口头文学最显著的特征，它是从远古无文字的人类童年时代便开始伴随着人类的发展慢慢产生的。因作品多源于普通群众，反映群众的生活，且受众群体也多为一定范围的群众，在没有文字的时代，用口头语言创作、传播和保存族群的发展历史，传授生活知识、表达思想、总结斗争经验等几乎成了他们最主要的工具。为便于传播，他们所使用的语言也尽量口语化及方言化，故传统口头文学的语言与作家文学的语言相比具有生动活泼、朗朗上口的特点。例如，壮族的歇后语"叫花子中状元——奇迹发生""野兽逃了才射箭，鸟崽飞了才拉弓——马后炮"[①] 中的"叫花子""鸟崽"等词都是广西地方常用的口头语言，"叫花子"指乞丐，"鸟崽"是桂柳方言中常用的口头语言，即用"动物名词＋崽"来表达一种小型动物，如"鱼崽""鸡崽""鸭崽"等。

这些民间文学作品有时比作家作品更丰富生动，更能反映生活的本质，并且在流传的过程中获得了作家文学所不可比拟的强大生命力，从而显示出它独特的优势。

三、集体性特征

口头文学从创作到流传以及它们的长期存在，始终与广大劳动群众的集体活动有着极为密切的联系。作家文学的作者虽也离不开群体，但是作品本身是通过个人的精神劳动完成的，并留有作者的个人名字。而民间口头创作，既无作者名字，也不为个人所私有。人民群众既是创作者、修改者，又是传播者、表演者和欣赏者，民间文学作为一种动态的文化现象，始终是与人民群众的集体活动分不开的。

民间文学是一种集体创作、集体流传的文学，反映的是广大劳动人民的集体活动、思想感情以及审美情趣，这种集体性主要表现在两个方面。一是创作过程的集体性。在广西民间文学作品中，无论是散文形式还是韵文形式的作品，都不是一个人所创作的，其作品多为广大劳动人民在劳动过程中发挥集体的智慧完成的，故作品既不标注作者，也不为个人所有，而是为一定范围内的族群集体所有，如《布洛陀》是广西壮族的民间创世神话，而《密洛陀》则是广西瑶族的民

---

① 陈金文，陈丽琴，陆晓芹，等.壮族民间文学概要 [M].北京：民族出版社，2016：277.

间创世神话。一些反映旧时代统治者的歌谣，如《骂土官》中的"土司官，土霸王，他是村中两脚狼……"也是劳动人民集体创作并用来抨击旧时代统治者的有力武器。二是传播过程中的集体性。劳动人民既是作品的创作者，又是传播过程中的加工者和欣赏者，一代代的劳动人民在传播中不断地加工和再创作，只有符合民众意愿、明白晓畅、易记易唱的作品才能流传至今，如《刘三姐歌谣》不是传说中的刘三姐一人创作的歌，而是广西各族民众在歌圩上或各种喜庆场合上演唱的歌谣合集，体现的是广西壮族民众集体的智慧。

民间文学创作除了由集体完成的作品，有时也有个人单独创作的作品。这些作品在流传演唱过程中又经过了集体加工、修改或再创作。这个过程更鲜明、突出地体现了民间文学的集体性特征。民间文学的口头性特征为这种集体加工提供了方便。职业作家和专业民间艺人在此过程中起着重要的作用。他们是群众中具有卓越文艺才能的人，在讲述或演唱中加入创造性的修改和发挥。这些修改经过群众的检验，其中适应广大群众的生活要求和艺术趣味的部分，就被保存下来，否则就被摒弃。民间一些经典性的史诗作品大多经过几个世纪的集体加工，最后成为全民族的精神财富。正是这种集体加工的不断补充丰富和去粗取精，才造就了民间文学感人的艺术魅力。

四、变异性特征

传统口头文学的变异性是指在流传过程中，传播者对原作进行了修改、加工后使原口头文学发生了一定的变化。传统口头文学的变异性主要是由它的口头性和集体性特征决定的。一方面，因口头文学为集体创作，人们无版权观念，故在流传过程中，传播者可以根据自己的想法、民族习俗对其进行加工，使之更符合自己或本民族民众的心理愿望；另一方面，因口头文学是以口传心授的方式传承的，传播者是凭自己的理解和记忆口传给接受者，难免会有偏差。除此之外，还有时代的变化、文化生态的改变等都会促使口头文学产生变异。例如，流传至今的《梁山伯与祝英台》的故事，仅广西就有壮、汉、苗等多个版本流传，其核心内容都是描写一对男女书生求学和恋爱的故事，但各民族在传播中内容有异，有的还融入了本民族的特色。例如，故事情节中的多处地点有异。一是马山县壮族流传的是两人在河边相遇，而融水苗族流传的是上学途中在亭子躲雨时相遇；二是马山县壮族流传的是两书生为兰峒人到柳州读书，而融水苗族流传的是两书生为柳城人到庐山读书。此外，结局也有异，前者马文才变成了"掩脸虫"，后者马文才变成了"黑蝶"。广西流传的这几个版本都有"以歌代言、依歌传情"的习俗，其他地方流传的相关故事的结局也有不同的说法，如在浙江的说法是两人化成了一对美丽的蝴蝶，在四川的说法是两人化成了一对比翼双飞的鸟儿，在广东的说法是两人变成了天上的彩虹，等等。

五、传承性特征

传承性亦称"传统性""继承性"，是民俗文化最基本的特征，具有相对的稳定性，虽然民俗文化会在传承中不断地发展，但万变不离其宗，其文化因子没有改变，只是表现形式上发生了变化。例如，壮族的山歌文化，随着社会的发展，新的文化元素不断融入，山歌的文化形态也发生了改变，壮族同胞不仅在山坡野岭演唱山歌，还借助互联网把山歌搬上了电视、手机、电脑等多媒体设备的舞台上，成功地进入了千万寻常百姓家。又如，歌谣的比兴手法，四、五、七言的固定句式以及重叠的唱法等，都是广大群众在长期艺术实践中总结出来的传统经验。散文体裁的故事则常有较为固定的讲述形式、格式和套语。例如，故事的开头往往从"一家子，两口子""一家子，两兄弟"讲起，再冠以地点，等等。优秀的民俗文化之所以能被一代代人传承下来，是因为它们历经岁月的考验，承载着本民族的峥嵘历史岁月，体现着本民族的个性特征、精神风貌及民族情感，具有广泛的群众基础。

总之，这些经过长期积淀形成的民间文学的传统性特征，有着深厚的群众基础，也符合群众的审美要求，所以能够得以保存和发展。

六、立体性特征

民间文学是一个复杂、综合的多面体。民间文学的变异性使大多数作品都有多种异文，具有多方面的功能，和人类多侧面的物质生活与精神生活均有紧密联系，它的存在形态多种多样，除了语词外，也离不开表演等诸多因素，这些特征都有别于作家文学。学术界把这些综合的特征叫作"立体性"，因为它是"四维空间"的立体："民间文学是'活鱼''活树'，而不是鱼儿或木柴，它是有生命的机体。民间文学作品本身是立体的、活动的，它所生长、流传的环境也是立体的、活动的，是'四维空间'的，不但有长、宽、高，而且还加上时间，成为活动的'四维'。此两者紧密结合，即是民间文学完整的立体结构。"①立体性的提出不仅有理论意义，而且还有实际意义，它对加强搜集整理的科学性，保存民间文学的本来面貌具有现实作用。它使研究人员除了可以从文学角度对民间文学进行基本研究外，还可以从社会学、民俗学、民族学、经济学、考古学、美学、伦理学、宗教学等角度对民间文学进行深入广泛的研究。民间文学的社会价值正是由它的立体性，即多侧面、多角度地反映人民丰富多彩的生活的特点所决定的。

需要指出的是，民间文学的这些特征之间绝不是孤立存在的，而是密切相连、相互作用的。这也是民间文学有别于作家文学的根本所在。

第三节 民间文学的主要类型和主题

一、民间故事

民间故事属于散文体式作品，不讲究句式长短及音韵整齐，以此来叙说一定的故事情节。广义的民间故事包括神话、传说、故事、寓言、笑话等民间文学散文体裁；狭义的民间故事指口头虚构的故事，主要是反映社会生活的虚构故事。

（一）神话

神话是关于神的故事，是在原始宗教的思维下，通过幻想用一种不自觉的艺术加工过的有关自然和社会的认知，是远古人类在原始生产力和生产关系条件下对自然和人类自我认识的成果。神话大致分为如下几类。

1. 开天辟地神话

开天辟地神话，即宇宙起源、万物由来神话，包括自然型、胎生型、蛋生型、开辟型、创造型、化生型、天象型等。例如，河北一代流传的《盘古开天》神话。

很久很久以前，天和地是连在一起的，像一个大鸡蛋。鸡蛋里睡着个人，叫盘古，他一直睡了九千九百年。一天，盘古醒了，他睁眼一看，到处都是昏昏暗

---

① 段宝林.论民间文学的立体性特征[J].民间文学论坛，1985(5)：56-63.

暗的，什么也看不见。他憋得难受，想伸伸懒腰，一使劲儿，把鸡蛋撑破了。蛋清轻，飘了起来，变成了天，蛋黄下沉成了地，天和地就这样分开了。可是天和地还不牢固，常常会合拢。盘古想，鸡蛋里的滋味可不好受，再不能让天和地合拢了。他就用双手支撑住天，天升高一尺，他长高一尺；双脚踏着地，地沉一丈，他就长高一丈。过了几百年，天和地总算分开了，盘古也被累死了。盘古死后，他的头飞上天，变成了太阳。眼睛缀在天上，左眼化成月亮，右眼成了明亮的星星。嘴里呼出的气变成了风，双臂、骨架堆成了山脉，牙齿、脚趾变成了珍珠、玉石。头发、汗毛长成了树木小草，筋脉铺成了地上的路，血汇成了江河湖海。就这样，有了天地和世界。[①]

创世神话是我国古代文学的源头，对我国古代文化产生了深刻的影响。它记述了古代人民对自然现象的初步认识：天地都是有生命的，都是祖先创造出来的。一是既反映了古代人民对天地的敬畏、亲和与改造、战胜的愿望，又反映了人类与自然界的相互依存、相互矛盾，为我国传统哲学思想的建立奠定了基础。二是将祖先神化，形成了鬼神观念和祖先崇拜信仰，是我国原始宗教信仰的主流。三是体现了中华民族的传统思维和伟大的艺术创造力。这类神话是我国古代文学的童年，是我国文学的源头。它宏伟的气势、浪漫的想象、绮丽的意境、悲壮的结局，奠定了我国古代文学基本的审美特点。

2. 人的由来神话

人的由来神话是关于宇宙毁灭和人类再生的神话，即人类起源、始祖、族源神话，也叫洪水神话，包括自然生人型、动物变人型、诸神造人型、洪水遗民生人型、一族独生型、多族同源型。洪水神话反映的是远古某个时期人类在遭遇毁灭性洪水灾异之后，洪水遗民延续了人类文明。

流传于黔西北和云南苗族地区的洪水神话，讲的是苗族祖先乔自召老与雷公、龙、虎等比武时，烧伤了这些动物，雷公大怒，飞身上天，发下洪水淹没天下。乔自召老的幼儿，因得到了仙女的指点，没有遭难，洪水消退后，乔自召老的幼儿与仙女结婚，再创人类，重建家园。流传于黔东南苗族地区的《张古老斗雷公》《洪水滔天》，讲的和唱的与上述的神话故事情节大同小异，说的是人和雷公本是同母所生的两兄弟，分家时，为了争抢耕牛，发生了械斗，雷公大怒发洪水淹没人间，余下两兄妹，藏于葫芦里脱险。洪水消退后，两兄妹再创人类，重建家园。

---

① 杨秀.民间文学[M].贵阳：贵州人民出版社，2017：2.

洪水神话告诉我们，人类肯定曾经经历过一场大洪水，它存在于人类的集体记忆中。不过，那时还没有文字或其他记录工具，就只能一代代地口耳相传了。洪水神话记载了人类远祖与大自然作斗争的模糊的历史事件，还借此歌颂了补天的女娲、治水的大禹等，也反映了一定的婚姻风俗和民族、始祖、族源、图腾的神秘文化，并由此形成了我国众多民族的族源认同：伏羲和女娲是我们各族人民的共同祖先。

3. 发明神话

发明神话，即文明神话、文化起源神话。例如，火的起源、谷种的起源、神农尝百草发明了中草药、嫘祖养桑蚕发明了丝绸布料、仓颉造字、伏羲发明了八卦等。

壮族神话《布洛陀取火》描写了布洛陀在"造天地"之后"取火"的历程。最初，布洛陀取来闪电击中大榕树燃起大火。后来，一场大雨浇灭了火。布洛陀用神斧劈榕树，劈出了火花，再一次得到火种。布洛陀还教人们在屋中间架灶膛，以减少火灾的发生。此外，彝族始祖阿普独摩独龙族的木彭哥、拉祜族的天神厄莎等都是教人们取火、用火的英雄人物。汉藏语系民族中，还有一些盗火神话，如哈尼族的阿扎从魔怪那里盗取眉心灯，吞入肚子，打败魔怪回到家乡后，用竹片划破胸膛取出火后死去。为了纪念阿扎，哈尼族把火叫作"阿扎"。[①]

4. 英雄神话

英雄神话包括战胜自然的英雄神话与战争英雄神话，如《大禹治水》《后羿射日》《夸父追日》《精卫填海》《黄帝战蚩尤》。

《夸父逐日》讲述的是，夸父追逐太阳，被太阳烤得炎热口渴，喝完了黄河与渭河的水，还不够解渴，又去北方欲饮大泽之水，但是在半路上渴死了。他的拐杖，化为邓林。这个神话表现了原始先民征服大自然、与大自然竞胜、与时间竞走的雄心壮志。《后羿射日》描绘了一个为把人民从炎热干旱的灾难中拯救出来而勇敢地射下九个太阳的英雄。羿还战胜了九头水怪与河伯，为民除害，一往无前。又如力大无穷的共工，虽死犹战的刑天，都体现了中华民族的英雄主义精神，即崇尚正义，见义勇为；崇尚牺牲，义无反顾；崇尚奉献，有很强的责任意识；崇尚顽强，百折不挠；崇尚豪气，舍己为人。

---

① 马昌仪.中国神话故事[M].北京：中国广播电视出版社，1996：123.

5. 仙话

仙话是关于成仙的故事。它源于道教的道法自然，追求快乐人生、长生不老。成仙的方法是吞服仙丹或者遇仙飞升，在《搜神记》《太平广记》和《聊斋志异》里有许多这方面的记载。仙话本为证道，却在民间故事里成了道德强化的手段。仙话的类型一是好人遇仙神话，好人会得到好报；二是度人神话，要去恶扶正，救人于危难，如八仙故事；三是斗法故事，讲究变化和修炼。

这些神话记载了中华民族悠久的历史，特别是与大自然作斗争的模糊的历史过程，展现了中华民族远祖对自然、自我的基本态度和原始认识，是中国传统信仰的基础。神话奠定了中华民族的英雄精神，增强了中华民族的自豪感和乐观主义，反映了先民们丰富的想象、浪漫的情怀和艺术化的人生，成为历代文学艺术等创作的丰富源泉，也为文学作品增添了素材和艺术表现手段。

（二）传说

传说是描述一定历史人物或历史事件以及解释一定的地方风物或社会习俗的口述传奇性故事。传说一是具有可信性，有的确实是真人，如刘三姐，是真事，刘三姐确实会唱歌，也是真环境、真地名、真年代。二是具有传奇性，带有传奇色彩，在这种程度上又是不真实的，是经过了艺术加工和创造的。使用的手段有附会，如八仙度人的故事被添加情节，孟姜女的故事被改造、夸张，诸葛亮的神奇传说。三是具有地方性。一般传说都与地方有关，其所描述的环境就有地方色彩，如端午节包粽子、划龙舟与南方的地方风物有关。四是具有历史性，在有关史料中有据可查，一定程度上可以将其看作历史材料。

1. 传说从表现形式上可分为两类

第一类是描写叙述性传说，即描写、叙述人物的事迹、际遇和事件的发展过程，包括氏族（部落）英雄传说、起义领袖传说、反帝斗争传说、歌师艺人传说等。

农民起义领袖的传说，在汉藏语系民族传说中非常突出。侗族的吴勉传说、苗族的吴八月传说、回族的杜文秀传说、瑶族的侯大苟传说、壮族的侬智高传说、布依族的杨元保传说、傈僳族的恒乍绷传说等，都是比较典型的农民起义领袖的传说。

杨再思是侗族农民起义领袖，生于唐咸通元年，卒于后周显德元年。他生前曾多次率领百姓反抗官府压迫，在湘、桂、黔一带流传着很多关于他的动人故事。《夜袭官府》中县官杜长南一上任，就向百姓派捐派款，老百姓有苦无处诉，有冤无处申。杨再思兄妹暗地里联络了村内的男女老少，磨刀削棒，造弓制箭，足足准备了三个月零三天。正月十五，杨再思带领着浩浩荡荡的龙灯队伍，到县衙门前办灯会，趁县官和兵丁不备，杨再思和老百姓舞起刀棒，焚烧了官兵营帐，打开了官府粮仓。可惜县官乘夜逃走，还搬来三千救兵，杨再思只得带领全体男女老少进了龙峰洞。

《李德裕的传说》讲的是唐武宗的宰相李德裕，因受牛僧儒派打击，被贬崖州，到黎寨南加纳村定居。他与黎人亲如一家，共同砍樵捕鱼。之后，唐人勾结官军来攻黎寨，李德裕挥手让排蜂把他们螫得大败而归。李德裕死后，黎人十分怀念他，立碑以示纪念。这则传说运用浪漫和夸张的手法，歌颂了黎汉人民的友好关系。

第二类是解释性传说，包括山川古迹传说、土特产传说、风俗传。风俗传说又分为衣食习俗传说、婚丧习俗传说、年节习俗传说、游艺习俗传说。例如，山西境内流传的吃腊八粥的习俗传说。

相传，明太祖朱元璋小时候很穷，割草卖柴、喂猪放羊，当长工打短工，还经常到附近的皇觉寺扫地、担水、掏厕，只要能混碗饭吃，什么脏活、苦活他都干。可是一到冬天，没人要他干活了，就得讨饭吃。由于他生得丑，又成天吃那些别人不吃的脏东西，所以人们都叫他"猪八嘴"。有一年天下大旱，粮食几乎没收成。腊月，朱元璋住在一座破庙里，连续三天没讨下吃的东西，饿得肚子像猫抓一样难受。晚上，他连冻带饿睡不着，只好在墙角缩成一团，听天由命。刚一合眼，一只老鼠从他的身上跑了过去。这一跑，给他跑出活路来了。他立即想起那些田鼠和灰老鼠成天找吃的，积攒粮食，它们窝里能没有积攒的粮食吗？第二天天还没亮，他就到山沟里野地里找鼠洞。一刨，果然在鼠窝里找到不少五谷杂粮、野果等能吃的东西。他高兴得自言自语："真是除过死法儿就是活法儿！"朱元璋就用砂锅熬了稀粥，美美地吃了一顿，吃罢还觉得味美香甜。他想：当皇上的能吃上这个，也就不错了。那天正是腊月初八，朱元璋牢牢记住了这个日子。朱元璋当了皇帝后，虽然有吃不完的山珍海味、美酒佳肴，但他总是想起当年吃粥的情景。因此，每年腊月初八，他就让厨师弄来小米、豆子、枣儿等五谷杂粮，煮成粥吃一天。朱元璋是皇上，他那样做，下边的人也跟着学起来。一传十，十传百，越传越远，全国的老百姓在腊月初八那天都吃腊八粥。朱元璋觉得这是个好风俗，就下了一道圣旨，把腊八正式定为一个节日，用这事教育大家，要"广积粮",以备饥荒。①

2. 按内容和主题可分为五类

（1）人物传说，以历史人物和政治人物为主。这类传说寄托了民间人民对历史的评价，这些评价与正史有别。例如，壮族民间流传的《侬智高的传说》和《侬智高买牛》，生动地描绘了老百姓对民族英雄侬智高的热爱。相传侬智高为了给百姓争得太平日子，带病跟宋朝大将狄青打仗，危急时得到土地庙两门神和土地公公的帮助，躲进石洞里。狄青带兵来搜，土地公公放白烟掩护。侬智高醒来，已脱离险境，站在三岔路口，土地庙却被狄青捣毁。百姓为感谢土地公公和门神，在寨边重盖土地庙，把门神画像贴在门上永远纪念。后来，侬智高兵败，单人匹马逃到田西旧州，为免官兵来搜捕，百姓受连累，他编织了长草鞋，造了大木碗，丢在山沟边和树旁，百姓见了都说侬智高变成了神，吓得京官打抖，皇帝做噩梦。② 侬智高在正史里是妖道，而在民间却成为民族英雄。这类传说带有民间色彩，往往是感性的，发挥着辨别正恶、教化教育的功能。

（2）历史事件的传说。它主要叙述帝王将相发迹、农民起义始末、革命斗争的故事。例如，藏族民众中广为流传的迎娶文成公主的传说。

吐蕃大相噶尔·东赞到大唐为松赞干布请婚。唐太宗向求婚使者出了五道难题，并把解决这五道难题作为迎娶文成公主的条件。这五道难题分别是把柔软的丝带穿过明珠的九曲孔，分清马和马驹的母子关系，认出小鸡是哪只母鸡所孵，还有揉皮比赛，从众多美女中认出公主。噶尔·东赞用自己的聪明才智解了唐王出的五道难题。唐王很满意，便答应把公主嫁给松赞干布。③

这则传说情节波澜起伏，扣人心弦，一次次地出难题与解题，烘托了噶尔·东赞的智者形象，也为松赞干布迎娶文成公主增添了些许传奇色彩。

（3）地方风物传说。例如，名胜传说、宗教遗迹传说、社会伦理传说、自然景观传说、动植物传说、十二生肖传说等。这类传说是地方、地域文化的精髓，抓住了地方风物的由来和命名，有意义、有趣味。例如，海南黎族流传的五指山的传说。

相传海南岛上本是一片平原，并没有山。一对老夫妇带着五个儿子在这里辛勤地开荒种地，他们没有任何工具，条件十分艰难。后来他们的辛劳感动了神

---

① 李荣钢，臧云翔．山西民间故事·省卷 [M]．太原：山西人民出版社，2017：278．

② 覃圣敏．壮泰民族传统文化比较研究 [M]．南宁：广西人民出版社，2003：2550．

③ 钟进文．中国少数民族文学基础教程 [M]．北京：中央民族大学出版社，2011：84．

仙，神仙赐给他们一把宝剑，很快就使荒地变成了良田。有宝剑的保护，坏人也不敢来侵犯。老头死后，儿子们用宝剑作为陪葬，埋在地里。一个叫亚尾的坏人带来数百名海贼，想霸占这块肥沃的土地。海贼杀死了老太太，活捉了五个儿子，逼他们说出埋宝剑的地方。五个儿子誓死不讲，亚尾用火把他们烧死。四面八方的熊、豹、毒蜂等成群结队地奔来把亚尾和海贼咬死，并搬来泥土和大岩石把五个儿子的尸体埋葬了，堆成五座高山。人们为了纪念这五个儿子，便把这山称为五子山，后来又因为五子山直竖着，像五只手指，人们就把它称为五指山。①

山川名胜传说对事物的解释是以自然界奇特、壮观、雄伟的风光激起的视觉美为出发点的想象。这种想象与无限美丽的大自然融为一体，形成山川名胜传说的生命根基，从而使这些传说具有鲜活的地方色彩和民族风格。

（4）社会风俗传说。它包括岁时节日传说、生活习俗传说、人生礼仪习俗传说、生产习俗传说等。例如，流传于河北一带的春节习俗的由来。

有一年，灶王爷上天奏告玉帝人间风雨成灾，无法生活。玉帝派弥勒佛下凡掌管衣食住行。弥勒佛到人间的第一件事，即让人们过个痛快年。结果，到处放起喜庆的鞭炮。玉帝发现人们不干活却过着奢侈日子，愤而责怪弥勒佛。弥勒佛笑嘻嘻地回答，他遵旨只管衣食住行，不管干活。玉帝无奈，当下规定，一年只过一次年。从此，便有了过春节过年的习俗。②

（5）生活故事。它是口头虚构的现实故事，以日常生活为题材。这类故事具有鲜明的现实性、文学性特点，情节是虚构的，人物无名或代名，人事不符，把所有的事情集中到一个人身上，可分为神奇故事、智慧故事、斗争故事、劳动故事、家庭故事、爱情故事等。例如，流行于四川一带的《一两酒的故事》。

有个地主十分刻毒，他经常使用各种手法盘剥长工。有一个叫王大的到他家做工，讲好一月工钱一两九，到给工钱时地主却用一两酒当作工钱。王大之弟王二很气愤，决定以牙还牙，替哥哥出气，也到地主家去做工。点种麦子时，规定要下十斤麦种。王二拿来麦种，故意说缺了一钱，问地主该怎么办。地主随口说，那就点九斤十五两九（古制1斤等于16两，宋代以后1两等于10钱）。一月期满，地主使用同样手法，也给王二一两酒当工钱，王二喝完酒也不争吵便走了。后来，地主见地里不长一根麦苗，去责问王二。王二说，全按东家的吩咐，

①　广东民族学院中文系.黎族民间故事选[M].上海：上海文艺出版社，1983：16.
②　姜彬.中国民间文学大辞典[M].上海：上海文艺出版社，1992：516.

点了九斤十五两酒。地主自知理亏，无话可说。①

二、民间歌谣

民间歌谣的句式及音韵相对整齐，是按一定曲调吟唱或吟诵的韵文体或诗歌体作品，可分为民歌、民谣和史诗三类。

（一）民歌

民歌有相对固定的曲调和韵律。它的唱法有合唱和独唱；内容多为纺线、插秧、牧羊曲、江川号子、情歌、儿歌、仪式歌；种类有信天游、爬山调、花儿、山歌、号子等。例如，流行于陕北地区的信天游情歌。

第一种：求情歌

山丹丹开花背洼洼红，你把你的白脸脸调过来。

一对对山羊串串走，谁和我相好手拖手。

第二种：初恋歌

人都说咱们两个有，自幼没有拉过你的手。

一把拉住妹子的手，说说笑笑才开口。

第三种：热恋歌

四十两银子买一匹马，因为看你马跑乏。

第四种：盟誓歌

一碗碗凉水一张张纸，谁卖良心谁先死。

第五种：相思歌

哥哥走来妹妹留，一把扯住哥哥的手。

叫一声哥哥你走呀，撂下妹妹谁搂呀。

第六种：怨情歌

六月里黄瓜下了架，巧口说下哄人的话。

半崖上开花半崖上红，半路上撂人火烧心。

是我的朋友招招手，不是朋友扬长走。

第七种：反抗歌

穷来富来我不嫌，单嫌他赌博抽洋烟。

先死上婆婆后死上汉，胳夹上鞋包包再寻汉。

---

① 姜彬.中国民间文学大辞典[M].上海：上海文艺出版社，1992：618.

随黑里死下半夜里埋，赶明里做下一双结婚鞋。[①]

在民间歌谣里，情歌数量最多，而且是最精美的口头语言艺术作品。这主要是因为爱情是人类最美好而又生生不息的一种感情，情歌直接联系着人们的爱情生活，是一种特殊形式的爱情语言。为了打动情人的心，在角逐中赛过对手，人们总是争奇斗巧花样翻新，呕心沥血地去追求最新最完美的艺术境界。而传统情歌又是众口传颂，时代传承之作，人们用集体智慧不断对其进行锤炼加工，使其日臻完善，脍炙人口。

（二）民谣

民谣只有不严格的韵律，没有曲调，包括介于歌和谣之间的诵词，用一定的腔调吟诵，带有较强的感情色彩和抑扬顿挫、轻重缓急的节奏。例如，柳城民谣。

光头碌，骑马上六都，六都没有米，饿死光头碌。

（三）史诗

史诗又称"民间长诗"，是由各民族的民间艺人创作和传唱的，关于一个民族一个地方的历史、爱情的叙事或者抒情的长诗。它的价值在于记载了历史的进程与重大的历史事件。它的传承方式是传男不传女的封闭传承方式。史诗这种民间歌谣特点鲜明，如传承人一直生活在民间，是民间的忠实代言人，记录民间的苦乐、爱憎；他们能够熟练运用本民族、地区的诗歌形式，用悠久的文化传统和文化形式，创作出喜闻乐见的能代表本民族文化和智慧的诗歌；他们积累了丰富的创作、歌唱经验，在继承的基础上进行创新与改编；他们还都收取一定的出场费，属于半专职；他们享有作品的署名权。北方史诗以叙事为主，主要流传于新疆、内蒙古。南方以抒情为主，有纳西族的殉情歌《游悲》，彝族的《幺表妹》，傈僳族的《逃婚调》，壮族的《哭嫁歌》。颇具盛名的有云南的抒情长诗《阿诗玛》，一个唯美的爱情悲剧。

阿诗玛（节选）

马铃响来玉鸟叫，

兄妹二人回家乡，

远远离开热布巴拉家，

从此爹妈不忧伤。

---

① 郗慧民.西北民族歌谣学[M].北京：民族出版社，2001：63.

松树尖上蜜蜂不停留，

松树根下蜜蜂嗡嗡叫，

远远离开热布巴拉家，

从此爹娘眯眯笑。

哥哥吹笛子，

妹妹弹口弦，

哥哥说话妹高兴，

妹妹说话哥喜欢。

阿黑说："哥哥像一顶帽子

保护妹妹，盖在妹头上。"

妹妹说："妹妹像一朵菌子

生在哥哥大树旁。"①

另外，广西的史诗《布洛陀》和《密洛陀》，也都带有强烈的抒情色彩。

三、民间谚语

民间谚语就是民间有哲理性的话。民间谚语按照内容，可分为事理谚（又细分为说理、常理、辩理、知行）、修养谚（又细分为志向、胆识、才智、品行、求知、谦慎、律己）、社交谚（又细分为社群、交游、应酬、处世、工作、言谈）、时政谚（又细分为国家、国民、贫富、敌我、抗争、军事、讽谏、世态）、生活谚（又细分为衣食、勤俭、住行、生老、保健、医药、卫生、欲嗜）、家庭谚（又细分为婚嫁、家政、家教、家和、亲邻、家人）、乡土谚（又细分为家乡、山水、物产、方俗）、农林牧副渔谚（又细分为农业、林业、畜牧、副业、渔猎）、自然谚（又细分为天文、时令、物候、气象）、工商谚（又细分为工交、商贸）、文教谚（又细分为教育、文史、艺术、体育），等等。

四、民间戏曲

民间戏曲包括流传于民间的戏剧、曲艺形式。

（一）地方剧种

各地均有各自的地方剧种，如广西流布地域较广的有桂剧、彩调剧、粤剧、

---

① 焦云宏.云南旅游文学知识[M].重庆：重庆大学出版社，2017：131.

壮剧、采茶戏等。有的以西皮、二黄为基本腔调，兼收高腔、昆曲、小调等。采用此类音乐的剧种有桂剧、粤剧、邕剧、丝弦戏等。有些以采茶调为基本腔调。采用此类音乐的剧种有彩调剧、采茶戏、唱灯戏等。

（二）民间小戏

民间小戏是由劳动民众集体创作并演出的一种有歌有舞，有唱有白，有故事情节的表演形式，是在民歌、民间舞蹈和民间说唱的基础上发展而来的。民间小戏主要有两种，一种是从民间歌舞发展而来，并加上唱词的；另一种是民间说唱的叙述体，是自发兴起的，在节庆、婚丧嫁娶的场合表演，属于自娱自乐性质，观看免费。

民间小戏的创作主体是业余的民众，其在内容上代表广泛的群众，寄托美好的生活向往，也表达了反抗暴政的决心。在艺术形式上，民间小戏以乡音土语为主，活泼、热情，很多为即兴发挥的表演。

从表现形式上看，民间小戏分为以下几种：①花灯戏系统：来源于民间的灯舞，主要在西南地区流传，如四川、贵州、云南等。它的特点是以唱为主，说白很少，主角为旦、丑。代表剧目有《拜年》《三访亲》《刘三姐挑水》。②花鼓戏系统：主要在湖北、湖南、皖南流传。特点是有人帮腔，由锣鼓伴奏，如《刘海砍樵》《卖棉纱》《绣荷包》《凤阳花鼓》。③采茶戏：主要在江西、两广流传。它极具歌舞性，描述采茶人的劳动、生活，如《茶妹子》《采茶歌》《捡田螺》《挖笋》。④秧歌戏：起源于太原，以北方为主。它重舞不重唱，动作幅度大，如《刘三推车》《送樱桃》《打酸枣》。⑤道情戏：流传于山西、江西、甘肃、湖北、河南和陕西等地，主唱者手持击板，多以神话、史诗为演唱内容。⑥道具戏：以对话为主，有歌舞伴随。如木偶戏、皮影戏、傩戏等。

（三）民间曲艺

民间曲艺亦称民间说唱，它是人们口头说唱文学的总称，是一种以文学为基础，配以音乐和表演的综合性说唱艺术，中华人民共和国成立后统称为曲艺。民间说唱是具有悠久历史的口头表演艺术。它在许多国家和民族的民间以不同的表现形式流传发展着。我国汉族的民间说唱在口头文学发展中有优异表现，不仅内容丰富，而且种类繁多，形式也是多彩多姿。民间说唱的地方色彩很浓厚，民族风格很鲜明，为人们所喜爱并传诵。在我国各民族当中，说唱形式都被人们喜爱。事实上，藏族、蒙古族、柯尔克孜族的许多长篇叙事诗在流传过程中都是以说唱形式出现的。从这一点出发，甚至可以把叙事长诗的一大部分归入民间说唱。

第四节　民间文学的社会功能及生态研究

一、民间文学的社会功能

（一）历史的记忆

民间文学是群体口述的历史，具有记忆历史的功能。民间文学里的各个类别，无论规模大小、篇幅长短，它们或者直述历史，或者隐含着历史，或者具有历史的背景，总和历史记忆相关联，共同构成了群体的全部口述历史。而其中的口头叙事部分总是讲唱过去的、已经发生过或存在过的事情、人物。早在原始时代，当口头文学最初的成果之一图腾神话产生时，它就开始以口头方式记录着历史，人们通过讲述图腾神话追溯氏族的产生，区别其他的氏族，进行同一氏族成员之间的彼此认同，图腾神话成为凝聚氏族内部成员的精神纽带。随着民族的不断发展，民间文学继承了原始时代的口头文学传统，经过不断积累，往往会成为一个民族全部历史的口头记忆。流传于民间的口头叙事甚至直接用"史"来命名，彰显着它们就是口述的历史。《苗族古歌》用歌的形式叙述苗族的形成、发展、迁徙的历史，所以也叫"古史歌"。彝族《勒俄特依》《梅葛》的彝语原意就分别是"历史的书""唱史"。云南纳西族的《崇搬图》常常用汉语译为《创世纪》，在纳西语里，"崇"是"人类"的意思，"搬"是"迁徙"的意思，"图"是"由来"的意思，《崇搬图》或可译作《人类迁徙记》或《人类的由来》，纳西语原名即表明了它的口述史性质。佤族《司岗里》的佤语原意是"祖先的历史"，哈尼族《哈尼阿培聪坡坡》的哈尼语原意是"先祖的迁徙"等，这些民间叙事的名称表明它们是口述的历史。

（二）传承民间传统

民间传统的代代绵延，靠的是言传和身教，民间文学的主要传播方式是言传，它具有传承民间传统的功能。民间文学作为民间生活的一部分，它的讲、唱活动本身就是一种传统。例如，在重大的祭祀活动上由专人讲、唱口述的历史，在仪式上演唱相应的仪式歌等，这些都是世代沿袭下来的民俗传统。同时，民间文学又以口头的方式传承和规范着民间传统的信仰、社会制度、道德标准和价值观念。古老的神话最重要的作用就是规范人们的信仰和道德，指导人们的行为和保障社会制度的实行。①这或许是神话最重要的功能，但事实上民间文学的各个类别都会在不同程度和不同侧面发挥同样的功能。某些传说通过颂扬那些杰出人物在民族形成、文化发展等方面所做出的贡献，彰显这些人物身上所体现的勇于牺牲、勇于奉献、勇于进取的精神，宣扬传统道德的力量，激励后人继承和发扬传统，同样起着规范道德和信仰的作用。许多民间传说讲述了传统风俗习惯的特点和由来、内涵和意义，所涉及的范围几乎囊括了民间生活的方方面面，从民间生活最细微的地方宣扬、肯定民间传统，这无疑起着维护传统、加强传统约束力的作用。大量民间故事都用本民族的传统道德规范讲述着善与恶、美与丑的斗争，最终都以善战胜恶、美战胜丑来告诫人们要弃恶从善，要有助人为乐、尊老爱幼、奋发图强、勤苦耐劳、嫉恶如仇等优秀品德，以此来培养人们的美好情操。

（三）承载民间知识

民间文学是民间知识的载体，是口头传承的"百科全书"。土家族的《梯玛神歌》又可称作《社巴歌》，是祭祀仪式上由"梯玛"演唱的歌。"梯玛"在土家语里指敬神的人，也就是民间信仰里的祭司。《梯玛神歌》包括四个部分，其中的前两个部分讲述"人类的起源""民族迁徙"，而第三部分则是讲述生产活动，包括割草砍树、烧大畬、挖土、种包谷、犁田、做秧田、撒谷种、薅草、踩田、背包谷、打谷子等农业生产的各个环节以及打镰刀、纺纱、织布等生产活动，另外还有关于时令特点的解说，最后一部分是讲述广泛流传于土家族民间的古老故事。不光是在韵文类叙事中，在神话、民间传说、民间故事里同样容纳了大量的民间知识。民间文学所承载的民间知识是很广泛的，既有生产的，也有生活的；既有社会的，也有家庭的。民间文学几乎囊括了民间的所有知识和经验，是民间口述的活的"百科全书"。

（四）娱乐与教育功能

恩格斯说："民间故事使一个农民做完艰苦的日间劳动，在晚上拖着疲乏的身子回来的时候，得到了快乐、振奋和慰藉，使他忘却自己的劳累，把他的贫瘠的田地变为馥郁的花园。"最初，在日复一日、永无止境的劳作以及封闭的社会生

---

① 钟敬文.民俗学概论[M].上海：上海文艺出版社，2009：266.

活状态下，人们通过故事的讲解或歌谣的演唱来适当放松、宣泄。民间文学在现实生活里具有明显的娱乐作用，但是它在娱乐中又传承着历史的、社会的、生产的、生活的知识，具有鲜明的寓教于乐的功能。一些古老的民间叙事曾经是在神圣而庄严的场合讲唱的，它的主要功能是娱神，但是随着神圣内核逐渐被化解，这一类的叙事也逐渐由神圣走向世俗，由娱乐神变为娱乐人。民间传说虽然讲述着崇高与伟大，但是民间的人们通常是把它作为故事来讲述的，而民间故事的主要功能本来就是娱乐和消遣。人们在闲暇的时候讲故事既娱乐了身心，消磨了时光，又从中受到种种教育，接受美好的启迪。

二、民间文学的生态研究

美国特里斯特拉姆·普·科芬在评论美国民间文学时说："民间文学好似树上的绿叶，海岸边的贝壳，把它从生长的自然环境中采撷来，它就会枯萎，失掉原来的美。只有在口耳相传的环境中，人们拿它交换着说和听，没有把它记录下来置于凝固不变的形式中时，民间文学才繁荣昌盛。"这说明民间文学是活的文学，它和一切活的生命物质一样，都生长在特定的环境里。山野里的鲜花，如果离开了它赖以生存的生态环境，就会失去原来的美，甚至会枯萎。民间文学如果离开它赖以生存的生态环境——自然环境和文化环境，也会枯萎，也会失去原来的美。脱离民间文学的生态环境，只是孤立地研究民间文学作品，民间文学就会失去生命力和艺术魅力。

民间文学生态学主要研究民间文学的生态环境对民间文学的影响，进而探索民间文学发展的规律和本质。民间文学的生态环境，既包括自然环境（地理、气候等），也包括文化环境。而文化环境对民间文学的产生和发展起着决定性的作用。

文化是人类为满足自身需要而进行的物质和精神创造的总和。各种文化都是为满足人的需要而具有某种功能的，物质文化和精神文化也是如此。如果用生态文化学的观点来观察分析艺术的起源，那么对民间文学的产生、发展、演变等问题，就更容易把握其实质了。民间文学的生态文化环境，对民间文学的产生、发展，对它的内容、形式，都有重大的影响。

从时间纵向上来看，人类文化生态可分为三个大的阶段（或时期）：原始文化、古代（古典）文化、现代文化。从空间横向上来看，每个时期的文化生态可分为三个方面：工具器物、组织制度和观念形态。每种文化都存在于特定的时空中，这种时空是包括整个物质文化和精神文化在内的庞大的生态环境，各时期的民间文学都是在当时特定的生态环境中产生发展的，当这种生态环境发生变化时，民间文学也会随之发生变化。

本章小结

民间文学是一个民族世代传承的文化遗产，是民族文化传统的重要组成部分。民间文学出现于无文字的原始社会，并且在人们日常生活中广泛传述，具有浓厚的生活属性。这种以口头语言形式创作和传播的民间文学具有其他文学所不具有的特性和功能。民间文学广泛存在于社会生活之中，涉及民众生活的方方面面。民间文学虽然是文学，但它不是一般意义上的文学，它不是纯文学，也不是通俗文学，而是民间各种文化因素的融合，也是各民族历史文化的见证，是一种多功能的艺术。本章从民间文学的概念入手，阐释了民间文学的特征、主要类型和主题，对民间文学的社会功能及生态研究进行了深入分析。

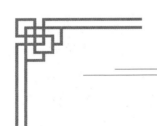

第三章　广西民间文学的发展与传承保护

第一节　广西民间文学产生的生态文化环境

广西民间文学有自己独特的源流与发展过程。它与大自然的亲密情感孕育了大量的山水传说，多民族的共处与纷争表现出了民间文学不同文化间的碰撞与融合，广西很多少数民族没有自己的文字，民间口头文学成为其历史的宝贵记忆，并且扎根和传承于民族节庆里，多彩的民族宗教也是民间文学的沃土。广西民间文学的民族性、地域性、独特性、知识性、艺术性和民族交融性特色，在我国民间文学园地里独放异彩。

一、自然的生态环境和民众的智慧

广西壮族自治区位于中国地势第二阶梯中的云贵高原的东南边缘，地处两广丘陵西部，南临北部湾海面。整个地势自西北向东南倾斜、山岭连绵、山体庞大、岭谷相间，四周多被山地、高原环绕。西、北部为云贵高原边缘，东北为南岭山地，东南及南部是云开大山、六万大山、十万大山，形成以柳州为中心的桂中盆地，沿广西弧形山脉前拗陷为右江、武鸣、南宁、玉林、荔浦等众多中小盆地，形成大小盆地相杂的地貌结构。山系多呈弧形，层层相套。著名的有大苗山、猫儿山、九万大山、大南山、天平山、凤凰山、驾桥岭、大瑶山、莲花山、镇龙山、大明山、都阳山、云开大山、六万大山、十万大山、大青山。山体雄伟，林木葱郁，景色优美，动植物资源丰富。而平地只占广西总面积的26.9%，主要为河流冲积平原，如浔江平原、郁江平原、宾阳平原、南流江三角洲等。

广西为全国水资源丰富的省区。广西降水量大，河流众多，有红水河、南盘江、黔江、浔江、西江等珠江水系；有湘江、资江等长江水系，其中湘江在兴安县附近通过秦代开凿的灵渠，沟通了长江和珠江两大水系。这些河流清澈娟秀，多与奇峰相配，形成山环水绕、山水相依的秀丽景色。广西的峰林是发育完美的热带岩溶地貌的典型代表。它们平地拔起，气势超群，造型奇特。桂林、阳朔一带有风景秀美的石灰岩峰林，在桂东北、桂中、桂东南、桂西等地也随处可见石灰岩峰林。广西地跨北热带、南亚热带与中亚热带，自然生态环境优越、复杂，滋生和蕴藏着种类众多、组成复杂的野生动植物资源。有动物灵长类、鸡形目难种类、蹄类哺乳动物、食肉类猛兽、两栖爬行类动物等。珍稀植物种类多，分布广。

山水自然环境的特点使广西各族人民的生产、生活以及文化、精神品格具有独特的风格，形成了特有的语言、服饰、建筑物、生活习惯、风土人情、喜庆节日、民间艺术、工艺特产、烹调技术等多姿多彩的民族风情。作为反映这种独特风格的广西民间文学，生态环境自然对其留下了深刻的烙印（见图 3-1）。

图 3-1　广西各少数民族

（一）大自然与人类的亲密共处

俗话说靠山吃山，靠水吃水。广西人长期依靠猎取野生动物和采集野生植物来生存和生活，野生动植物是人们求得生存的必要条件，所以人们崇拜它们。广西民间文学有很多是以动物和植物为主要描述与叙述对象的。关于动物与植物的故事特别多，并且它们都被赋予了人的情感、人的性格特征。广西民间传说中，还有大量的山水传说，从中可以看出民众与山水的紧密相依。例如，壮族民众中保持着对蛙神（蚂拐）的信仰，在壮族的传说中青蛙是雷王的儿子，是雷王派到人间的使者。这一说法在《武鸣县志》中的《崇拜》一文中也有记载："壮族民间传说，癞蛤蟆（蟾蜍）为天神雷王的儿子（一说女儿），专门了解人间旱雨情况，雷王根据他们的叫声行云播雨，因此人们对癞蛤蟆敬畏如神，见到癞蛤蟆不碰、不打、不戏弄，有的还要绕道回避。"壮族农谚也有"青蛙叫，雨来到"的说法，认为青蛙是上天派来的使者，崇拜它则可以祈求风调雨顺，禳灾降福。相传若人间需要雨水，向青蛙说一声，青蛙便鼓噪，雷王便下雨。后来，人们不小心用开水烫死了青蛙，从此天旱无雨，要想得到雨水，只有祭祀青蛙。壮族很多地方都建有供信俗祭拜的雷神庙、青蛙亭，壮族祖先还在铜鼓上铸立体蛙像、在左江花山崖壁上绘制人形蛙状图像，壮族人至今还保留着过蚂拐节、唱蚂拐歌的习俗。

在壮族的神话传说中，天地未开辟之前，有一团大气，后来大气越滚越大，越滚越实，推动这圆坨坨的就是屎壳郎，而第一个爬到这圆坨坨的就是裸蜂。裸蜂用坚硬的牙齿将圆坨坨咬破，结果出现三个蛋黄，一个飞出去变成天，一个飞出去变成地，还有一个飞出去变成水。后来，女始祖神米洛甲令裸蜂去修天，令屎壳郎去平地，并让屎壳郎做天地之间传话的使者。由于裸蜂将天修得太小，被罚不能吃饭，腰身都被饿得细小了。屎壳郎传错了话，便被罚去拱屎堆，成了拱屎虫。壮族人把两者视为神灵，加以祭祀。在壮族的另一个神话传说中，樟树是宇宙开辟时最早出现的树木，有顶天之功；人们从枫树身上找到了火种，它有献火之功；木棉是壮族始祖神布洛陀的战士，在与敌人战斗时，它们手执火把，英勇顽强，就连牺牲时也都站立着，变成了满身红花的木棉树；榕树则枝繁叶茂，象征子孙昌盛。因此，在壮族的村寨边都种有这些树木，各村寨所建立的社亭（敬奉村寨保护神之地）周围，也要种植这些树木。

仡佬族的《婆王》神话说的是婆王掌握着一座极大的花山，日日忙碌着护理花山上的花。她把花的生魂送给谁家，谁家就生小孩。送红花是女孩，送白花是男孩。婆王花山上的花长得茂盛，开得鲜艳，人间的小孩就平安成长，身体健壮。如果花山上的花生了虫，小孩就生病，就会有灾难。婆王给花除了虫，孩子的病就会好。婆王在花山上淋花，花湿了水，小孩睡觉时会全身冒汗，衣衫湿透。如果人死了，生魂会回到花山上，还原为花，再由婆王送给他人，这人便到别家投胎去了。

（二）对大自然的敬畏

民间将大量的动植物作为神灵去崇拜，表现了农耕社会对天地自然的依赖和敬重。因此，产生了多种多样的庙宇和祭祀，大量的民间神话、故事、传说以及大量的古歌。这些民间文学又反过来对保护生态、保护动植物产生了积极作用。人们认为一旦伤害了这些动植物，便会遭到报应。例如，蛇在壮族人心目中具有神圣的地位，壮族先民们多把蛇、雷神和雨水等联系在一起，认为在浪恶水险的河湾或深不可测的水潭之中居住着蛟龙一类的水神，因而产生了对龙母的崇拜，使得秃尾龙为母亲守灵的故事在各地流传。

（三）表现了人们战胜大自然的愿望

有关布伯的神话故事，普遍流传于壮族聚居的地方，有诗歌体，也有散文体，主要歌颂布伯为拯救人类，与雷王进行了英勇顽强的斗争。布依族、侗族、水族、仡佬族、毛南族也都有斗雷王神话。钦州一带《山洪妈的故事》也很典型。

很久很久以前，有一家人在山里住，是一对夫妇跟两个女儿，大女儿九岁多，小女儿五六岁，屋子虽然简陋，但是一家人都和和气气的。有一天，这对夫妇去外面喝喜酒，剩下两个女儿在家，妈妈叮嘱姐姐要做好家务，照顾好妹妹，妹妹饿了要煮饭给妹妹吃，晚上要记得关好门，有陌生人来敲门不要随便开门。姐姐虽然人不大，但是机灵乖巧，很听妈妈的话，做完了家务，又给妹妹做好了饭。两人吃完饭之后太阳已经下山了，但是爸爸妈妈还没有回来。夜深了，爸爸妈妈还是没有回来。姐姐想会不会是爸爸妈妈走得太远了所以没有回来，于是就先烧了洗脚水给妹妹洗脚，准备睡觉。

可是，刚爬上床就有人来敲门，爸爸妈妈又不在家，那么晚了还有谁来呢？姐姐心里有点害怕，点上了煤油灯但是没开门，就在门里面问是谁。一个老太婆的声音回答说是外婆。姐姐更奇怪了，虽然外婆家在隔壁村，但是都这么晚了外婆怎么可能来。那老太婆又说，你爸爸妈妈去喝喜酒的时候告诉我说他们晚上可能回不来了，叫我来照顾你们姐妹俩。你先开门啊，外婆人老了，受不了外面的冷。姐姐听着有点怀疑，但还是开了门。

姐姐一开门就看见一个老太婆，头发长长地披散着，面目不是很清楚，并没有老人的仁慈面色。这就是山洪妈了。姐姐虽然很久没见到外婆，但是还依稀记得外婆额头有一颗明显的黑痣。"你说是我外婆，你额头那里怎么没看到黑痣？"姐姐盯着山洪妈问道。山洪妈立即从口袋里拿出了之前装好的稔子顶印上额头，"有啊，刚才天色黑你没看清楚"。姐姐不信，又去拿了煤油灯照，看到一颗像是黑痣的东西在对方额头上，才慢慢放了心。"外婆你进来，爸爸妈妈不在家，妹妹一直说怕呢。"山洪妈心里暗暗高兴，跟着姐姐去看了看妹妹，看到妹妹长得细皮嫩肉的，高兴得不得了，决定等半夜姐妹俩都睡熟之后就下手。这时姐姐拿了张凳子过来给山洪妈，说要外婆坐。山洪妈一看是凳子，连忙说不坐不坐，我屁股上长疮，坐不了。她看见旁边有一个鸡罩，罩子里还有不少鸡，就对姐姐说，我坐鸡罩吧，这个舒服。姐姐听了很奇怪，哪有坐鸡罩的。山洪妈在鸡罩上跟姐姐说了半个多小时的话之后，姐姐困了，说要睡觉，妹妹醒了争着要跟外婆睡一头，姐姐让给妹妹之后没多久就睡着了。这时候山洪妈偷偷起来先把鸡给抓来吃掉了，然后又继续回床上假睡。睡了没多久，妹妹去上厕所，看见一地鸡肠鸡毛什么的，就回去小声跟姐姐讲，鸡罩那里好多脏东西。山洪妈在一边假意附和说，对啊，怎么这样。姐姐突然想到了些什么，但是没有说话。又继续睡觉，姐姐本来是不想睡着的，怕会出什么事，但她毕竟还是小孩子，一不小心就又睡着了，这样到了半夜，姐姐一伸脚，突然踢到了一摊软软的还有点湿热的东西，姐姐心里一惊，想起来看到底是什么东西。就跟山洪妈说想上厕所，山洪妈怎么都不肯让她去，说深夜了，外面有野狼，天亮再去。姐姐假装顺从。山洪妈放松了警惕，慢慢睡着了。嘴里在自言自语，先吃掉妹妹，再吃掉姐姐。姐姐知道，妹妹应该是被吃掉了，很后悔为什么自己睡着了。但是，同时也在想着应该怎么办。

她对山洪妈说："外婆，外面有人在敲锣打鼓啊，是干什么的，不会是又来抓山洪妈吧。你听到了吗？"山洪妈听了很害怕，就让姐姐出去看看到底什么情况。于是，姐姐趁机出去在外面架好柴，烧了一锅开水。回来就跟山洪妈说有人在捉山洪妈，他们把老人都当成山洪妈抓了起来，外婆你快点藏好啊。山洪妈更怕了，到处找地方躲。姐姐借机叫山洪妈躲到柜子里去，还说放心吧，外婆你躲那里没人知道的。她等山洪妈进去之后就马上拿出一把大锁头把柜子给锁好，烧开了水，然后搬了张凳子把水从柜子中间直接倒了下去，只听到里面发出很大的一声叫声，之后就没声音了。姐姐壮着胆子打开了柜子，发现山洪妈已经被开水烫死了，死后还是龇牙咧嘴的。

第二天早上爸爸妈妈回来，姐姐跟她们说了妹妹的事，爸爸妈妈很伤心，但还是夸姐姐做事聪明。之后，爸爸妈妈就去找人来抬山洪妈的尸体，把它分成三块，一块丢进海里，变成了海蚊；一块丢进江河，变成了蚂蟥；另一块丢上山，变成了山蚊。

二、民族节庆的传承

广西民间的节庆活动特别多、特别隆重，为此诞生了许多个关于节庆的传说。例如，广西"鬼节"的传说，除了目连救母和七月初二"开鬼门关"、七月十五日"关鬼门关"的佛教道教故事以外，还相传七月十四是壮族的始祖布洛陀逝世的日子，故人们世世代代在这一天祭奠远祖。还有吃鸭子的风俗：买回鸭子后宰杀整理干净，把鸭子摆好形状。通常是把鸭脚折进鸭肚子里，然后翅膀在鸭背上双交，鸭头则往后仰摆在翅膀上。鸭红、鸭肠、鸭肾等"鸭下水"一般不会扔掉，而是和鸭子一起摆在盆里祭祀。传说鸭子属于阴性，可以做鬼神的使者。"吃立节"是龙州县、凭祥市一带壮族人民特有的节日。据说中法战争时，当地壮族人民因忙于抗击外国侵略者而顾不上过春节，直到正月三十才凯旋。为了庆祝胜利，补过春节，当地人便把每年正月三十当作一个节日来过，此后相沿成习。

东兰、凤山一带流传着关于蚂拐节的两个故事。其中一个说，很久以前儿子会吃老子、杀老母亲过年。后来出了个孝敬父母的东林，别人要来杀他的父母，他夺刀不让。他也不去吃别人父母的肉。后来母亲死了，他用棺装殓守灵。屋外蚂拐不理会东林的悲伤，哇哇叫得人心烦。东林一气之下，用开水浇了蚂拐，谁知惹了大祸。大地断蛙声，日头红似火，旱得大地开裂。后来，布洛陀和米洛甲说蚂拐不是凡间之物，她是天上雷婆的天女，她一叫天才降甘霖，必须给她赔罪，请蚂拐回村过年，这就是蚂拐节的来历。另一个故事说，蚂拐是雷王之子，被当作天使派到人间，他一叫雷王就给人间雨水，所以人们很感激他，蚂拐死了人们会吊孝，如丧考妣。牛魂节说的是牛是四月初八诞生于天上的，所以这天是牛王诞日。当初因为陆地岩石裸露，黄土望不到边，沙尘弥漫，严重影响了人类的生活，牛王奉命从天上来到人间，播种百草，原定是三步撒一把草种，谁知它弄糊涂了，竟一步撒三把，致使野草丛生，侵凌田禾。因此，牛王被罚留在人间吃草。但天上并没有忘记它，每年四月初八，牛魔王便从天上下到凡间，保佑牛不瘟死，这一天人和牛都会停止劳动。主人用枫叶水泡糯米蒸饭，然后先捏一团给牛吃。人们在牛栏外放个小矮桌，摆上供品，点燃香烛，祭祀牛魔王，还要唱山歌，唱彩调，欢庆牛的生日。

传统节日也催生了歌圩与对歌文化，使广西民间歌谣丰富多彩。壮族传统节日除中华民族共同的传统节日外，还有蚂拐节、歌圩节、牛魂节、祝寿节、吃立节、莫一大王节、岭头节等。正月初一至正月三十的蚂拐节有请蛙婆、唱蛙婆、孝蛙婆、葬蛙婆、歌舞等活动，歌圩节以对歌为主要内容。

瑶族特有的传统节日有盘王节、祝著节、敬鸟节、尝新节等。盘王节十月十五祭祀，唱盘王歌、跳泥鼓舞、摆歌堂；祝著节五月二十九为正日，欢庆三天，打铜鼓、唱《密洛陀》长歌、对歌、赛马、射箭、打陀螺。

苗族特有的传统节日有苗年、拉鼓节、芦笙节、祭祖节等。芦笙节绕着花树吹芦笙、跳舞、对歌；跳坡节爬坡杆、唱爬杆歌、对歌、访亲会友。

其他地方性节日也将祭祀唱古歌和对歌赛歌作为一项内容。例如，龙胜红衣节，农历三月十五进行，人们交换商品、唱山歌、吹木叶、顶竹杠、拉山拔河、打旗公；武鸣三月三歌圩节，人们赛歌赏歌、抛绣球、抢花炮、狮子爬杆抢青，表演壮剧、师公戏、采茶戏；田阳布洛陀节，祭祀壮族人文始祖布洛陀、对歌、商贸（见图3-2）。

图3-2　广西壮族民间祭祀习俗

三、世俗生活的反映

世俗生活是一个国家或民族中广大民众所创造、享用和传承的生活文化。劳动时有生产劳动的民俗，日常生活中有日常生活的民俗，传统节日中有传统节日的民俗，社会组织中有社会组织的民俗。

第一，一方水土养一方人。广西各民族形成了其特有的生产劳动民俗、日常生活民俗、社会组织民俗、人生仪礼、游艺民俗、民众思维和观念等。

第二，广西各民族与中原汉族文化有着千丝万缕的联系，其世俗生活既有本民族的特有风范，又受到中原文化各个方面的深刻影响，更加丰富多彩。

这些世俗生活，在文学艺术中得到了充分的反映。因此，在广西民间文学中，有大量反映生活的诗歌、故事，充分展现了各族人民热爱生活，热爱家乡，向往美好生活并为之努力奋斗的情感以及刚健的品格和乐观向上的心态，也充分展现了民众对生活的细腻、率真、丰富的艺术表达能力和审美品质。

其中的情歌，更能显示出广西各民族的生活情趣与语言智慧。年轻的男女歌手将生活中的万事万物信手拈来，通过花歌、果歌、鸟歌、蝴蝶歌，赞颂草木山川、描绘各种花卉和星星月亮，采用比喻、暗示、影射、衬托和双关语等手法来表现他们的想法、表达彼此的爱慕之心，互相倾吐衷情。因此，这些情歌雅致含蓄，美妙风趣，引人入胜，耐人寻味。

四、多民族的共处与纷争

据历史文献记载，自交趾至会稽七八千里，百越杂处，各有种姓。壮侗语民族源于古代百越民族，是百越后裔。百越民族在秦汉以后大部分融入汉族之中，只有以壮族为主体的壮侗语族保留了西瓯、骆越的文化特点，如语言、击铜鼓祈年、祭蛙、鸡卜等。

广西各民族在漫长的历史长河中共生相处，相互影响、相互兼容、相互促进。其中，有婚姻的互通、经济和生活的交往、文化的交流，也有相互的争斗、摩擦与战争。同时，广西各少数民族也吸收了汉族的成分。秦汉以后，汉人与越人通婚的现象日益增多。唐宋以前，汉人移民到岭南越人地区，混杂居住在越人中，极易被越化。而汉人大量移民到广东、桂东地区后，越人与汉人的比例到明清时期发生逆转，汉人多越人少，在这个地区，越人汉化的现象比以前增多。多民族的共处与纷争，必然会在各民族的口头文学中得到体现。

瑶族受汉、壮、苗等民族的影响，风俗逐渐与这些民族趋于一致。特别是在语言、服饰、生产等方面的互相影响。恭城、三江的瑶族一直流传，当他们最初来到此地时，当地已经有一些叫"郎公"的人在此居住，他们讲的是官语。瑶族人刚来时，正是四月青黄不接之时，瑶族人纷纷向郎公人借粮食充饥，每借必得，从未遭到拒绝。瑶族人每天出去打猎，没有从事农业生产，于是郎公人劝说瑶族人从事生产。后来，郎公人自动迁到淘川源口的郎公村居住。瑶族人信奉的庙宇与偶像，都是郎公人留下的。郎公人走后，瑶族人即开始种地。《梁山伯与祝英台》《杨家将》等汉族民间故事，也均在瑶族等民族中流传。

在融水苗族，有制定埋岩立规矩的习惯，根据其歌谣可以断定这种习俗和歌谣也是民族共处和融合的结果。由于从外部迁入的苗族人较多，且有一部分别的民族转变为苗族，这就导致苗族在处理内部事务的时候会出现分歧。为了避免民族内部、村寨内部和村寨之间的矛盾冲突，有必要制定一些制约本地苗人活动的规矩。埋岩时，主持的寨老站在岩石旁边将拟定的埋岩内容逐条宣布，唱"古理古规"歌，各方寨老社主依次登台表态，大家意见一致，就将岩石埋入泥土中。由此产生了如下相关歌谣。

岩石在山岭，岩石千斤重，祖先撬回寨，摆在众人坪。喊来百个社，聚来千条村，竖岩讲道理。道理藏石中，泉断理不断，山崩理不崩。

岩石在山岭，岩石重千斤。弋阳（祖先）撬回寨，埋在众人坪。喊来百个社，聚来千个村。埋岩讲道理，个个听分明。道理藏石中，道理岩泥层。泉断理不断，山崩理不崩。树大树分岔，户多户分门，人多人分灶，燕多燕分窝，一寨分一方，一社分一岭，一家分一份，个个好安生。柴山莫乱砍，田地莫相争，房屋莫乱占，牛羊莫乱牵，瓜菜莫乱摘，田水分均匀。拧绳做一股，埋岩一条心。哪个心肠坏，手脚不干净，盗牛又偷羊，挖窗又撬门，轻的罚银两，杀猪串肉分。哪个心歹毒，烧山烧房屋，勾外来扰内，勾生来吃熟，粗绳来捆绑，活活埋下坑。不罚心不死，不埋不断根。埋岩定法理，教子又传孙。

今天竖个岩，立个碑，不准乖吃傻，强欺弱。哪个乖吃傻，强欺弱，要他顶柱下落，下柱朝天，屋不冒烟，竹不生笋。柴山莫乱砍，田地莫相争，房屋莫乱占，牛羊莫乱牵，瓜果莫乱摘，田水分均匀，拧绳做一股，竖石一条心。哪个心肠坏，手脚不干净，盗牛又偷羊，挖窗又撬门，轻的罚银两，杀猪串肉分。哪个心歹毒，烧山烧房屋，勾外来扰内，勾生来吃熟，粗绳来捆绑，活活埋下坑。[①]

五、以歌代情的文学传统

广西各民族都有自己的歌仙、歌手、歌师、歌王。刘三姐就是唐朝时期的一位民歌手。她聪明美丽、口齿伶俐、能歌善舞，但家境贫苦，靠打柴种田为生。财主莫怀仁对她的美貌一直垂涎欲滴，想霸占她为妻，便请来三位能对歌的秀才与三姐对歌，结果三位秀才大败而归。莫怀仁恼羞成怒，下令在民间禁歌。广西各地还有很多唱歌的场合，会定期不定期地举办歌会、堂会。广西各地还有很多歌圩，其中三月三歌圩尤为出名（见图3-3和图3-4）。

---

① 李干芬.融水苗族"埋岩"习俗谈[J].广西民族研究，1997(4)：88-94.

图 3-3　广西武鸣"三月三"歌圩

图 3-4　广西大新县"三月三"歌圩

旧时广西普遍存在用情歌求婚、倚歌择偶的风俗，认为会唱歌是一个人有才华有能力的表现，如果有人不会唱歌，就无法谈恋爱求偶。

壮族人无论男女，从四五岁的童年时代就开始学唱山歌，父教子，母教女，形成幼年学歌、青年唱歌、老年教歌的传帮带习俗。在农村，无论下地种田，上山砍柴，婚丧嫁娶，逢年过节或青年男女间的社交恋爱等，都会用山歌来表达情意。有些地方甚至家庭成员之间的对话、吵架也以歌代言。唱歌几乎成为壮族人民生活中不可缺少的内容，人人能歌，个个会唱。因此，广阔的壮乡，素有"歌海"的美誉。从内容上分，有新婚歌、新建歌、酒歌、野外歌、丧葬歌等。其中，仅新婚歌、新建歌、酒歌内容就包括祝贺歌、祝寿歌、遇歌、问歌、答歌、克己歌、赞路歌、赞田垌歌、赞社王歌、赞村基歌、赞房屋歌、赞桌凳歌、赞对象歌、衣服歌、鸡叫歌、爱歌、离别歌、相约歌等；仅爱情歌曲就有引歌、初会歌、大话歌、初问歌、盘歌、赞美歌、追求歌、初恋歌、结交歌、定情歌、赠礼歌、嘱别歌等，能连唱几天几夜。歌词有五言的、七言的、十三言的、十七言的；调子分山歌调、民谣调。一般是男女对唱，一问一答，或女声齐唱。甚至传说中壮族的歌祖是一棵会唱歌的大树，他唱了 9 999 年，树上的每一片叶子都是一首歌，落在河里，水就会歌唱；飘在风中，风也会歌唱。

第二节　广西民间文学的历史发展阶段

一、明清以前的广西民间文学

广西，过去被人们认为是边徼南荒。这里聚居着 12 个民族，其中少数民族就有 11 个，他们没有本民族的文字，不能把自己的口头文学记录下来。而来广西的汉人官家，也认为少数民族的口头文学怪诞不经而不加重视。因此，汉文古籍中记载的少数民族口头文学作品也寥寥无几。然而，儒家文人中的有识之士认为于风化中可以了解民情，所以广西古代的民间口头文学作品，也零星散见于汉文古籍中。例如，传说三国吴人所著的《交州外域记》，就记载了安阳国公主和南越王子恋爱的故事。此后北魏的郦道元在《水经注》的浪水条中，也记有今洛清江一带的民间传说。南朝任昉的《述异记》中，就讲到桂林有盘古庙。而唐朝段成式的《酉阳杂俎》则有完整的《叶限故事》，这是全世界流行的"灰姑娘型的故事"的最早记录。段成式在书中说，这故事是邕州溪洞人李士元向他讲述的，可见广西地区的民间故事，早就开始由文人转述而流传于中原地区，成为中国文化的一部分。

作为专著来论述广西古代民间口头文学作品的，不得不提到唐朝人莫休符的《桂林风土记》，宋朝人范成大的《桂海虞衡志》，南宋周去非的《岭外代答》。明朝人邝露的《赤雅》，则是把风俗、民间口头文学及社会生活融于一体，该作品对研究古代的广西民间文学有一定的参考价值。但也应该认识到，这些作品或多或少都带有猎奇的眼光。

二、近现代的广西民间文学

清光绪年间，歌颂农民军首领刘永福和爱国将领冯子材、苏元春抗击法国侵略者的民间歌曲，广泛流传于中越边境的广西地区。这些民间歌曲主要包括山歌和叙事长诗。山歌多为方言单声部山歌，分汉族粤语山歌和壮语山歌。粤语山歌有流行于龙州一带的民谣《刘二打番鬼》和《龙州来个苏宫保》，流行于浦北的汉族灯调《歌唱刘义冯子材》，流行于防城的汉族说唱调《送郎打老番》等。壮族山歌有流行于凭祥的叹声《冯子材打老番歌》，流行于宁明的叙事长歌《黑旗将军刘永福》等。歌调多为七字四句，讲究平仄，格律严谨。曲调多为上下句变化反复。《刘二打番鬼》的唱词为五字四句的民谣。

太平天国民歌包括山歌和叙事长诗。山歌有汉族粤语山歌，如流行于桂平金田、江口、紫荆一带的拜旗歌《四四方方一盘棋》《天字旗号飘得远》；有客家话山歌，如流行于上述地区的《天国起义在金田》《招兵歌》和《天不均》等；有壮语山歌，如流行于武宣和贵县部分地区的山北欢《春天百花开》，师调《你投天军娘心开》和《太平天军来》，江南欢《女将洪宣娇》以及流行于宜山一带的叹调《翼王来坐镇》，流行于崇左一带的叹调《舞台歌》和《吴凌云破宁明》。叙事长诗主要有流行于崇左一带的衬腔式二声部叙事长歌《吴凌云起义打官家》等。

1918年，象州籍北京大学学生刘策奇假期回到家乡，深入壮乡瑶寨搜集歌谣和民俗资料。1928年，石兆棠在象州搜集壮人结婚仪式歌。1943年，广西艺术师资训练班陆平深入民间采集传统民歌及抗战新民歌，在1943年《音乐与美术》杂志第10期上发表了《关于采集民歌》一文。综合著述有刘介的《苗荒小纪》和《岭表纪蛮》，魏党钟的《广西的民族——苗瑶壮》，雷雨的《冲苗纪闻》，庞新民的《两广瑶山调查》，徐松石的《粤江流域人民史》和《泰族壮族粤族考》。

专门性著述有陈志良的《广西特种部族歌谣集》，石兆棠的《壮人结婚仪式歌》（采录广西象县长篇民歌），瞿笃仁的《广西的民间文学》，谢曼的《广西特种歌曲介绍》等。

另外，还有很多是第一、二次国内革命战争时期反映工农革命斗争的民间歌曲。

三、当代的广西民间文学

（一）广西民间文学的大力发展期

中华人民共和国成立以后，广西民间文学进入了大规模搜集、整理、研究时期。

一是借着民族调查与民族识别工作的进行和民间文学、方言的调查、普查与研究，成立了专业机构和社团，开始有计划、有组织地开展普查、搜集、研究活动，如壮族文学编辑室、广西民间文学研究会。1958 年，广西壮族自治区成立后，广西开始有组织有计划地对全区的民间文学进行全面的普查、搜集、整理、研究、推广和应用，取得卓著成就。搜集到民间文学资料 5 000 多万字，编印成各类资料 396 册。其中，包括生活在广西的 12 个民族的神话、史诗等在内的极为珍贵的民族优秀文化遗产，已经被出版的达 560 多种。1958 年，组织调查队对广西 32 个县、市壮族地区的壮族文学进行历时两个多月的普查，搜集相关材料300 多万字。1963 年，广西组织民族文学普查队，对全自治区 15 个少数民族聚居县（市）进行为期半年多的普查，搜集了一批民间故事和民间歌谣。

二是形成了广西民族民间文学研究团队，主要成员有韦其麟、过伟、依易天、杨通山、莎红、黄勇刹、萧甘牛、蓝鸿恩、蒙光朝等。其中，萧甘牛（壮）搜集、整理、编著了壮、瑶、苗、侗等少数民族民间故事和歌谣集 10 多种，并发表了一批论文，出版了《广西民间歌曲集》。

三是根据民间文学题材创作的各类作品如《百鸟衣》《刘三姐》等大批富有民族特色的文艺作品，在国内外产生了深远的影响，为中华民族赢得了荣誉。

四是广西民间文学的队伍不断发展壮大，涌现了一批又一批在国内外深有影响的专家。他们和广大民间文艺工作者一起，除广泛深入开展田间作业、搜集整理作品外，还加强了理论方面的研究，在报刊上发表的论文数以千计，出版的理论专著、论文集也有多种。其中，广西壮族文学编辑室和广西师范学院（今广西师范大学）中文系联合编著的《广西壮族文学》，对壮族民间文学进行分类研究，成为论述壮族各个时期民间文学演变和发展历史的首部学术著作。

这一时期由于对大众文化的重视和红旗歌谣的影响，还出现了大量的新民歌、新故事，繁荣了广西民间文学的创作。

（二）广西民间文学的繁荣期

1976年至今，为广西民间文学研究的繁荣时期。一方面由于现代化的发展，广西民间文学的生态发展与弘扬遇到了现代化的强烈冲击，只能沿着舞台化和"文化搭台、经济唱戏"的模式进行；另一方面，广西民间文学的研究却迎来了百花齐放的春天。

一是学术研究机构和团体增加，其中有广西民间文艺家协会、广西社会科学院少数民族文学艺术研究所、南宁师范学院（今南宁师范大学）民族民间文学研究所、广西民族学院（今广西民族大学）民族语言文学研究所、广西师范大学中文系民族文学研究室、广西大学文学院等，这些机构、团体及其成员壮大了广西民间文学的研究力量，并将研究成果搬上了讲堂，开设了相关的课程，加强了学科建设，有了专业本科、硕士研究生。

二是继续做好普查与非物质文化遗产保护工作。1979年8月，自治区文化局、自治区民族事务委员会、自治区文联、广西艺术学院联合成立了《中国民间歌曲集成·广西卷》等三大音乐集成编辑部，动员自治区直属单位及各地、市、县音乐工作者参加采风工作，对民族民间音乐进行普查、搜集、整理，至1981年5月，《中国民间歌曲集成·广西卷》初稿完成。1984—1986年，根据全国艺术科学规划领导小组的部署，广西组织、动员民间文学工作者进行历时两年的"三套集成"普查，搜集民间文学资料数千万字，并在其后编辑出版了各县资料本、县卷本。1987年起，广西壮族自治区对民间文学、民间舞蹈、民间戏曲、民间音乐等非物质文化遗产进行普查、采录、翻译、整理，出版含民间故事、民间谚语、民间歌谣、民族民间舞蹈、民族民间器乐曲等多种艺术形式的广西专辑。2004年3月，广西进行了平果壮族"嘹歌"文化调查，收集了不同类型与内容的"嘹歌"手抄本；2003年8月，进行了来宾市盘古文化调查，写成《多维视野中的来宾壮族文化》《盘古国与盘古神话》《壮族盘古文化的民族学考察》《追问盘古》等四种著作；2002年，进行了敢壮山布洛陀文化调查，收集布洛陀经诗手抄本31种、布洛陀民间传说84篇、布洛陀叙事山歌录音带122盒，编撰了《布洛陀文化资料汇编》，编辑了《布洛陀山歌选》《布洛陀故事集》《布洛陀论文集》等书。并且申报了两期国家、区非物质文化遗产名录。

　　三是研究方法多种多样，进行了全方位的、深入细致的研究。其中，在比较研究、资料研究、民俗与文化事象研究、历史与发展研究等诸多领域，取得了突出的成绩。

　　四是研究成果较多。有蓝鸿恩的《广西民间文学散论》，农冠品的《民族文化论集》《广西各民族民间长诗初探》《岭南神话解读》和《广西少数民族创世史诗及古歌价值初探》，黄勇刹的《壮族歌谣概论》《歌海漫记》和《采风的脚印》，过伟的《壮、侗、瑶族创世女神的比较研究》《岭南十二枝花》《讲古》和《南方民间文化与民族文学》，胡仲实的《壮族文学概论》，韦其麟的《壮族民间文学概观》，方士杰的《桂西民间文艺论集》，覃桂清的《刘三姐纵横》，黄革的《瑰丽的壮歌》等。编辑了《广西民间文学丛刊》《中国少数民族文学丛书》《广西各族民间文艺研究丛书》。

　　五是整理、翻译、出版工作有了重大进展。专家从 1986 年开始，在广西、云南等地，搜集到 30 多个用古壮字流传下来的壮族创世经史《布洛陀》民间抄本，从中选出 28 个版本进行研究、对译，首次用拼音壮文、国际音标和汉字来对译手抄古壮字的方式纳入张声震主编的古籍整理项目，并正式出版。

　　六是综合性与理论性研究成果的著作增加。例如，曹廷伟编的《广西民间故事辞典》、韦苏文的《民间故事心理学》等。

　　七是搭建了研究刊物的平台。主要有《广西民族大学学报》《广西师范大学学报》《学术论坛》《广西民族研究》《广西社会科学》《民族艺术》，还包括各大专院校校报、各地县级内部刊物等。

第三节　广西民间文学的保护与传承

一、民间文学非遗传承面临的困境

在国家及地方的文物保护单位的政策指导下，一些学者通过大量的田野调查搜集整理的民间文学，以书面或电子资料的形式被文化部门保存起来，部分民间文学已被列入了非物质文化遗产名录，确定了一批代表性传承人，同时出版了《中国民间歌谣集》《中国民间谚语集》《中国民间故事集》三套民间文学集丛书，在一定程度上民间文学的保护工作取得了较好的成绩。但是，这只是非遗保护的开始，由于民间文学生存的语境已经发生了质的变化，即便是已被纳入非遗保护名录的民间文学，其传承发展前景依然堪忧。

（一）传承空间受限

在非遗后时代背景下，传承的概念在很大程度上发生了变化，非遗的传承既不是把它挖掘出来放在遗产名录上，也不是把这些经典放在藏经柜里，而是要想方设法将其科学、合理、有效地保护起来，使之能进一步传播、利用和推广，能给研究者提供学术理论方面的支持。原生态的民间文学起源于田间山野和劳动人民中间，其传承有一定的时代性。当前，民间文学传承面临的困境是农村城镇化进程加快，社会在转型，人们的生产、生活方式和文化生态都在日益变化，许多结合农事生产的民间文学，如劳动歌、谚语等已随之消失，一些原来在农闲时开展的民间活动，如唱山歌、戏曲表演等也随着电视、手机等高科技产品的普及而逐渐失去了吸引力。这一系列原因，打破了原生态民间文学生存的空间，使之失去了生存的土壤，导致文化的传播受到了影响和阻碍，生存的空间也逐渐萎缩。因此，这样的生存环境可能会导致民间文学的保护与传承成为空谈。

（二）传承链断裂

民间文学是劳动人民集体智慧的结晶，是人民群众表达思想、抒发情感、传授经验的一种口头方式，这种方式是在特定时期民众生产生活及娱乐的产物，是人们生活中的必需品，其传承是口传心授的。然而，随着农村城镇化的发展及工业化的进步，越来越多的农村人放弃了低收入的农业生产生活，转到各城市务工，加之互联网技术已覆盖农村，几乎家家通网络，这些因素导致民间文学不再是人们生产生活中不可或缺的一部分，年轻人对祖辈传承下来的这些传统文化已不再感兴趣了，甚至会将其视为落后文化。据统计，目前国家级代表性非遗传承人近一半人为 70 岁以上，平均年龄达到了 60 多岁。这一变化进一步加剧了民间文学传承链脱节的困境，进而导致民间文学失传等一系列问题。

（三）承载体损坏

文化的传承往往需要一个载体。一是实物载体，如传说、故事、山歌等大多依附于与之相关的地方风物作为载体，有明显的地域性。当山川、田垌、寺庙等特定风物被改造成了城市高楼大厦或工厂时，其文化依附的载体也随之消失了。二是地方语言载体，如山歌、戏曲等以地方方言口口相传进行传播与传承的文化，也有明显的地域性。例如，山歌被视为壮乡广西的文化标签，刘三姐歌谣已传遍大江南北。然而，随着乡村的开放、走出大山进城务工人口的增多以及山区孩子受教育程度的提高，人们日常交流、工作和学习主要使用普通话，部分年轻人甚至不会家乡的方言，听不懂家乡的话，因而这种以地方方言为载体口口相传的山歌文化也渐渐失去了原生态的语境。民间文化的载体已在社会发展中遭受了巨大的损害，民间文化保护工作的开展也将难以启动。

（四）传承保护存在极端性

民间文学需要的是在保护中传承，在传承中发展。然而，目前的实际问题是民间文学的传承与保护存在两个极端。一是保护上存在着明显的缺陷。文物保护单位或研究机构往往将这些文化搜集整理成文字、影像等资料后永久封存，或是只提供给少数学者研究之用，这些文化在受到较好保护之时，也远离了人们的生产和生活，因而将无法继续发展。二是传承中存在明显的功利性。马林诺夫斯基认为，实用是文化事象存在和延续的前提。随着市场经济的发展，一些地方利用当地的民间文化进行文旅开发，以实现文化保护与经济增长的双丰收。通过市场运作激活民间文学，走出传承困境，使民间文学在新的环境中获得了新的生命和价值，这在新的文化生态背景下是一大进步。但许多地方为招揽游客，实现经济效益的最大化，往往考虑的经济价值较多，真正重视的民间文化价值较少。因此，这种带有开发性质的文化传承和保护工作有着明显的功利性，并不能较好地改变民间文化保护工作面临的现实困境。此外，过度的经济开发还有可能对民间文学资源造成毁灭性的破坏。

二、广西民间文学的生存保护对策

（一）注重恢复传承空间和文化传承的完整性

广西民间文学是广西民间文化极为重要的组成部分，它展现了人们物质生活贫乏时丰富的精神世界。因此，相关的积极保护工作不仅要保护文化遗产的艺术形式，还要保护其传承和生存的空间，以确保文化保护的完整性和生动性。让广西民间文学在保护中传承、在传承中创新发展是广西民间文学活态传承的最佳选择。然而，随着社会的进步和城市化进程的加速建设，一些原生态的文化环境已在建设中被损坏，全方位、完整地保留文化生态的可能性已不能现实。但是，在没有办法完全保护遗产空间的情况下，也可以尽可能保证传承空间的完整性，从而提高相关传承保护工作的实际效果。例如，可以积极有效地保护与文学特质相关的建筑物，如寺庙、祠堂等；还可以积极保护与民间文学相关的景物，如古树、古井等。离开了这些特定风物，民间文学就如无土之木，其本身的魅力也将大大减弱。因此，保护民间文学传承空间和文化遗产的完整性十分重要。

（二）融合新媒体培养传承人

2017 年，国务院发布的《关于实施中华优秀传统文化传承发展工程的意见》中明确提出："要加大宣传教育力度，综合运用报纸、书刊、电台、电视台、互联网站等各类载体，融通多媒体资源，统筹宣传、文化、文物等各方力量，创新表达方式，大力彰显中华文化魅力。"民间文学是中华优秀传统文化的重要组成部分，是中华民族灿烂文化的瑰宝，保护与传承民间文学要顺应时代的发展，与时俱进，将民间文学与新媒体进行充分融合是当前传播和延续民间文学的最佳选择。新媒体对年轻人来说并不陌生，它集视听于一体的优势极大地改变了人们的生产和生活，特别是网络使人们的生活生产变得更为丰富多彩。新媒体的出现使传统的民间文学的传播受到了冲击，其保护和传承工作已迫在眉睫。在此背景下，应借力而上，利用新媒体平台，借助网络，投年轻人爱电影、爱电子阅读等所好，将民间文学制成纪录片、电视剧、电影或电子书等，既满足当今时代人们的需求，又使民间文学得到动态传承。例如，广西将"刘三姐"这个非遗文化因子与新媒体结合打造出电影、电视剧《刘三姐》《印象刘三姐》等形式，不仅让非遗文化得到了有效的保护和传承，还红遍了大江南北，让中国的民间文化成功走向了世界，吸引了无数中外粉丝。

（三）提高民众的文化自豪感和文化保护意识

一是充分利用法律法规手段提高人们对民间文学的保护意识。为提高人们对民间文化的保护意识，也使非物质文化遗产保护更为规范，国务院于2005年和2011年先后发布了《国务院关于加强文化遗产保护的通知》《中华人民共和国非物质文化遗产法》等文件和法规，同时也要求各地各部门结合具体情况制定地方保护体系。这些文件和法规的出台，有利于促进各地加强对非物质文化遗产的保护，使之形成一种文化保护法律上的义务。二是通过政府的宣传和学校的教育等"濡化"形式从思想上提高民众的文化自豪感。每个地区都有自己独具特色的民间文学，这些民间文学之所以能代际传承，靠的是一种民族的情感和文化的认同与自信。在当前文化传承链几近脱节的背景下，唤醒人们心中对传承民间文化的记忆，特别是提高年轻人对本民族民间文化的认同和理解，显得尤为重要。因此，应当充分利用学校，特别是高等院校的师资优势，通过将地方民间文学融入课程教学体系或校园社团文化等形式，让年轻人深入了解民族文化，读懂民族文化，从而增强民族情感，提高他们对民族文化的自豪感。只有这样，才能为地方大力培养高素质的年轻传承队伍，确保文化的有效传承。

（四）让民间文学类非遗文化融入民众生产生活

随着社会的转型，人们的生产生活方式及文化生态已发生了改变，那些存活于农耕稻作中的民间文学正走向衰落，这已经是不可否认的事实和难以扭转的趋势了。人们的生活及娱乐方式已有了更多的选择，传统的民间口头文学对他们的吸引力已大大地被削弱了。因此，在新的历史时期，保留民间文学的原生态基因，通过文化的重构与转型，使之融入现代人的生产生活，并且为现代人所享用，也许是延续传统口头文学生命的最佳出路。例如，将传统文化与现代人追求的休闲娱乐生活融合发展，构建一个非遗"保护＋传习＋旅游＋扶贫"的互利共赢发展模式是延续民间文学生命的重要通道。

《中华人民共和国非物质文化遗产法》规定："在有效保护的基础上，合理利用非物质文化遗产代表性项目开发具有地方、民族特色和市场潜力的文化产品和文化服务。"广西民族传统口头文学中以刘三姐歌谣文化为主题的文化产品经重构已成功转型的有《印象·刘三姐》《壮欢唱响一片天》《爬山担担草》《月亮》等，在社会上颇具影响力。此外，广西南宁一年一度的民歌艺术节及广西各地在"壮族三月三"民族传统节日期间举办的山歌擂台赛也已由田间地头、山坡野岭的原生态歌谣文化演变成了现代人休闲娱乐的文化，成为广西各地融"文化、旅游、经贸"于一体的综合性节庆活动及广西与全国各地乃至世界开展文化交流的重要平台。这些可看作广西歌谣文化在现实生活中活态传承的典范，广西的品牌文化已成功地融入了现代人的生活中。它们的成功转型不仅激活了广西各地的旅游业，还给广西各地人民带来了福利包，是广西依靠文化旅游脱贫的宝贵资源。

总之，在文化生态已改变的时代背景下，广西民间文学的传承与保护面临着诸多困难，我们既要注重经济发展，又要为广西民间文学的创造性转化与创新性发展提供重要通道。

本章小结

我们国家是一个多民族的国家，这也在一定程度上决定了我国生态文化体系的多元性，为构建具有丰富内涵的生态文化提供了较好的资源。广西各民族生活在相对偏僻的地区，具有其适应自然环境的生产生活方式，在长期的历史积淀和发展以及与自然不断的互动过程中，形成了独特的生态文化智慧。在各民族的生态观念中，都存在着人与自然是相统一的有机体、尊重自然、敬畏自然的传统认知。本章从广西民间文学产生的生态文化环境入手，阐述了广西民间文学的各历史发展阶段，论述了广西民间文学的保护与传承等相关问题。

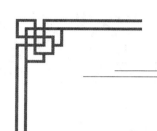

第四章　多姿多彩的广西民间文学文化形态及艺术特点

第一节　广西民间歌谣及其艺术特点

歌谣是各族人民在生产、生活及社会实践活动中集体创作的。因此，它记下了各个历史时期各个民族的习俗、信仰和人们的思想状态，展示了各自民族的精神风貌。歌谣的艺术风格也各有特色。在歌谣里，不仅可以看到巧妙的构思、质朴自然的语言，还可以看到赋、比、兴的运用以及丰富的韵律和节奏。此外，广西歌谣除了具有上述的通性特点外，还有自己独有的某些特点。

一、广西民间歌谣的种类

歌谣是篇幅短小、以抒情为主的民间诗歌的总称。《诗经·魏风·园有桃》："心之忧矣，我歌且谣。"《毛传》注："曲合乐曰歌，徒歌曰谣。"[①] 由于歌谣贯串于各族人民社会生活的不同阶段，渗透在社会生活的不同领域，而各民族又有不同的特点和发展情况，所以如何对它进行详细系统的分类，是个十分困难的事情。按照广西歌谣所反映的内容，大致可分为引歌、古歌、劳动歌、时政歌、习俗歌、生活歌、情歌、历史传说故事歌、儿歌九种。

（一）引歌

引歌，壮语称"欢咯""诗媒"，是关于唱歌的歌，内容包括歌谣的起源、传承、性质、作用、威力及传唱歌谣的意义等，具有民间诗论的性质。这类歌即兴即唱，不分场合，在男女对歌时，引歌也常被当作邀请对方的开头歌。引歌基本上在每个民族的民歌中都有，但是广西歌谣尤其突出，引歌的内容具有典型性。

1. 表达对唱歌的热爱和赞美

例如，壮族引歌《出门三步就唱歌》（天峨县山歌）：出门三步就唱歌，天生爱好无奈何，祖祖辈辈相传唱，一代更比一代多；毛南族引歌《人在世间爱唱歌》（环江县比）：大树脚下人爱坐，急水滩头鱼爱跃，鸟在深山鸟爱叫，人在世间爱唱歌；彝族引歌《白头也要唱几载》（那坡县芒腊）：唱就唱，我虽不是好歌

---

① 陈金文.壮族民间文学概要[M].北京：民族出版社，2016：178.

才，活在世上几十载，靠着唱歌开心怀。来就来，山歌本是人人爱，莫嫌年岁过花甲，白头也要唱几载。

唱歌对于各个民族来说是一件非常重要而且快乐的事情。毛南族、彝族把唱歌当作生命的一部分，哪怕是白发苍苍的老年，连唱歌时也丝毫不减当年的热情。并且，通过鱼会跳、凤凰寻知音、蝴蝶飞不动等意象来间接表达歌声迷人，甚至把唱歌当作像鱼爱跃、鸟爱叫一样是大自然的定律，而爱唱歌则是人的自然本真的反映。

2. 说明唱歌的性质与作用

在少数民族中，歌谣有多种功能。很多民族都是靠唱歌来传播知识、劳动技能以及进行相关的道德教育的。歌谣是人们的精神食粮。

例如，苗族引歌《找伴要唱歌》(融水县山歌)：种田要清基，草少虫也少。做笙要安簧，靠簧出声调。芦笙有六管，音响震九霄。找伴要唱歌，肝胆才相照；瑶族引歌《唱起山歌好做活》(荔浦县山歌)：瑶家姐妹爱唱歌，唱起山歌好做活；春天播下百样种，收成几多歌几多。

壮族人民把唱歌当作是艰苦劳动岁月里不可或缺的"调味品"，在节日庆贺时唱歌可以调节气氛。在各民族的引歌中也显示出了这一功能，结婚的时候，唱歌可以当彩礼，过年的时候，唱歌可以当祝福。元旦、春节、八月十五等，或是各民族所特有的节日，都少不了用歌声来表达情感。瑶族的姐妹们边唱歌边干活，说这样可以多丰收。唱歌还可以解烦恼。生活中有各种烦恼，唱歌可以是排除寂寞的良药，并且这剂良药是"谁人也管不了"的，上至天上的大星，下至地上的皇帝、提督都管不了唱歌者。唱得好可以"解得万年忧"，连那石山、鸟儿、江水也乐开怀。哪怕是无田无地的阿哥阿妹也可以通过唱山歌来解愁。苗族的引歌还可以用来寻找伴侣，通过歌声向心上人传达爱意。在男女对歌时，引歌也常被当作邀请对方的开头歌。

3. 渗透了对本民族的历史感情和思想信仰

例如，瑶族引歌《村村有歌堂》(金秀县石牌曲)：自从盘古开天地，伏羲兄妹造了人，先有瑶，后有朝，先立青山，后立朝廷，先立村屯，后立金坛社庙来供神。我们二十四花山，三十六瑶村，村村有歌堂，寨寨有歌手。每逢祭祀，众聚如云，开怀畅饮，处处欢腾。歌堂里面摆长凳，搭好歌台起歌声，为的不忘根柢。不忘瑶家祖宗。

在瑶族的传说中，有关盘古开天辟地和伏羲女娲造人的故事，都在他们的引歌中有提及，不仅起到了起兴的作用，还表达了一种对民族的热爱和对祖先的尊敬。在侗族中也有相关的引歌来介绍教他们唱歌的俄妹、周夫，记载着他们开创侗族歌曲的独特功劳。

（二）古歌

古歌即远古时代的歌。它的内容包括叙唱天地形成、人类诞生、万物由来以及那些无所不能的神话人物的事迹，是远古人类根据自己的想象力试图解释自然的歌谣。

在广西的 12 个民族中，每一个民族都有着自己的关于创世和本民族发展的古歌，如壮族的《布洛陀》《嘹歌》、瑶族的《密洛陀》《盘王歌》、彝族的《铜鼓歌》《梅葛》、苗族的《根忍娜》《中饮纳》、毛南族的《创世歌》等。每一个民族都在这些歌谣中讲述着先民对世间万物的认识，叙述着本民族的发展历程。

壮族尊奉布洛陀为本民族的始祖神和英雄神，认为本民族是布洛陀创造的，自己民族的一切是布洛陀赐予的。布洛陀是壮语名称。"布"是对受人尊敬的长者、老者的尊称；"洛"是认识、知道；"陀"是足够、彻底。布洛陀就是无所不知的受人尊敬的智慧老人。布洛陀原是壮族古代先民中一个比较大的部落的首领，在生产和生活中有许多发明，受到人们的普遍尊敬。于是，人们把自己在生产和生活中形成的理想追求、内心愿望和生活经验，无论是对自然的、社会的还是人自身的理想追求，都附加到布洛陀身上，使之成为布洛陀的神格，然后又以布洛陀的名义，来训导和保护人自身，作为人们的精神寄托和理想追求。就这样，经过历代壮族人民的加工和塑造，布洛陀的形象逐步高大，品格不断丰富，从而具有神的形象和品格。例如，选取《布洛陀经诗》中的片段。

神人布洛陀，飞来定天下，传令来放生：第一放下鸡，第二放下狗，第三放下猪，第四放下羊，第五放下牛，第六放下马，第七放下人。王回到上边，人未长齐全，上顶没长头，身体没长肉，没喉管呼吸，没下巴脸腮，没有一双脚，没有两只奶，要走就撞树，要行就打滚。布洛陀看见，在上来做主，造印来传令，派下四脚王。四脚王下来，遵令把人造：造手又造脚，用茅草烧硬；捏泥做头颈，成人笑盈盈。男人装胡须，女人置双奶。造后生老人，造小孩大人。从此有人烟，天下人繁衍。①

① 广西壮族自治区编辑组，《中国少数民族社会历史调查资料丛刊》修订编辑委员会.广西壮族社会历史调查 （二）[M].北京：民族出版社，2009：159.

苗族的《顶劳》节选。

还有一节木，周身黑乎乎；

外面烂成肉，中间硬如骨；

化身两只蝶，相飞又相扑；

相扑又相飞，双双情切切；

水面去屙蛋，顶劳破蛋出。

顶劳是个人，开天又辟地；

顶劳是个人，天地莫能敌；

看到天地斗，顶劳有主意；

天上害哪里，顶劳战哪里；

地下缺什么，顶劳全补齐；

世间一切物，顶劳做出的。①

瑶族的《令公传》。

曲子悠悠鼓连连，令公坐坛唱根源。我爷原是李家子，过胎再世又姓雷。父是雷王大圣帝，我母原是水上仙。人娘三十有男女，我娘二十断花根。三月初三踏青去，我娘起步入花林。人娘怀胎九个月，我娘怀我两三年。怀我三年未降世，又住母胎十八春。上皇元年五月五，官人划船在江边。娘在江岸看划船，忽然彩云落胸前。娘身发汗又发冷，把我降在人世间。小子出世无水洗，五龙运水来洗身。过了三朝就出齿，七朝就去拜先天。九娘闻得我要走，千言万语嘱谨慎："莫打鸦头山上去，毒蛇猛虎得当心；莫打天圣桥头行，洗纱娘子没好心……"

令公不听九娘嘱，偏走天圣桥头前。洗纱娘子把路拦，令公当然不答应。当场抖身现法术，化作鱼儿把波掀，化作鱼儿水底去。匆匆趱行赶路程，不意来到东洋海，遇见二郎旧同年。同年相会戏斗法，先斩头脚上床眠。二郎化身床头毽，令公斩脚丢门前。次日早起要赶路，门外双脚已不见，令公急得团团转。因何法术不灵验？

二郎有脚前头走，令公无脚泪涟涟。令公越想越不服，要禀玉帝就上天，二郎随后紧相跟，捂着嘴角笑连天。玉帝一见呵呵笑，笑呵呵来问开言："你俩同受梅山法，因何你法不周全？"言罢拿出铁弓箭，专等兀鹰飞过天。忽然兀鹰飞天过，玉帝操弓正应弦。当场斩下鹰爪脚，马上接上令公身。

---

① 杨通江.苗族歌谣文化[M].南宁：广西人民出版社，1992：31.

令公重新有了脚，连忙叩谢又蹬程。要去西天揽月星。二郎坐着木船去，令公却坐莲花船。到了半路风浪起，鹰爪扒开莲叶穿。莲船沉到龙王殿，龙王恼火眼冒烟。令公料身要斗法，一时海洋冒青烟。龙王有个第三女，心慕令公法术深；要同令公偕好合，要同令公同枕眠。龙王无奈休了战，杀鸡开酒摆佳宴。受过龙王三杯酒，两个夜叉陪归程。路上令公挑逗说："你俩性命不周全！"夜叉一听好惊惶："我俩哪里不周全？"令公轻轻把咒念，夜叉立时倒地眠。令公斩下夜叉头，安在自身颈项边，又斩夜叉两双手，接到自己身两边，从此三头又六臂，满身非凡难比论。一手揽日照天界，两手揽月照凡尘，三手提弓四提箭，五拿宝剑又和盾，剩有第六一只手，留到恧器探魏田。

一日令公经武当，遇着真武在山前。真武有意试其法，披袍带甲滚尘魈。令公大吼老虎搬，灯草做索手中牵。手牵老虎当马骑，青竹毒蛇当马鞭。转眼回到铁山庙，九娘坛主正排筵，猛虎巡守列两旁，山魈提问站四边。五府夜叉庙前立，只少王宫坐中间。令公昂头中间坐，化作北府李遁天。九娘见他法术高，立即焚香尊圣贤。此后令公朝金阙，龙归大海风归天。祖宗先烈得保佑，子孙代代庆升平。

毛南族的《新婚祝福》说古，据搜集整理者说此歌是在毛南人办喜酒时由师公在香火堂前敬酒献三界或者在新娘房门旁花篮处唱的歌。

当着宾客都在这里，听我老人慢开腔。周围青年听我讲，哪个会练才会唱。从前天下正遭殃，天地无皇人慌惶。未有房子住荒山，树叶遮身作衣裳。茅草竹角当棉袄，芒叶作巾缠腰间。长寿百岁满脸有皱纹，头上无发像葫芦一样。街上没有米粮买，就把野果当早餐。半夜寒冷宿荒野，洪水把万物都冲光。仙人女娲重造天，正月初二种葫芦。八月葫芦长得像谷仓一样大，天下洪水漫山头。兄妹躲进葫芦里，三年水退回人间。先朝人类都完了，重制太极阴与阳。太白金星这样说，妹去和哥结婚姻。重制人类留天下，兄妹从此心连心。

盘哥追到南山上，追得古妹无处藏。又逢金龟老仙家，骗她再等听细详。不想与哥结良缘，分别住在高山上；各自点香敬天地，两股烟飘来自缠。哪里去躲也不得，就拜松树做媒人。兄妹成婚已带孕，九年养个石盘胎。太白到来用刀砍，顷刻娃仔满家中。十个男娃九个女，长大分别合家庭。

天下人啊都是圣母生，有巢氏发明造房子。杜康第一个酿成酒，燧王发明火来免吃生。禹王治水挖河道，唐王教人修道念金经，创立教道靠八仙，二十四行孝敬爷娘。尧王发行钱币做生意，古时王义创圩日。洪武王创立州和县，教人学武又学文。设立衙门管天下，鲁记开田种庄稼。王挖教人去种地，大海纺纱又织布。先朝轩辕制衣裳，菩萨礼王养牲育。马明最初养牛马，且营在乡下养成猪。当初皇鲁养鸡鸭，今日主家才能办筵席。

从广西各个民族的古歌来看，可以把它们的特点归纳为以下几点。第一，对先民的无限崇敬。主要表现在对祖先创造世界创造人类万物的细致描写上。在瑶族古歌《密洛陀》描写的洛陀和洛西的第六个女儿在照顾婴儿时："缝了二十四件上衣，做了二十四件裤裙。剪了二十四张头巾，钉了二十四双鞋子。她给婴儿们擦身，她给婴儿们洗脸。她给婴儿们穿衣，她给婴儿们穿裤。她给他们打扮，二十四个婴孩，个个可亲。"一连串的动作描写歌颂了母亲的慈爱。《铜鼓歌》中叙述了祖先迁徙的辛苦："大唐那时代，战火又燃遍，白俫遭排挤，重又受熬煎；我祖在普梅，人马分两边，远的去交趾，近的来镇边；个寻个的山，各走各的路。"表现了祖辈在发展过程中的艰辛。第二，神话的手法。大量使用想象和夸张，突出先民的神力法力、牺牲精神和智慧。例如，流传于广西巴马县的壮族古歌《布洛陀造米》："很久很久以前，天地离得近；六合围得紧，八方无声息。弯腰捡得星，伸手撕得云；舂米锤碰天，劈柴斧碰云。'轰'一声霹雷，盘古开天地；六合全分开，成如今天地。六合分开了，欢天又喜地，满山传呼声，遍地飞笑语。"第三，很高的文学艺术价值。流传在民间的广西各族古歌，无论是在情感的表达上，还是在其中塑造的人物形象、表达方式上，都具有很高的艺术价值。第四，很重要的社会功能。流传下来的关于原始万物产生、各个少数民族的起源和发展的古歌，无论是对民族历史的研究，还是对人类文化学的研究，还是教育本民族的子民，培育中华民族精神，都有很大的作用。

（三）劳动歌

劳动歌是伴随着劳动产生的一种古老的歌谣。在传统的农业社会中，人们日出而作，日落而归，劳动成了人们生产生活的重要活动，也是歌唱的重要内容，有的歌直接描述劳动的动作、场面，有的则表达劳动者的心态和体验。歌唱内容有关于农田耕作的，有关于打鱼围猎以及纺织、榨油、建房等手工劳动之类的。值得注意的是，这类歌并不都是在劳动时演唱的，更多的是在欢聚和喜庆的场合演唱的，其形式有的是呼号式的，多数是欢乐的放歌。壮族姑娘在捶布时唱的《打布歌》即是表达了歌唱劳作的愉快心情。

金剪刀，银剪刀，剪来天边金银霞。

自己剪来自己打，一片温暖落壮家。

　　轻轻地打，慢慢地搓。

　　一捶捶出欢乐歌，一拉拉出甜心话。

　　日纺纱，夜纺纱。

　　松明当灯来织布，难免布上有疙瘩。

　　轻轻捶，慢慢拉。

　　捶得好光亮，拉得好平滑。

　　裁一双鞋面，绣两朵桃花。

　　莫给人知晓，你要送给他。

　　勤劳聪明的劳动人民，不仅用劳动歌表达劳动的艰辛与快乐，他们还善于用歌来记录、传播劳动的知识和经验。例如，广西宁明县壮族民众在歌中的描述。

　　春天来到桃花开，摘锄拿铲背犁耙，

　　指望丰收得两造，人人温饱笑哈哈。

　　夏天时节晴似火，耕田耙地汗淋漓，

　　有饭有肉咽不下，馊粥酸菜倒好吃。

　　秋天天气早晚凉，满田满峒稻谷黄，

　　家家欢喜谷丰收，收了芝麻榨蔗糖。

　　冬天霜雪落纷纷，养猪养鸡样样成，

　　吃得饱来穿得暖，过年过节大把吃。①

（四）时政歌

　　时政歌是劳动人民有感于切身的政治状况而创作的歌谣。人们经常用歌谣反映时代和政治，表达他们的心声，包括讽刺歌和颂歌两部分。

　　讽刺歌的主要内容是对历代反动统治者的抨击以及对社会上各种不良现象的讽刺。例如，《骂土官》中的描述。

　　土司官，土霸王，他是村中两脚狼，

　　长工日割四担谷，还要人交四两蝗。

　　世上珍馐他尝过，新娘贞节遭灾殃。

　　反就存，顺就亡，六月飞霜进班房，

---

① 中国民间文学集成全国编辑委员会，中国歌谣集成广西卷编辑委员会.中国歌谣集成 广西卷
[M].北京：中国社会科学出版社，1992：42.

滔天罪恶终有报，山涧泉水葬阎王。①

颂歌主要是歌颂中国共产党及其所从事的事业。例如，田阳县壮族人民描述的对共产党的热爱和感激之情。

过去好苦情，饿瘦像条藤；

锅头常挂壁，起了厚灰尘。

过去好苦情，穿的难遮身，

破衣穿三代，湿水有九斤。

过去好苦情，住的破茅棚，

下雨漏成塘，天晴望天星。

共产党来了，人民大翻身，

母猪戴耳环，生活蜜样甜。②

此外，还有大量反映当时的生活状况的歌，如瑶族歌谣。

瑶人历来苦连连，生活无吃又无穿；团结起来打财主，打垮财主得安然。

瑶人祖树开了花，男女老少要出发；扫平天下定世界，人民安乐新国家。

打死官兵我心甘，瑶人一世得平安；历来受尽苦中苦，欺压受侮好心伤。

瑶人这次得法宝，团结起来杀官兵；只把恶官杀尽了，不能欺负这山区。

多数官兵最可恶，妇女出路被他拖；若不团结来打倒，子子孙孙那奈何。

你不唱歌我不来，风不吹来花不开；上山要打猛老虎，平地要杀恶官差。

盘古出世住高山，田地又小水又难；吃的都用山野菜，占到平地我心宽。

唱歌要唱盘王歌，瑶人历来住山寨；天生瑶人为皇帝，跨过江河好安乐。

官兵财主实可恶，农民金钱来抢夺；团结一致来打倒，吃得上来穿得阔。③

（五）习俗歌

习俗歌是一种产生并盛行于人类社会发展到一定历史阶段的歌谣。它由婚嫁仪式歌、丧葬仪式歌和风俗礼仪歌三部分组成。

① 中国民间文学集成全国编辑委员会，中国歌谣集成广西卷编辑委员会.中国歌谣集成 广西卷[M].北京：中国社会科学出版社，1992：59.

② 中国民间文学集成全国编辑委员会，中国歌谣集成广西卷编辑委员会.中国歌谣集成 广西卷[M].北京：中国社会科学出版社，1992：64-65.

③ 广西壮族自治区编辑组，《中国少数民族社会历史调查资料丛刊》修订编辑委员会.广西瑶族社会历史调查（四）[M].北京：民族出版社，2009：27.

1. 婚嫁歌

婚嫁歌是婚姻过程中在一系列仪式中所唱的歌，是各民族婚俗的集中表现。婚礼包括迎亲、拜堂、喝喜酒、进洞房等一系列仪式。例如，壮族《哭嫁歌》中的"骂媒"段如下。

天下媒人心狠毒，嘴上抹油走四方。
为得猪头和光洋，哄了妹妹骗爹娘。
妹哭妹闹你不管，但得妹妹进洞房。
骂你媒人来包办，骂你媒人坏心肠。
夫家又穷路又远，丈夫老得像猪郎。
狠心媒人骗妹去，哪年才得见爹娘。
妹不愿去强硬拉，拉亲好比贼入房。
捆妹上轿把人抢，逼妹低头来拜堂。
关进洞房陪红烛，强拉硬配做成双。
夫家又穷路又远，无犁无耙无牛羊。
无锄无铲也无网，无锅无碗又无床。
媒人还讲样样有，媒人心毒过豺狼。①

2. 丧葬歌

丧葬歌是对中老年死者进行丧葬仪式，如灵床哭别、入棺、洗灵、供祭品、装粮、献遗物、出殡、守灵牌等过程中相应唱的歌。例如，汉族《哭丧歌》的"哭夫"。

夫你四十出头还未老啊，因何别我去阴曹？
女还小啊儿未大啊，家中白发有高堂。
日出开门七件事啊，还有穿衣入学怎安排？
巧妇难为无米炊呀，我愿随夫你去见阎王。

从中可以看出一位失去了丈夫的妻子对自己的亲人是多么情真意切。

3. 风俗仪式歌

风俗仪式歌是指亲友往来、节日庆贺、吃入屋酒等场合所唱的歌。例如，壮族的《破土谣》。

手拿锄，脚踏土。

---

① 中国民间文学集成全国编辑委员会，中国歌谣集成广西卷编辑委员会．中国歌谣集成 广西卷 [M]．北京：中国社会科学出版社，1992：79．

地摇摇，响咕咕。

龙王开金柜，犀牛开银库。

金子三百三，银子五百五。

金子垫，银子铺。

垫新床，铺新屋。

造个新房春常住，起个新屋满福禄。①

习俗歌除了以上三方面的内容外，还有一些比较零星的内容，如壮族的小孩过周岁，外婆送来背篾时所唱的歌以及交友喝酒对唱的对杯歌等。

（六）生活歌

生活歌包括了生活中各个方面的歌，内容十分广泛。新旧社会的生活歌，各有不同的内容和格调。新社会格调清新、欢快；旧社会的生活歌多充满哀怨和悲凉。

以下是一首欢快、斗智的歌。

什么开花细眉眉？什么开花满地飞？

什么上架弹白粉？什么为头吊相思？

辣椒开花细眉眉，苦麻开花满地飞，

冬瓜上架弹白粉，葫芦为头吊相思。②

再看旧社会诉说劳动人民生活苦情的《瑶人穷》唱段。

瑶人穷，一日三餐苦菜根。

芭蕉叶子做被盖，龙斗叶子做斗篷。③

短短几句便倾诉了瑶胞生活的苦状，这实际上也是广西各族人民在旧社会的生活写照。在几千年的私有制社会里，妇女一直生活在社会的最底层，因而处处流传着描述妇女不幸遭遇的歌谣。例如，仫佬族的《十八姑娘三岁郎》这样唱道。

十八姑娘三岁郎，夜夜洗脚抱上床。

---

① 中国民间文学集成全国编辑委员会，中国歌谣集成广西卷编辑委员会. 中国歌谣集成 广西卷 [M]. 北京：中国社会科学出版社，1992：152.

② 中国民间文学集成全国编辑委员会，中国歌谣集成广西卷编辑委员会. 中国歌谣集成 广西卷 [M]. 北京：中国社会科学出版社，1992：332.

③ 广西壮族自治区编辑组，《中国少数民族社会历史调查资料丛刊》修订编辑委员会. 广西瑶族社会历史调查（七）[M]. 北京：民族出版社，2009：38.

三更半夜喊吃奶，是你妻子不是娘。①

从这里可以看出被封建桎梏束缚的妇女是何等的辛酸和悲痛。又如，壮族歌谣。

鸭子还没有绒毛就捉去杀，女儿未满十六岁就逼去嫁，

不是女人生来命该受苦，是人们把女人踏在脚下。②

压迫得越紧，反抗就会越强烈，人们要求改变社会关系，争取过上幸福生活的愿望也会越来越强烈。例如，壮族歌谣。

独丁竹火不经风，团结成把火蓬蓬。

穷人胳膊连胳膊，不怕官府护豪绅。

革命人人都有份，搞起团结事才成。

独丁竹火不经风，团结成把火蓬蓬。

夺回土地理本应，开天辟地是我们。

穷人胳膊连胳膊，不怕官府护豪绅。③

（七）情歌

情歌是广西各民族歌谣中的一朵奇葩，因为它不仅数量多，而且艺术上也特别完美，历来为各族人民所喜爱。它主要是抒发青年男女因相互爱慕而激发出来的悲欢离合的思想感情。情歌从形式上可以分成两类，一是套歌，二是散歌。所谓套歌，也叫组歌，指的是情歌根据感情的发展过程，分为初识、盘问、赞慕、初恋、相思、热恋、逗情、苦情、送别、悔恨、定情或是断情等阶段。散歌指的是那些以三句、四句，或是十二句为一首，字句严整、韵律严格的情歌。

1. 套歌

在《中国歌谣集成·广西卷》中搜集的广西12个民族中，壮族、汉族、苗族、瑶族、侗族、仫佬族、毛南族都有套歌，还有一些县市如北流、环江等自己整理的歌谣集中所搜集的情歌中也有成套的套歌。虽然是套歌，但是并不是每一次对歌，都能把这些过程唱完，有时会有多次迂回，有的是因为时间原因或是通过接触发现情趣不投而中止。即使具备以上两个条件，从实际情形来说，也很难在一次接触之后就进入难分难解、生死不离的热恋、定情阶段。就具体的情况来看，这些套歌是人们在整理时，根据歌曲中所表达的情感的不同把它们分成不同的阶

---

① 朱宜初. 少数民族民间文学概论 [M]. 昆明：云南人民出版社，2016：111.

② 朱宜初. 少数民族民间文学概论 [M]. 昆明：云南人民出版社，2016：111.

③ 梁文华. 左右江革命根据地红色歌谣 [M]. 南宁：广西美术出版社，2009：182.

段的。具体到各个民族，如壮族的情歌主要是在歌圩上进行的，在婚礼或者探亲访友中，青年男女也会唱情歌，其目的主要在于谈情说爱，此外还有自娱自乐的情歌等。壮族的情歌可以分为初识歌、试探歌、赞美歌、离别歌、相思歌、重逢歌、怨情歌、热恋歌、定情歌九个"歌路"。

汉族情歌的"壮化"现象相当明显，"壮化"主要表现在以歌谈情的程式（壮族称"歌路"）上，这方面与壮族的情歌很相似，也分初识、试探、赞美、热恋等套路。但总的说来不如壮族丰富，程式中有些环节（如重逢）的歌不是很多，以歌定情的内容更少。另一方面，汉族情歌也有自己的特点，绝大部分都是用七言四句的汉语山歌演唱，在形式上，"壮化"的现象不多。汉族的套歌比壮族的少了最后的定情歌，而苗族的套歌也比壮族的少了重逢歌、定情歌，瑶族的情歌套路则和壮族的一致。

侗族把唱情歌的地方称为"月堂"，称唱情歌为"行歌坐月"。月堂就是寨子的公房，它一般是不经装饰的一栋低矮的吊脚木楼。寨上的老人操心儿女的婚姻，于是从山上砍来木头和竹子，做成一排排低矮的长板凳，摆在月堂里，白天让寨子里的妇女们来这里打草鞋、做针线、纺纱织布，晚上就供那些多情多义的男女谈情说爱。在有的地方没有公房，便约定俗成地在年纪相仿的姑娘中房子较为宽敞家的"厅廊"进行，也称"月堂"，有的地方会在固定季节（如冬季）里在"火堂"行歌坐月，或称"行歌坐夜""坐妹""坐后生"。侗族套歌的分类方法比较简单，又是分成了探情歌、恋情歌、怨情歌三种。

仫佬族的套歌分为初识歌、试探歌、离别歌、相思歌、怨情歌、热恋歌、定情歌；毛南族的套歌比较特别，除了有初识歌、试探歌、赞美歌、离别歌、相思歌、怨情歌、热恋歌外，还有一个逃婚歌。

例如，来宾市汉族情歌。

（1）初识。

摇船过海买灯芯，路上碰见卖油人；卖油遇着买灯草，有心遇着有情人。
一条河水绿悠悠，哥今有意来做伴，有朵荷花水面浮，妹就顺风到岸头。
三个妹仔坐一排，怎样选得好人才，中间那个实在好，旁边两个也都乖。
哥是江边烂木材，大水推去又推来，有日推到妹门口，望妹有心捞起来。
清早走过藕塘边，见藕开花更新鲜，正想伸手摘一朵，不知哪朵妹姻缘。
初相会，心中有话难开口，初见妹脸太生，哪样开口来问妹。
初见一次是生疏，亲亲热热好讲笑，面红耳赤哥难陪，初相逢第一回。

如何开口问姣情，问妹又怕妹不应。再见二回脸相熟，韭菜下锅快当熟。

这山望见那山低，望见那山有金鸡，哥拿白米路头撒，是哥姻缘就来吃。

妹是高山独木材，滚下平地人人抬，皇帝拿我做门扇，大小官员不敢挨。

打把斧头游京街，哥是鲁班师傅来，皇帝请我做门扇。任哥刨去又刨来。

（2）赞慕。

歌好来妹歌多，句句打动哥心窝；得青山团团转，得鲤鱼逃上坡。

远远看见妹走来，不高不矮好人才；走路好比风吹柳，坐下好比莲花开。

一朵好花鲜又鲜，哥想去摘不开园；走到园边闻香气，回来还醉两三天。

去年同妹吃餐饭，如今嘴里还飘香；同妹走路不带米，得妹话语当干粮。

送妹过岭手拉手，送妹过桥身靠身；和妹分手十天了，香气还在哥的心。

讲香不过玉兰香，讲长不过河水长；讲好不过情妹好，脸红绯绯眉弯弯。

好酒喝来不用茶，好花春到自然开；多情阿哥莫急问，时候到了妹就来。

石榴开花慢慢红，蜜糖泡水慢慢溶；阿妹话语像蜜糖，句句甜在哥心中。

寒冬不见春风面，不料今天暖融融；夜里不见妹身影，不料今天得相逢。

单脚走路走不快，单鸟啼鸣心不开；阿哥独身不自在，望妹到哥身边来。

好花无雨也难开，小树不修不成材；塘里无水鱼难养，哥不风流妹不来。

小小鲤鱼乖又乖，上塘逃到下塘来；阿哥不曾打过鱼，手拿渔网撒不开。

树上斑鸠叫咕咕，叫哥无妻妹无夫；哥妹都是半壶酒，何不捐来共一壶。

妹莫忧，还有好日在后头；有日舀水妹洗脸，有日拿镜妹梳头。

扛枪出门去打鸟，不放弹头不放硝；情哥打鸟是装样，只借打鸟来望姣。

清水清，清水照见鲤鱼鳞，愿妹也像清泉水，让哥看见妹良心。

初想妹，又欢又喜心又飞；哥是鸭仔初下水，妹是小燕初学飞。

树尾摇摇必有风，水里动动必有龙；妹你见哥眯眯笑，一定有话在心中。

出门捡得龙须锁，有锁无匙怎样开？怎久得妹一句话，有头无尾哥难猜。

妹姣情，说妹回去莫变心；三月种竹望生笋，六月种树望遮阴。

哥想变，变条扁担放妹肩；还变一对杉木桶，早晚陪妹到江边。

石板上面种芥菜，人讲不生哥要栽；人讲不生哥要种，摘叶留心等妹来。

大河水涨白涟涟，渡船来到码头边；人给钱财哥不渡，特地留来渡同年。

挑水码头有个坡，见妹挑水吃力多；正想帮妹挑一担，又怕旁边人嘴多。

新打鞋底开九针，不知费了几多心；白天不敢拿来打，夜里偷偷打几针。

哥学阉猪妹不嫌，狗肉名丑味道鲜；妹我专买猪仔养，天天叫哥到家阉。

燕子飞飞过三江，打落绒毛路中央，正想不来怕情断，奔波劳碌为着双。

有心走路不怕远，有意爬山不怕坡；路边石头当凳坐，哥邀妹唱风流歌。

不会歌，从小生来不得学；只因爹娘管得紧，人不风流哪会歌。

妹莫推，人生风流有几回；船头桅杆晒灯草，有心哪怕狂风吹。

不敢唱，笼里关鸡不敢啼；哥在高楼妹在地，哪敢同哥比高低。

（3）相思。

甘蔗修叶尾尖尖，从尾到头节节甜；阿哥想妹甜过蔗，等妹一天像一年。

想妹得了一身瘆，好比荔枝全身麻；劝妈不要去问鬼，三魂七魄在妹家。

三月种田四月踩，五月不见禾包胎；妹讲妹来总不见，害哥后门晚晚开。

不得雨来但得风，不得鸡来但得笼；不得成双就算了，只望和妹常相逢。

妹是东边明月亮，哥是天上北斗星；北斗想跟月亮去，只为银河太无情。

七困八困无人问，但得情妹问一声；但得情妹问一句，十分病来减九分。

天也开来地也开，地坪晒谷鸟飞来；鸟来不会吃谷子，枉费站在谷里晒。

塘中水，几时得到河里流；情妹双手白嫩嫩，几时给哥当枕头。

想起情哥心又慌，不连情哥心又烦；葫芦里头装糯饭，装进容易倒出难。

哥有意，哥有意来妹不知；蜡烛有心流了泪，有心等妹妹不知。

错手打烂青铜镜，难得看见对脸人；愿妹变成哥纽扣，早晚挂在哥的心。

情妹想哥想到昏，雷响以为天要崩；太阳当作星星看，风吹以为哥开门。

清早起床门槛坐，头痛因为妹姣娥；脚痛因为走夜路，心痛因为想妹多。

想妹烦，翻来覆去睡不安；左翻右翻都不是，新席断了九条纲。

坐在门槛打瞌睡，人人都讲酒多杯；谁知是妹同哥讲，魂跟妹去还没回。

妹想情哥夜夜忧，双眼流泪湿枕头；梦里同哥结双对，醒来一拳擂心头。

哥一边来妹一边，隔条河水在中间；谁人砍得河水断，东拜日头西拜天。

晒灯草，风吹下海哥难捞；连妹不得成双对，楼上望月怕天高。

想着妹，好比蜜蜂想着花；蜜蜂想花山中有，哥今想妹在人家。

等妹等在水塘边，月亮跌落塘中间；月亮离水两尺远，为何不见妹同年。

月亮弯弯风嗦嗦，情妹坐在大树脚；月亮走了两丈远，眼睛望穿不见哥。

妹在家中把布织，三天三夜不满尺；不是妹手不灵巧，因为想哥手无力。

月亮出来亮悠悠，照见情妹粉妆楼；蜜蜂为花哥为妹，哥今为妹夜夜游。

月亮出来亮堂堂，照见情妹好绣房；床上枕头只一个，床下鞋子独一双。

月亮出来亮堂堂，几时得云把它挡；轻脚走到妹窗下，问妹想郎不想郎。

脚长鞋短怨自身，只怨前世命不分；别个伶俐哥不想，单想情妹独一人。
想哥多多心也痛，手巾抹汗脸也红，哑子读书难开口，恼气几多在心中。
一月三旬日三午，想妹心迷笑又哭；哥病万药医不好，见妹一眼病全无。
心烦多，心烦吃饭当吃药，妹身有病医不好，蜜糖进嘴也难喝。
不曾吃酒先摆杯，不曾下雨先打雷。不曾连妹先托梦，日夜托梦两三回。
日头下山山背黄，老虎下山等猪羊。老虎等猪哥等妹，几时等得妹成双？
下雨蒙蒙过山中，妹骑白马哥骑龙。白马过桥龙过海，几时等得妹相逢？
当初和妹坐塘基，同妹商量放塘鱼。如今情妹无意了，塘干鱼死妹不知。
当初见妹远招手，如今见妹妹低头。当初好比糖拌饭，如今好比水捞油。
当初跟妹情义恩，灯草架桥妹来跟。如今情哥跌薄了，石板架桥妹不跟。
送妹送到捻子坪，摘个袖子做人情。教妹丢皮莫丢盖，丢皮丢盖莫丢心。
八月十五是中秋，哥送月饼妹不收。九月重阳开来看，月饼生虫眼泪流。
妹心烦，菜园有苑金芥蓝。心烦就把菜园走，见天容易见哥难。
两手摆摆去哪块？两手勾勾去哪洲？两手勾勾哪洲去？妹想跟哥耍风流。
久不下雨地皮枯，久不见妹好生疏。不信你看戏台上，西湖借伞念当初。
一张桌子四脚齐，又摆龙肉又摆鸡。龙肉和鸡得吃了，几时得妹做哥妻？
想妹想得天门开，有船不得近水来。有米不得共锅煮，有花不得共盆栽。
想妹一天又一天。好比平贵想宝川。睡梦犹如亲眼见，醒来隔了万重天。
连夜来，连夜喊门门不开。双脚跪在妹门口，门神托梦快来开。
这山望到那山边，望到那山有良田。几多良田哥不想，单想情妹近身边。
日夜相思脸皮青，求神卜卦都不灵。若是得妹来相伴，病重如山也会轻。
情妹见哥打眼角，给哥回去睡不着。早上起来忘洗脸，夜晚上床忘洗脚。
情哥想妹想得痴，想妹三天都不吃。吃饭好比吃沙子，吃肉好比吃树皮。
天天想妹眼泪滴，眼泪滴来洗得衣。三天不吃半碗饭，无人送信给妹知。
想妹昏，十条肝肠断九根，还有一根来养命，不知是死还是生？
清炖猪肝撒嫩葱，时时想妹在心中。睡梦如同亲眼见，伸手去摸床又空。
一张席子四个角，翻来翻去睡不着，翻过右边透大气，翻过左边想姣娥。
月亮里头有苑树，哥想上去折一枝，可惜鲁班死得早，无人给哥架天梯。
早早来看这盆花，夜夜来看这盆花，开不开来谢不谢，给哥心事乱如麻。
想妹多，铜盆装水养天鹅。天鹅不吃盆中水，问声情妹想什么？
哥难变，沙土难变烂泥田，几时变成金扣子，时时扣在妹身边。

（4）热恋。

白纸扇来红纸扇，两扇同摇起凉风；阿妹扇哥哥扇妹，情也深来意也浓。

一个秤砣吞下肚，阿妹跟哥定了心；八仙桌上摆灯盏，只添油来不换心。

鹧鸪爱下小麦地，画眉爱站杨柳枝，鱼儿喜爱深潭水，阿妹爱哥人老实。

油菜开花头戴金，萝卜开花头戴银；穿金戴银妹不想，单想阿哥好心人。

妹说园中花最美，哥说世间蜜最甜；待到哥妹在一起，又甜又美又新鲜。

鸟爱青山鱼爱水，蜜蜂恋花不舍飞；阿哥阿妹在一起，酒不沾嘴心也醉。

妹是八败哥也爱，妹杀九夫哥也连，初一连到十五死，也得成双十五天。

上街买肉搭买鸡，下街买锁搭钥匙；哥是钥匙妹是锁，钥匙开锁笑眯眯。

生不离来死不离，生死我俩共堆泥；十七十八好岁数，不得成双心不服，

大河水涨小河深，哥是河中打鱼人；打鱼不得不收网，连妹不得不收心。

去年同妹吃餐饭，饱到今年三月三；情妹好比三花酒，哥看一眼醉一番。

哥要紧，连夜点灯围菜园，连夜点灯去种菜，天亮想吃芥蓝心。

同妹坐到五更头，点完灯芯点完油，哥扯眉毛做灯芯，妹滴眼泪做灯油。

泉水凉，泉水凉凉好种姜；泉水越凉姜越嫩，恋情越久意越长。

哥送情妹出门外，总盼情妹把伞开；总盼老天下大雨，我俩伞下就得挨。

心甜甜，妹今移花种哥园；移花种在哥园里，开花结果甜万年。

下到广东买信纸，转回广西买信皮；信中只写一句话，白头到老不分离。

月亮起来两头勾，两颗星星挂两头；哥是星星月是妹，月去星随云里游。

哥不丢，好比灯草念灯油；灯草念油哥念妹，时时念妹在心头。

等妹等来大路口，路口没凳坐石头；石头坐烂哥不起，妹不来到不回头。

妹鸳鸯，交情容易退情难；交情好比挑担水，退情好比移南山。

头剪齐眉相爱起，直到三十人不知；只为那天下大雨，我俩撑伞漏根基。

蜜蜂采花过山沟，不见好花不回头；恋哥难含哥心好，双刀架颈妹不丢。

不怕打，妹是铜铃不怕捶；铜铃越捶声越响，妹今越打心越飞。

哥心肝，昨晚挨打皮肉烂；皮肉打烂不要紧，愿舍皮肉不丢双。

更人回哥不回，更人睡哥不睡；哥还在花园等，不见妹影哥不回。

哥耕田地背朝天，多少妹仔把哥嫌；妹我愿变田中泥，时时巴在哥脚边。

我俩好，我俩生来一样高；爹娘不愿我情愿，手拿八字路中交。

妹讲不丢就不丢，我俩牵手望水流；手拿石头丢下海，石溶水断也不丢。

妹家门口有苋樟，一对鸳鸯来乘凉；一个低头一个叫，叫生叫死要成双。

连就连，只讲情意不讲钱。哥讲情来妹讲意，不是牛马讲价钱。

妹在一边哥一边，千山万水隔中间。哥搬山来妹填水，铺平道路结姻缘。

铜壶装酒亮堂堂，说妹装酒莫装糠。说妹丢情莫丢久，说妹丢久莫丢荒。

哥得根线我常念，哥得双鞋我常来。哥你常来我常往，不给大路起青苔。

连夜想妹连夜来，脚踩南蛇当草鞋。人人都说哥大胆，情哥大胆为妹乖。

船主老板来快点，渡我二人进花园。生要逃来死要连，怕死怕人不来连。

石头相碰火星飞，我俩结交不用媒，多个媒人多张嘴，免得旁人讲是非。

（5）送别。

哥送情妹过山头，山头樱桃笑开口。哥指樱桃给妹看，樱桃结果哥来收。

日头落岭又落坡，龙归大海鸟归窝。龙归大海有得转，妹你回家就忘哥。

哥送情妹近村边，朵朵桃花鲜又鲜。桃树开花我俩好，桃树结果就团圆。

送哥送到分水坡，妹的心事对哥说。劝哥莫采野花朵，路边野花沾泥多。

送情送到半山坡，再送半山不为多。和哥分别情难舍，泪水洒满鸳鸯河。

送哥送到九折坡，九折坡上弯曲多。劝哥莫要走弯路，哥走弯路忘了窝。

送妹送到江边坐，我俩同吃牛甘果。哥一口来妹一口，吃到中间眼泪落。

送哥送到五里坡，五里坡上莲花多。掐张荷叶当垫坐，我俩愁唱分离歌。

分离心痛如刀割，难分难舍用手拖。线穿针来针连线，梭引线来线扯梭。

大河涨水满小河，跌了锁匙水里摸。摸到锁匙不见锁，找到锅盖不见锅。

离了离，妹今离哥花离枝。花离树枝哥莫踩，莫给好花沾污泥。

离了离，锦鸡失伴路边啼。锦鸡失伴路边叫，叫生叫死好孤凄。

离了离，盆中螺蛳它想泥。螺蛳想泥在盆里，哥今想妹是人妻。

哥莫痴，家猫讲是野狐狸。泥鳅讲是小黄鳝，是哥的妹讲人妻。

茶叶泡久才有味，蚕虫养久才有丝。心急就吃夹生饭，哥你硬来妹就离。

送哥送到五里街，哥丢手巾妹丢鞋。丢鞋丢巾都松事，就怕丢情不转来。

送情送到青石街，眼泪不干袖子揩。五层袖子全揩湿，声声问哥几时来？

送了一街又一街，放心回去放心来。妹不回来也有话，免哥费想又费猜。

鲤鱼打脱金钩去，摇头摆尾莫再回。塘中无鱼虾子贵，同哥分离妹心亏。

急水鲤鱼打筋斗，一个翻身不转回。火烧芭芒一堆灰，事不成功也枉为。

恐怕翻风下大雨，火灭灰散不成堆。山顶高头去攀梅，风流跌宕谁舍谁？

妹留心来哥留意，糯米蒸糕做一堆。送哥送到大树荫，妹在树下久久留。

送哥送到大江头，分水滩头水难留。老虎借猪狗借骨，定是有去无回头。

送哥送到白石沟，两人无话点点头。哥你上马笑着走，妹我抱头哭回楼。
送妹送到大山头，山头柚子绿油油。柚子本是哥妹种，果熟莫给别人偷。
去了休，情妹去了哥难留。年三十晚旧皇历，看来已经到尽头。
一日离妹百日愁，龙肉送饭难下喉。车水上田种旱地，禾黄哪到哥来收。
送妹送到分水滩，日头落岭又落山。日头落岭还会转，水流东海回头难。
老虎难过伏虎山，鲤鱼难过分水滩。妹今难过分路岭，分路容易分情难。
妹你有话今夜讲，明日相隔万重山。龙要会虎难上岸，虎要会龙难下滩。
龙要会虎难上岸，虎要会龙难下滩。龙虎相会还有日，哥想见妹难又难。
忘记了，买马耕田忘记牛。哥有新欢忘记妹，冷水梳头忘记油。
东有日头西打闪，不曾见过这种天。当初哥愿妹也愿，如今又讲不想连。
夜了天，夜了霜水下涟涟。夜了霜水涟涟下，丢妹一人在路边。
瘪谷无米还有糠，葫芦无心还有瓢。妹你无意就直讲，莫来同哥捉迷藏。
牛不踢栏天也亮，鸡不啼更天也光。哥不讲来妹也懂，人生分手是平常。
听到鸡啼心也烦，蛾眉月好下西山。蛾眉月好西山下，问妹去了几时还？
妹不连哥哥不慌，给句好话哥回乡。东方不亮西方亮，日头下山有月光。
哥不连妹妹不慌，园中有花自然香。蝴蝶要走由你走，还有蜜蜂飞过墙。
分水滩头两分手，哥一方来妹一方。半夜当猪分下水，哥挂心来妹挂肠。
当初何必来相逢？今日分情各西东。鱼有鱼路在江水，羊有羊路在山中。
妹讲不跟就不跟，又怨哥来做哪门？米粉煮来半夜吃，头尾不知怎样分？
早闻哥你已有双，对妹讲出也不妨。街上纱纸张张薄，人间多是薄情郎。
哥去放牛妹放羊，我俩事情才开张。有事路上慢慢讲，无事莫要乱传扬。
分水岭顶有口井，半井黄铜半井金。莫把黄铜当金使，莫把情哥当别人。
大路不平也有平，大河有混也有清。情哥不识妹心事，口讲无情是有情。

（6）思别。

昨夜做梦梦得奇，梦见鸡蛋上楼梯，从来不做这般梦，谁知我俩又分离。
哥送情妹到岭坡，岭坡下面有条河；河水弯弯流不断，水流不断不丢哥。
好久不见妹一回，心中好比冷风吹；大路逢人哥便问，哥的画眉往哪飞？
三月桃花开满山，想妹就像刀割肠，嘴咬中指写封信，查问情妹在哪方。

（7）苦情。

今早走往庙堂过，看见观音坐中间，观音见哥眯眯笑，哥见观音泪涟涟。
夜了天，夜了家家起火烟，有双的人吃饭早，打单的人火才燃。

日头出山哥心喜，日头下山哥心烦；人家有双怨夜短，哥今打单恨夜长。

鸳鸯游过冷水滩，半边身湿半边干。雪里打鱼霜里卖，为情受尽几多寒。

求妹难，好比进庙去求神；求神还得三句话，求妹不得话一声。

高山岭顶有枝梅，风吹梅花满天飞；有缘捡得梅花朵，无缘空望梅花飞。

修了心，手拿木鱼去念经；手拿木鱼满街走，再不抬头望旧情。

枉费了，庙里无神枉烧香；庙里无神空打鼓，水中捞月枉心肠。

火烧草房哥难救，情妹丢哥哥难留；急水滩头放鸭仔，喊破嗓子不回头。

急水滩头打烂舟，两眼巴巴望桨流；万丈竹篙抵不到，十分不舍也得丢。

看见凤凰飞海中，心想去捉路不通；上山割草割着艾，家里烧香烧着柴。嫁人不得合心意，不如拿妹去活埋。

哥无分，镜中摘花哥无缘。手拿菜种园中撒，大风吹过别人园。

（8）反复。

当初同妹比糖甜，破个槟榔分两边；如今情妹无意了，喝口冷水要问钱。

高机打布两头牵，说妹不要两头连；一手难捧两碗饭，一脚难踏两只船。

有钱不买路边田，牛马来回吃半边；无缘不连多心妹，出门半天又偷连。

八月禾黄不抽穗，只为田里虫太多；如今我俩不成对，只为情妹心太多。

千哄万哄是妹哄，妹要出嫁哥难留；可怜情哥福分浅，不是姻缘难强求。

哄哥的，哄哥扛网去拦风；哄哥提篮去打水，哄哥下海去捉龙。

哄哥的，木马无鞍哄哥骑；三脚板凳哄哥坐，哄哥上楼妹抽梯。

莫心多，莫像饿鬼捡田螺；捡得这个丢那个，不知哪个有肉多。

离了离，手拿篱笆写离书；手攀篱笆写离字，一写妹名掉泪珠。

烂了烂了又来补，断了断了又来连；连情三年不为久，糯米做酒后来甜。

转念想，花针落地转来寻；灯草不燃为沾水，干湿总是一条心。

离了离，妹散东来哥散西；好比鹧鸪离了岭，几时再得共岭啼。

丢了丢了又转来，山伯难舍祝英台，有钱买把龙须锁，锁住姣情谁敢开。

2. 散歌

散歌是相对套歌来说的，在广西各族的情歌中，散歌占有很大的分量。在《中国歌谣集成》各县卷本中，回族、京族、彝族、水族、仫佬族的情歌都是散歌，而环江、博白、北海、宾阳、忻城、防城、田阳等县市的歌谣集中搜集的情歌也是散歌。例如，毛南族的《鲤鱼摆尾过滩头》。

大江流水波逐波，高山飞泉天上落，鲤鱼摆尾滩头过，不知游往哪条河。面颜生疏不认识，狭路相逢各走各，姐像山洞云和雾，千山万壑无定处，不管东南和西北，走到哪里算哪里。好比鸟儿天上飞，忽而东来忽而西，独苗阿妹在哪里，什么风吹到这坡。大江流水波逐波，高山飞泉天上落，独苗阿妹在哪里，什么风吹到这坡。雨来随雨风随风，无牵无挂过月日。姐像山洞云和雾，千山万壑无定处，雨来随雨风随风，无牵无挂过月日。

又如。

今夜有缘来相会，阿姐心中比蜜甜，哥有情来妹有意，好比金元配银元。

十七十八正当时，三月春花正怒放，粉色仙桃鲜又鲜，人人嘴尝都不嫌。

侬像拗口李子果，哪个望见不流涎，一是好吃二好看，阿哥还去哪里选。

（八）历史传说故事歌

历史传说故事歌由历史歌、传说歌、故事歌三个部分组成，广西各民族在传承文化的过程中，不仅有散文体传说故事的出现，还有便于记唱的韵文体。这类歌谣多为长篇巨著，凝聚着民族的创造力和智慧，有的又充满了战斗精神和奋进气概。例如，侗族的《勉王起兵又重来》中的唱段。

浓云滚滚雾蒙蒙，日月天地无西东。

苦难重重总会变，撑开苦盖见天空。

六角神灯长不灭，丈二大旗卷大风。

百节神鞭呼呼响，群山伴我去冲锋。

水猛浪高冲崖壁，翻江倒海起巨龙。

勉王起兵人拥护，重来领我出牢笼。[1]

（九）儿歌

儿歌即童谣，是一种富于幻想性，符合儿童心理特征的歌。儿歌一般是随着儿童不同的年龄和心理特征来唱的。例如，壮族平乐县儿歌《摇摇》。

摇摇摇，摇到外婆桥。外婆说我好宝宝。

糖一包，饼一包，还有水圆还有糕。

你要吃，就动手，吃不完，拿起走。[2]

这是母亲为了使幼儿安然入睡，也为了给他们以某种思想或知识的教育而唱的。

---

① 吴晓东. 中国少数民族民间文学 [M]. 北京：中央民族大学出版社，2000:25.

② 张永年. 兴安县志 [M]. 南宁：广西人民出版社，2002：543.

二、广西民间歌谣的艺术特点

（一）壮族歌谣的艺术特点

1.音乐特点

（1）唱歌特点。壮族民歌的唱词讲究字句的对仗，使用腰脚韵体。基本形式为5字或7字4句。变体有3句歌、嵌句歌、减字歌、长短句歌、勒脚歌等。腰脚韵体和勒脚形式在曲艺和戏曲中也很常见，是壮族民歌独特的风格要素之一。三大悲歌《特华之歌》《达稳之歌》和《达备之歌》都是用勒脚歌艺术形式来表现的，歌曲缠绵悱恻，一咏三叹，层层加深和强化了艺术感染力。壮族民歌从句型上分为五言、六言、七言、八言、十言和长短句六种，韵律上大体可分为腰脚韵、头脚韵、勒脚韵、脚韵和自由韵五类。其中，"欢"的韵律相当严谨，主要有腰脚韵、脚韵两种，其中的腰脚韵最富特色。一句歌的第一个字称"头"，末一个字称"脚"，中间的其他字称"腰"。所谓押腰脚韵，其一般规律是第一句的"脚"与第二句的"腰"里的某个字（一般为语气停顿处）押韵，第二句的"脚"与第三句的"脚"押韵，第三句的脚又与第四句的"腰"里的某个字押韵。这种押腰脚韵的方式在其他民族的歌中很少见，而在壮"欢"中却十分普遍。在各种民歌中，"欢"流行的地区最广，以南宁、百色、河池、柳州、桂林、玉林等地区的壮族县或杂居县最多。

（2）山歌形式多样。传统唱法有独唱、对唱、重唱、合唱等，分为单声部和多声部两类。单声部山歌有高腔山歌、平调山歌、谣唱山歌三种。高腔山歌多用大嗓或小嗓喊唱，一般为上下句，上句旋律奔放，腔多字疏，句中常有高亢的长音，句读成半终止；下句节奏短促，字密腔紧，多以高音区主长音终止，但常用下滑音收腔。例如，邕宁的坛洛高腔，上林的巷贤高腔，钦州的蛙鸣腔，龙州的长短调。平调山歌曲调流畅优美，节奏缓慢舒展，结构匀称，音域适中，旋律富于歌唱性，上林、邕宁的欢越，天等、大新的诗央，扶绥、崇左的加傣皆是如此。谣唱山歌曲调接近口语，多用同音或急唱法，具有朗诵性。多声部山歌多为同声结合的二声部重唱或合唱，俗称双声。二声部多为两男对两女，两人中必定有一个唱高音，一个唱低音。双声传统唱法讲究低音唱，高音跟，高音声部随腔口，或者一高一低（重唱），一高众低（合唱），即两者都是唱，所唱的都是调，并无先后主从之分，民间把两个声部分别称为高调、低调，上音、下音，上声、下声，声部关系分别称为哈高、哈低、过上、过下、唱上、唱下。

（3）小调衬词丰富。小调壮语称"伦才""欢谈""伦考""杂花"等，其词曲较为固定，有的已形成完整的曲牌。衬词衬腔富于特色，增加了小调的抒情性。许多调名出自特定衬词，如都安、宜山、环江等县的"西些溜""三条妹""到郎茶"等。

（4）叙事歌多采用腰脚韵体和勒脚形式。壮族有大量的叙事歌谣，壮语称"伦考波""诗太排"等，多为人物传奇或民族史诗。唱词讲究平仄，用腰脚韵和勒脚形式。例如，《文龙与肖妮》《唱离乱》《德生造世》等，有固定曲调，或独唱，或一领众和，多为上下句结构。

（5）习俗歌使用套曲形式。它主要有拦路歌和哭嫁歌，壮语称"伦地洛""调莫贝"。在结婚仪式、结对迎婚、对歌拜堂上使用。这些歌都有专用的程式。

2. 传播特点

（1）壮字传抄。中华人民共和国成立以前，老歌手多以汉字加一些偏旁部首或者生造一些字进行抄写，成为壮字俗字。中华人民共和国成立后便很少见了。

（2）对歌。第一，对歌讲究定路数：情歌、猜谜歌、讲故事歌都有不同的路数，即唱法；第二，对歌讲究求歌、接歌、抢歌、赶歌、斗歌。

3. 歌圩传歌习俗

壮族歌圩拥有悠久的历史，春秋时期的《越人歌》就被汉代的刘向记载在他的《说苑·善说篇》中，其后，南宋周去非的《岭外代答》、明代邝露的《赤雅》以及清人刘锡藩的《岭表纪蛮》等文献中都有关于壮族歌圩的详细描述。

歌圩文化在传承与创造性发展过程中，为了适应时代的要求，在与不断发展变化的自然、现实、历史的互动中也在改变着自身的内容和形式。因此，歌圩文化是一种具有变异性特征的文化形态，其总是处于一种不断生发、变异、创新的运动变化状态之中。歌圩的产生最早是因为人们娱乐神灵、祈求保佑以及怀念祖先。后来则更多地是为了满足"倚歌择配"的婚恋需要。在战争年代，人们则用歌唱来表达反抗压迫和剥削、宣传革命思想的情感。到了社会主义建设新时期，歌唱美好的生活、表达内心喜悦成了壮族人民歌唱的主题。

4. 形式多样

壮族歌谣的形式很多，有山歌、小调、叙事歌、习俗歌、儿歌等多种体裁。

（1）山歌。在壮语中有多种称谓，布越语称"欢越"，布雅依语称"比雅依"，布央语称"诗央"，布依语称"伦依"，布傣语称"加傣"，简称"欢""比""诗""伦""加"，均为山歌之意。

（2）伦考波、诗太排，意思是唱古，为叙事诗。民间有手抄的土俗字唱本流传，内容多为人物传奇和民族史诗。代表曲目有《文龙与肖妮》《唐皇》《卜伢》《唱离乱》等。

（3）伦地洛、调莫贝，为拦路歌和哭嫁歌。

（4）伦才、欢谈，即小调，唱词讲究，词意雕琢，曲调委婉细腻，衬词较固定。

（5）欢勒也，即儿歌。代表曲目有《月亮光光》《萤火虫》《十姐妹》《看牛歌》等。

（6）欢排，即排歌，属自由体诗，特点是句不定字，段不定行（句），首不定段（章），押韵宽松，中间也可变韵，一排接一排连唱，颇有气势，流行于百色地区。

（二）瑶族歌谣的艺术特点

1.赞美词多

瑶族歌谣喜欢用夸赞的美词，充分表现了该民族美好善良的心灵。为了夸赞，需要调动夸张、对偶、排比、比喻等各种修辞方法。

2.曲调多样

从曲调上看，瑶族音乐的曲调多样，喜、怒、哀、乐无所不有。据初步了解，全国瑶族的音乐曲调不下20种。例如，勉瑶《盘王大歌》中的八支曲，即"三逢闲曲""三更深曲""荷叶杯曲""南花曲""飞江南曲""亚六曲""牛角尖曲""家先曲"等；拉珈瑶的《香哩歌》《师公调》；平地瑶的《呦嗨歌》《啊波咧歌》；布努瑶的《酒歌》《散旺歌》；坳瑶的《大声歌》。

这些曲调都具有民族性和地方性的色彩。许多歌谣都以其衬词而得名。其中，以《酒歌》《蝴蝶歌》《拉发歌》《香哩歌》最为著名。

（三）侗族歌谣的艺术特点

1.内韵与外韵

侗族是善于歌唱的民族，有大量丰富多彩的侗语民歌和汉语民歌，也创造了许多押韵的艺术。我国传统诗歌只要脚韵，而侗歌既要有脚韵又要有腰韵和内韵，其中，脚韵限于去声和入声，腰韵限于平声和去声，内韵不限。

2.嘎与嘎锦

嘎是侗语"歌"的意思。只唱不说的叫嘎，有说有唱的叫嘎锦。分徒唱和有乐器伴奏两种。徒唱的嘎有嘎劳、嘎久、嘎沙困、嘎拉油、嘎月班、嘎敲、嘎呃咿、嘎勒温等。这些歌，有单声部的，也有二声部的；有大歌，也有小歌；有独唱，也有一领众和。有乐器伴奏的嘎为琵琶歌（嘎琵琶）、牛腿琴歌（嘎格以）、笛子歌（嘎笛）等。它们分别用侗琵琶、牛腿琴和侗笛伴奏，有大歌，也有小歌，通常演唱历史故事和民间传说。

3. 耶

耶分为耶布和耶堂。耶布即礼俗赞颂歌，一人领唱，数十人甚至几百人随歌和唱。耶堂也叫多耶，即踩堂歌。侗语"多"即"唱"之意，"耶"系歌中衬词，引为歌名。因唱耶歌时伴随着舞蹈，也称"多耶"。逢年过节或有客人集体来访时，男女青年便集中在鼓楼里或鼓楼坪上。男的用手攀肩，女的手牵着手，分别围成两个圆圈，踏着整齐的步伐，边唱边跳。

4. 款（宽）

侗族款（宽）词为侗族朗诵词或念词。它流行于侗族南部方言区。历代侗乡会自发成立有民众自治组织的"款"，旨在团结群众，维护村寨和群众利益，制定乡规民约。随着社会生活的发展，款词内容扩展到生活的各个领域，形成了一种独特的歌谣形式，有族源款、根源款、祭祀款等。款词常采用铺陈手法，句式整齐，讲究排比，有一定的节奏韵律，易念易记。

5. 琵琶歌

因为唱歌时歌师要自己弹奏琵琶伴奏，故名琵琶歌。这种琵琶是歌师自己制作的，它的音箱是圆形的，长颈，用钢丝做弦，有四根弦，声音婉转清脆，侗语称"嘎黑元""嘎琵琶""嘎弹"。

传说在远古之时，洪水滔天，淹没了整个世界，只有张良和张妹兄妹两人坐在葫芦里，随水任其漂流，才得以幸存下来。他们的后裔彭祖为了纪念先人，召集了八百青年，一边弹琵琶一边唱歌，曲调优美和谐，感动了天宫的七位仙女，她们也天天弹唱，歌声笼罩着整个侗族，就这样教会了整个侗族，形成了现在的琵琶歌。

（四）其他民族歌谣艺术特色

1. 仡佬族民歌

仡佬族民歌分山歌和酒歌两种。山歌有五字为一句、五句为一首的五句歌，七字为一句的四句歌和五字、七字混合运用的四句歌。采用 5612 四声音阶或 56123 五声音阶。酒歌也称"酒礼歌"，在酒宴中主客互相敬酒时演唱。

2. 京族民歌

（1）唱哈。它为京语唱歌之意。据说，镇海大王创造京家三岛，稳定惊涛骇浪是在农历六月初十，人们为了表达对神灵、祖先的敬仰之情，就用歌仙传下的曲子，以歌的形式，在这一天的前后三天三夜里，举行唱哈，后来就形成了京族的传统节日唱哈节。另一种说法是，传说越南陈朝时代，有越南歌仙来到京族地区，以传歌授舞为名，动员京族人民反抗陈朝的黑暗统治，受到京族人民的敬仰，后人修建"哈亭"设神位，常唱歌传颂此事。

（2）海歌。它多在出海捕鱼、摸螺、划船等劳动时演唱。曲调高亢，节奏自由，与语言结合紧密。演唱中有近似京族乐器独弦琴的柔音、颤音、回音等处理手法，能够产生独特的美感。歌词多为六、八字排句，然后为五、七言自由体。

（3）小调。它曲调一般结构方整，讲究平衡对称，旋律优美抒情，极富歌唱性。例如，《赏月歌》的基本歌腔为分解和弦构成，演唱时鼻音较浓，旋律性强。

（4）风俗歌。它是在婚嫁、丧葬时演唱的歌曲，内容随编随唱，音乐多属小调性质。

（5）儿歌。它是由儿童演唱或成人为儿童演唱的民歌，内容均具儿童特点，曲调口语化，节奏平稳。

3. 毛南族民歌

毛南族民歌分欢、比、儿歌、排见和唱师调五种。

（1）"欢"。"欢"是毛南族在喜庆日子用以助兴而在室内演唱的民歌。主要在男婚女嫁、祝贺寿旦、新屋落成或节日期间演唱。分欢条和欢草两种。均为五言二声部歌曲。

（2）比。比是在室外演唱的山歌，其内容广泛，常涉及天文地理、风土人情、故事传说、生活知识等，但更多的是表达男女之间的爱慕之情。分单声部和二声部两种。二声部的比条和比单是比的主要形式。七言比的押韵，像律诗一样严格。

（3）耍。耍即儿歌，包括耍和摇篮曲。耍又称"欢耍"或"比耍"，多为儿童玩耍游戏时唱的吟诵调。摇篮曲俗称"梭侬"，多半是母亲或爷爷奶奶哄小孩睡觉时唱的歌。儿歌内容丰富，题材广泛，多以动植物和人民大众生活为题材。音乐与语言结合紧密，旋律性不太强。

（4）排见。排见即叙事歌，已逐渐发展为说唱音乐。作为一种叙事长歌，均押脚韵，上下句押腰韵，全篇句数不限，但必须是双数句。

（5）唱师调。唱师调源于毛南族师公活动，内容多为历史故事和民间传说，曲调多是在毛南民歌欢和比的基础上衍变发展而成的。有独唱、重唱、领唱和齐唱等多种形式。"师公调"除了"献酒歌"可广泛用于喜事外，其他为《还愿》专用调，其他场合禁唱。

4. 仫佬族民歌

仫佬族民歌分为随口答、口风和古条三种。三种歌曲的歌腔基本相同，以歌词的句数和字数的不同分别称为三句腔、四句腔、五句腔、六句腔、七句腔、八句腔、九句腔和十一字腔、三十字腔和三十一字腔等。其中，四句腔和十一字腔为基本形式，其余均为这两种歌腔的变体。这些歌均为同声二重唱。

5. 汉族民歌

汉族民歌主要有劳动号子、山歌、小调、风俗歌、儿歌等。汉族民歌有方言土语特征的官话歌、平话歌、白话歌、客家话歌、湘话歌等，唱词多以七字或五字为基础。它的基本形式有二句式、三句式、四句式、六句式、八句式等，对应体的变化形态有三句式、四句式、复合句式等，基本形态是上下句式，最显著的标志是上句用中间终止，下句用完满终止。

6. 苗族民歌

（1）号子。林区拉木号子为一领众和的喊唱形式，唱词为三字句，主要流传于融水苗族地区。

（2）山歌。山歌有单声部和多声部、高腔和矮腔。其中，河池、南丹一带至今仍保留较古朴的三声腔和二声腔，融水、三江苗族地区舒缓悠长的歌腔衬字运用较多，叙事歌则字多腔少。山歌中的情歌比重较大，传统歌词多为五言句，其余为三、七、九言和自由体。

（3）小调。小调唱词固定，旋律流畅，节奏规整。它主要流传于资源、龙胜一带，多用汉语演唱。

（4）风俗歌。桂东北有婚嫁歌、丧歌、酒歌、拦路歌等，唱腔多为当地口语化曲调。资源有尼那尼，旋律婉转，气息悠长。融水有寡妇歌，字多腔少，结构紧凑。隆林红头苗族地区有散板结构有路杂调，曲调哀伤。酒歌曲调具有朗诵特点，如三江草苗族用当地汉话唱的酒歌，低声部逐句跟随高音领唱。

（5）儿歌。儿歌曲调明快，乐句简洁，节奏活泼，唱词多为五言句。

7. 回族民歌

回族民歌主要是龙船歌，在划龙船时演唱。回族在龙船游街时唱《大河歌》，在老龙下河后唱《小河歌》，在比赛时唱《上水歌》，最后唱《收兵歌》。整套龙船歌有十多首，互相独立又互有联系，构成一套完整的组歌。

8.彝族民歌

（1）山歌。彝语称"拉布"。歌词为上下句形式，音乐与歌词相对应，由上下乐句构成。另一种山歌彝语称"明八"，是由拉布衍变而来的。

（2）风俗歌。风俗歌有婚礼歌和酒歌。婚礼歌由铜鼓舞、五笙舞的乐曲变化发展而来，具有歌舞特征。酒歌在酒宴中边饮边唱，似吟似唱，一般由一人演唱，结束时众人合唱。

9.水族民歌

（1）山歌。山歌包括大歌和小歌，歌词均为不规整的自由句式，以叙事见长。曲调与歌词相对应，较为自由。

（2）风俗歌。风俗歌有婚礼歌和酒歌。婚礼歌为姑娘出嫁时演唱的歌，内容丰富，如南丹县的《丫头歌》，为四句体结构，如泣如诉，反映了人们对封建婚姻的不满。

第二节　广西民间神话及其艺术特点

一、广西民间神话的类别

神话和其他艺术形式一样，都是社会存在的反映。它是远古人类对自然、社会的理解和观念的总和，是他们同大自然进行斗争或在社会实践中具有幻想性的反映。因此，我们不应粗暴地加以指责或否认，应从实际出发，对它进行分析研究，充分了解它所蕴含的意义。广西神话的类别大致可以分为以下几种。

（一）天地起源神话

远古人类的活动区域虽然狭小，但他们的想象空间却是无边无际的。他们在对自然现象有所认识之后，意识到天地形成、山川变化和人类生活有着密切的联系。于是，他们从自己的主观臆想出发，千方百计地去解释天地形成的原因。例如，彝族古歌《万物来历》中说，远古时世界是混沌一片的，后来产生了清浊之气，经过大风的不断吹拂，清浊之气渐渐分离，清气上升变为天，浊气下沉变为地。壮族神话认为，宇宙中最早也旋转着一团大气，它越转越快，变成了一个蛋的样子。后来，这颗蛋爆成三片，分别化为天空、海洋和陆地。瑶族的《密洛陀》中则说，天地混沌之时，只有风和气流，在风和气流的作用下生出了密洛陀。密洛陀用头向上一顶，出现了天；用脚向下一踏，出现了地。苗族的创世神话也说，宇宙最早只是云雾，云雾像孵蛋那样孵出"科啼"和"乐啼"两只巨鸟，巨鸟又孵出天地。

在这些神话中，人们所想象的最初的天地都是大气团，他们认为的天地形成是有一定的物质基础的。

（二）人类及物种起源神话

天地形成之后，人类及万物是从哪里来的呢？壮族先民认为，在中界的大地上，生长着许多杂草，有一棵草开出了一朵花。花开时，从里边走出来一个女人，她就是壮族始祖米洛甲。她发现天大地小后，就把大地抓起来，将地皮扯得鼓胀。因此，大地上出现了山峰、高地、深壑、峡谷以及江河湖泊。她见大地冷冷清清的，便开始造人。她用手抓起被自己尿湿的泥土，照着自己的样子捏了很多泥人，并用乱草蒙盖起来。七七四十九天后，打开蒙盖泥人的乱草一看，这些泥人全活了。米洛甲上山采来很多辣椒和洋桃，向人群撒去，抢到辣椒的便是男人，抢到洋桃的便是女人。从此，人便有了男女之分。为了使大地更加热闹一些，米洛甲又用泥土捏了许多飞禽走兽。

汉族先民认为万物的起源如下。

首生盘古，垂死化身，气成风云，声为雷霆，左眼为日，右眼为月，四肢五体为四极五岳，血液为江河，筋脉为地理，肌肉为田土，发髭为星辰，皮毛为草木，齿骨为金石，精髓为珠玉，汗流为雨泽……[①]

彝族史诗《梅葛》中则说，格兹天神派儿女造天地时，由于女儿勤快，儿子偷懒，结果天小地大。格兹只好派人把天拉长，派蛇把地盘小，所以天凹地皱，出现了江河。后来，天被雷打坏，就让彩云补天，又捉来大鱼背负大地，并用虎骨作撑天柱。虎的身体变为世界万物，虎的左眼为日，右眼为月，虎须变为阳光，虎牙变成星星，虎血变成海水，虎毛为草木，虎肠即江河。

---

① 周颖，刘胡权，陈邦伟，等.国学经典德育读本——通达义理[M].长沙：岳麓书社，2016：132.

侗族神话也说天地尚未形成时，有一个名叫萨天巴的巨大蜘蛛神，她有四只手，掰开时足有万丈长；她有四只脚，可任意横行直走；她有千珠眼，放眼一看，便可看到万里方圆。她不仅形体巨大，而且具有万能的神力和强大的生殖力，她生出了天、地、众神等。

这些神话从不同角度不同程度地记载了天地万物的来源，想象极为丰富。他们不仅解释了天地形成的原因，还叙述了世间万物的来历，包含着朴素的唯物观。

（三）洪水神话

洪水神话是人类再生的神话，它在南方各民族的神话中普遍存在。对于洪水的起因，有的人说是天帝惩罚人类所致，有的人说是雷神为了复仇造成的，也有人认为是自然灾害造成的。

在漫长的人类历史长河中，人们除了对付雨雪风暴、毒蛇猛兽外，还要跟洪水作斗争。水给人类带来了生命与希望，也给人类带来了灾难与死亡。对于这莫名其妙的洪水，先民们无法用科学的方法来解释，于是便凭着想象，创造了一篇篇充满悲壮色彩的洪水神话。

彝族先民曾这样生动地叙述洪水神话。相传古时候，天上住着三兄弟和一个妹妹。天不仅向他们要粮食、牛羊和马匹，还把妹妹要走了。为了生存，三兄弟偷偷地耕种了天神的"祀天地"（即天神祭祀天地的土地），天神知道后大为恼火，便放出洪水。两个哥哥被淹死，弟弟在洪水中救起不少动物。其中，有吃过"天书"灰烬、能知晓过去与未来的乌鸦，有聪明伶俐、有智有谋、常为人们做好事的青蛙。它们怕弟弟孤单，又怕人类灭绝，就用计谋战胜天神，把妹妹从天上接了回来。接着，又请黄蜂、蝴蝶、小黄雀做媒，要两人结为夫妇。经过动物们的反复劝说，妹妹只好答应用占卜来决定。两人从山上丢下的小圆石滚在一起了，分别丢出的针和线穿在一起了，各自在不同的山上烧火升起的火烟在空中合在一起了，两人才不得不成了婚。所生的后代就是后来的彝族、藏族和汉族等八个民族的祖先。

壮族神话则解释说，从前，天和地隔得很近。地上住着人类，天上住着雷王，人们只要给雷王供奉香火，就会风调雨顺。有一年，雷王闲得发慌，到地上来玩耍，布伯把他当成稀客招待。雷王在酒足饭饱之后，越想越觉得天上吃的香火没有味道，便向布伯提出收租的要求。布伯略施小计，先后三次使雷王的如意算盘落空。雷王气得七窍生烟，便想方设法刁难布伯，于是下令不给下界放水。第一年，布伯去找龙王借水，解决了问题；第二年没雨；第三年地上断了水流，酷烈的太阳将石板晒得可以煎鱼。为了找水救人，布伯只身前往天上找雷王算账，捉住了雷王。在他不肯放水的情况下，布伯把他关了起来，并决定去买盐巴回来，把他杀掉腌好分给大家吃。临行前特别嘱咐伏羲兄妹把他看住，不要给他任何东西，否则计划就会落空。雷王虽粗野，但也有心计。他在伏羲兄妹面前装出一副可怜相，感动得兄妹俩给他拿来蓝靛水，雷王喝了之后，全身便有了力气，用力一挣，便挣断了捆他的绳子，关他的谷仓也散了架。雷王拔出一颗牙齿送给伏羲兄妹，要他们赶快种下，作为报答他俩的救命之恩，之后雷王便逃走了。雷王回到天上，立即放开天河水，使得地上洪水汪汪。兄妹俩坐在雷王牙齿种下后长出的葫芦里，四处漂流。洪水退后，地上只剩下伏羲兄妹两人，金龟、竹子劝他俩结婚，他们不听。在打死的金龟自然复活，砍断的竹子自动连接生长的情况下，他们只好听从启明星的话结了婚。人类就这样繁衍了下来。

毛南族的洪水神话是这样叙述的。

土地管地上，雷公管天上。土地善良，雷公暴躁。百草、百木、百果与百鸟、百虫、百鱼统统逃到地上。雷公责怪土地骗走他的宝贝，率领天兵天将杀向大地。

土地三战雷公，先败两仗，最后一仗智擒雷公，将他绑在石柱上，又毒又辣的太阳晒得他鳞皮脱落，蔫软无力。

雷公见盘和古两个小孩结伴走来，便向他们讨水喝。盘和古见他可怜，用葫芦瓢装水，刚要给他，忽然记起土地爷的话，便说："土地爷爷交代过，谁给水喝要砍谁的手。"

雷公说，就喷几口水让我凉快凉快吧！盘和古你一口，我一口，将水喷在雷公身上。

雷公一沾水便有了力气，取出牙齿交给盘和古后便跑了。

盘和古种下雷公牙齿，结出两个大葫芦。

雷公下大雨，洪水淹没大地。盘和古躲进葫芦，土地带财宝躲进另一葫芦。土地躲的那个葫芦要沉，他把财宝丢下水。龙王捡得，成了富翁，土地变成了穷光蛋。

劫后，土地劝盘和古两兄妹结婚。古害羞，用力一推，土地跌进树旁的石洞中。

盘和古兄妹问树，问乌龟，又烧烟，滚石磨，占卜，都现出应该结婚的兆头，不得不结了婚。

婚后三年不孕，他们又用泥巴捏成人，乌鸦衔了泥人到处丢，于是处处有人烟。各色泥人成了三百六十行各种各样的人。①

这些神话都不同程度地解释了洪水的浩劫以及人类的再生。多是讲洪灾之后，只剩下一对男女，有的就是兄妹，兄妹怎么能结婚呢？于是，彝族、壮族、毛南族便在兄妹这个事上摆出种种理由，说兄妹结婚并非人愿，而是迫不得已而为之。这三则神话都是说兄妹结婚是根据求神占卜的决定或按天意去办的，或者是什么动物帮忙之类的。这些神话把虚幻和现实巧妙地结合起来，增添了它的生活气息和真实感，即各民族历史上曾经经历过血缘家庭阶段。值得指出的是，在洪水神话之后的兄妹婚中，多有生下怪胎和畸形儿的情节。这表明了原始先民对近亲婚配给后代造成的危害已经有了初步的认识。

（四）射日神话

有时，人类为了维持最起码的求生欲望，要不断同大自然作斗争，否则就会被自然所侵吞。射日神话反映的就是这种情况。著名的有汉族的《后羿射日》、壮族的《特康射太阳》、毛南族的《格射日月》、瑶族的《格怀射日》和侗族的《晓勇皇蜂射太阳》等。

《特康射太阳》的大意如下。

远古时候，大地黑沉沉的，只有当森林起了大火，人类才有亮光。布洛陀决心造个太阳。因为没有经验，头一次造出的太阳被风一吹，脸孔变得惨白，没有多少光亮，人们得不到温暖，于是把它叫作月亮。第二次他再造太阳，成功了，这回它能带给人们光亮和温暖。

太阳和月亮一起居住在天上，又分别是雌雄二性，便结了婚，生下了十一个太阳。开始，它们很规矩，轮流晒大地。后来，便调皮捣蛋，一同出来晒大地。大地热得像火海，河里的鱼虾全渴死，峒里的禾苗尽枯焦，上山的人晒死在树旁，到菜园去的人晒死在菜根……人真是没法活了。

就在这个紧急关头，英雄特康背弓挎箭，连夜爬上最高的山顶。次日早晨一连射落了十一个太阳，只剩下一个老太阳照大地，于是人类得救了。

《格射日月》的主要情节如下。

大禹降伏水妖，疏河开渠把洪水引到海里去，却有九条乌龙、九只白熊逃到天上，与十个太阳为伴。禹王死后，九条乌龙窜出云层，喷着烈火，帮着十个太

---

① 蒙国荣，王弋丁，过伟. 毛南族文学史 [M]. 南宁：广西人民出版社，1992：49.

阳曝晒人间。

人们只好上午躲在高山西边阴凉处开荒，下午躲到高山东边阴凉处耕作。

乌龙又与白熊合谋。白熊是水精，夜晚和月亮同出，在天空抖落绒毛，绒毛落地变成大雪。人们冻得觉也睡不成。巴音山下来了游山打猎的格和他的爸爸。众人请他们射日月、射乌龙、射白熊。格的父亲年纪大，射日未成，眼睛反被日月烧瞎。

格出广门求师学艺。一位白胡子老人用鼯鼠四肢有薄膜能飞行的事例来启发他。格在箭尾配上羽毛，射得又远又准，终于射死全部乌龙和白熊，射下九个太阳，月亮被吓得躲躲藏藏，总不敢夜夜出来，从此人间有了平安日子。

《格怀射日》的内容如下。

天上老大扛着九千九百八十斤的九齿铁耙来到人间耕地。不久，老大被老鹰抓到天上去了，铁耙还在田里闪闪发亮。卜罗陀见到这铁耙，就拿去炼成九个太阳、九个月亮照人间；但是太阳多了，晒得地干石裂，人们头上的帽子燃烧起火，眼睛睁不开，只好白天躲进岩洞，夜晚才出来干活。

人们央求强壮勇敢的射箭能手格怀去射死多余的八个太阳和八个月亮。格怀去了三年，爬过三万座高山，走过三万个平坡，穿过三万片森林，蹚过三万条大河，打死三万条毒蛇，杀死三万只猛兽，爬上东边最高的山峰，射下七个太阳和七个月亮，还有两个太阳两个月亮不敢露头。天黑沉沉的，格怀很着急。于是，请公鸡帮忙，才把太阳和月亮请出来，他又分别射落一个太阳一个月亮。白天一个太阳照庄稼，夜晚一个月亮照垌场。人们从此得到安生。

《晓勇皇蜂射太阳》则叙说了天上出现十个太阳时，勇敢的皇蜂克服了种种难以想象的困难之后，终于射落了天上的九个太阳，拯救了地上的万物。

除了以上内容外，其他民族也有类似的神话流传。这体现了各族人民为了自身的生存发展所共有的一种大无畏精神。

（五）探索大自然的神话

人类对自己生活的环境是由不熟悉到逐渐熟悉的，面对浩瀚的江河湖海、高山峻岭、太阳、月亮以及大自然中的事物，他们不再像以前那样盲目应从，处处躲避，而是想方设法去接触大自然，并试图按照自己的意愿去探索、解释。各民族先民对自然的探索和解释是多种多样的，有对自然现象和各种事物变幻的解释，有对各种动植物以及其他事物特性的探索，仿佛宇宙万物都在他们探索的范围之中。

当人们对太空中的现象如蔚蓝的天空，群星璀璨的银河疑惑不解时，他们便会从自己在生活实践中的认识出发，并联系日月星辰变迁的特点，解释了为什么白天只能看到太阳而看不到月亮，夜晚只能看到月亮和星星以及月亮总是跟星星在一起。例如，壮族神话《太阳、星星和月亮》的讲述如下。

太阳、月亮和星星是一家，太阳是父亲，月亮是母亲，星星是他们的孩子。但太阳是个极端凶残的家伙，每天一早都要吃掉自己的孩子，为这事经常和月亮吵架。于是，孩子们就跟母亲离开了父亲，每晚月亮带着孩子出来，一面走，一面哭，流下了许多泪水。孩子们也非常喜欢跟母亲在一起，但因为害怕父亲出来吃掉他们，常常提心吊胆，惊恐的眼睛总是眨巴眨巴地闪动着。①

对太阳、月亮和星星的解释，国内外别的民族也有不少美丽的神话，有的跟壮族的这个神话十分相似。例如，美国加利福尼亚的印第安人的神话是这样说的：太阳是天空的父和主，他是首领，月亮是他的妻子，小星星是他的儿女。太阳常常抓他的儿女当饭吃，所以，小星星不敢见他。当早晨的太阳一出来时，小星星便都躲到晴空的上面去了。直到他们的父亲上床睡觉后，他们才敢出来……

这些神话无疑是父权制意识在人类头脑中的反映。父亲作为家长，母亲和子女作为家庭成员，说明人类已进入了以父系为主的私有制社会，男子已经取代女子成了社会的主宰。

各民族先民在探索自然的同时，对人类社会中男性与女性之间的地位和关系，也做了进一步的探讨和说明。例如，《男人和女人》认为，古时候，女人和男人经常吵架，互不相让。有一次，七个儿子和七个女儿分别将父亲和母亲抬到不同的地方居住，可是七个儿子和七个女儿一见面还是吵吵闹闹的，双方都要比个高低。到了天寒地冻的冬天，双方把父亲和母亲同时丢进河里，待一枝香燃完，才将冻僵的父母捞上岸。还说，要是父亲救不活，往后男孩做女孩的马；要是母亲救不活，往后女孩做男孩的垫。后来，母亲没救活，男女之间的地位随之也发生了变化。这便是先民们对男子地位为什么比女子高的解释。它反映了原始社会从母系氏族过渡到父系氏族这个人类所经历的最激进的革命之一的某些情况。这是一种幼稚地凭借主观想象来解释男女两性的社会地位与关系的认识观。

此外，在神话中各民族先民为了进一步了解自然，几乎都具有一种不惜一切代价的奋斗精神。例如，壮族的《妈勒访天边》就极为生动地表现了这一点，其大意如下。

---

① 冯骥才.民间神话[M].石家庄：河北少年儿童出版社，2004：6.

在很久以前，人们看见天像锅盖一样，每天太阳从天脚出来，又向另一个天脚落下去，就认为天是有边际的。于是，大家都商量去寻找天边。

老年人、青年人、小孩都争着要去。最终，一位名叫妈勒的年轻孕妇以最充分的理由出发了。

她一直往太阳升起的地方走去。走过莽莽苍苍的原野，穿过一片又一片的森林，战胜过数不清的毒蛇猛兽。孩子生下后她背着走；孩子会走路了，她带着孩子一块走。所到之处，人们都非常欢迎她，并鼓励他们继续走下去。他们也向大家表示，找不到天边决不回头。

母子俩就这样走了几十年，母亲走不动了，儿子就接着继续走，决心把天边找到……①

这是何等的感人。它生动地反映了远古时代先民们在努力了解和探索大自然秘密的过程中互相帮助、互相激励的美好品德，体现了他们坚韧不拔、百折不挠、前赴后继的精神以及人们要求摆脱原始蒙昧状态的强烈愿望。

（六）英雄神话

英雄神话所叙述的是本民族英雄人物的光辉事迹。这些英雄人物身上往往体现了所属民族的性格和气质，他们的命运总是与本民族的命运联系在一起，他们在民族发展史上功勋卓著，因而倍受本民族的敬仰和崇拜，人们也往往给这些英雄赋予神的力量。例如，壮族的莫一大王、瑶族的盘王、侗族的王素便是这方面的代表。如关于王素的神话，相传远古时代，侗族居住的地方发生瘟疫，洪水暴涨，居民人数在一天天减少，在这民族生死存亡的时刻，年轻的王素被推举为族长，率领大家去寻找幸福之地。他们往南走去，一路上，王素杀毒蟒、与神鹰较量并结交为朋友，带着人们漂洋过海，历尽千辛万苦，终于为侗族寻到一块水草丰盛、和平安详的土地。王素以其英勇和多谋赢得人们的爱戴，被推崇为民族英雄，其光辉事迹被后人传唱至今。王素带领大家南迁，既反映了侗族先民的大迁徙，也反映了侗族社会中一个新时代的出现——父权社会的开始。

二、广西神话的艺术特点

广西各民族神话不仅内容丰富，还具有自身的艺术特点，主要表现在以下几个方面。

---

① 韦苏文. 民间故事心理学 [M]. 北京：中国社会出版社，2003：127.

（一）原始性和创始性的特点

原始性的特征在开天辟地神话、化身神话和兄妹再造人类神话中都有突出的反映。

1. 突出了人类起源

原始人类往往把追求生存繁衍和发展壮大的欲望依附在动物、植物和果实上，并以它们为氏族的图腾，编织出许多关于动物、植物孕育人类的故事。例如，葫芦生人的故事及洪水过后两兄妹从葫芦里出来再造人类的故事。创世天神造人、生人的方式有用植物造人，用泥造人，用雪造人，用蜂蛹造人，等等。

2. 反映了原始时代的自然界、人与自然关系以及社会形态

刘亚虎在他的《南方史诗论》中说："我国南方少数民族原始性史诗创世部分所描述的大多是创世天神和巨人依靠创造性的劳动创造世界，肯定的是劳动群体的价值，歌颂的是劳动的崇高、力量的崇高。它们与刚刚出现的农业生产结合在一起，把农业生产的活动融化进开天辟地的壮举中，但又不是农业生产的简单复写，而是依照原始人特有的思维方式和情感，把整个过程神圣化、集中化，描绘出一幅充满神秘色彩的宏伟壮阔的天神或巨人创世图。"

壮族开天辟地神话中的拱屎虫（蜣螂）、蜾蜂；洪水神话中的葫芦和磨刀石；水族神话中的兄妹种葫芦，后来遭遇大洪水时，兄妹躲进葫芦中避过灾难重新繁衍人类等，这些都充分反映了远古时代人们的生活影像，是人们对远古时代生活的回忆。

3. 具有高度幻想性，其内容具有神奇、神秘、荒诞不经等特点

马克思认为，神话是"在人民幻想中经过不自觉的艺术方式所加工过的自然界和社会形态"。神话是古代人们生活的反映，反映了人类童年时期的原始思维方式。神话既反映了先民丰富的想象力，也形成了先民初步的思想意识与文学思维。

4. 原始思维与思想感情的曲折反映

《礼记·郊特性》中说："地载万物，天垂象，取材于地，取法于天，是以尊天而亲地也。故教民美报焉。"因此，人们要"敬天"，并要加以"美报"、献茶，故遂有崇拜。壮族先民认为，天是由雷神管理的，故而人们也敬重雷神。

（二）类型丰富、数量众多的特点

（1）广西各民族都拥有众多的神话。例如，壮族就有布洛陀和米洛甲、射太阳、铜鼓的故事、找谷种、祭青蛙、盘古定万物、布伯斗雷王等神话；瑶族、侗

族、仫佬族、苗族等也都有很多创世神话。

（2）数量众多的神话，因为缺乏相应的历史记载的文献，所以产生年代很难确定。有的可能是远古时代的神话，即秦始皇统一岭南之前的各民族原始宗教对人类、祖先、自然的模糊记忆的原始神话；有的是其后各个朝代的神话。其中最多的是道教、佛教、师公等的祖师神话、仙话、鬼话。

（3）有些神话类型意义重大。例如，盘古、雷王、洪水等类型的神话，布洛陀、密洛陀神话，不仅对认识广西各民族的起源具有重要价值，还对整个中华民族的起源与史前历史的研究，具有不可估量的意义。

（三）体系庞大、序列清晰的特点

1.这些民族的神话具有体系性并且体系庞大

例如，壮族神话谱系为，一团急速旋转的气体——三黄神蛋——金甲天神（开辟神）——三界——米洛甲（始祖神）——布洛陀（创造神）——布伯（战神）——伏羲兄妹（生育神）——肉团——人类——岑逊、莫一（英雄神）。

2.序列清晰

一是各神话之间相互连贯，二是每个神话的内部结构井然有序。如毛南族的《创世歌》包括开辟神话、物种起源神话、射日神话、洪水神话、兄妹再造人类神话、婚恋起源神话等。

这些体系很多都自成系统，如神话系统和信仰系统。例如，雷公神话系统即洪水神话、造人神话、布伯神话，有雷神、蚂拐、族长、族源、铜鼓、节庆，这些内容成为一个系统，反映了壮族的原始宗教信仰（自然崇拜和雷神崇拜）和人的觉醒，壮族族源的民众意识，雷公形象的复杂性与人神之间的复杂关系。又如，瑶族的盘瓠神话系统，就有盘护、盘王、始祖、狗信仰、迁移、黄泥鼓、节庆、十二姓的传说故事。

（四）同中有异、细节生动的特点

1.与汉族的同类神话相比，同中有异

同样是创世纪神话，壮族米洛甲神话叙说：一团气转成蛋样，蛋裂成三片，分别成为天、水、地。地长出花，花中长出米洛甲。米洛甲抓地起褶，成山川，天地合严实。这反映了壮族先民原始的宇宙观属于"盖天说"。米洛甲站在两座大山之间，风吹尿胀，尿湿地泥。她抓起湿泥造人，采洋桃、辣椒撒向人群，抢得洋桃果者成女人，抢得辣椒者为男人。与汉族女娲捏泥造人相比，有用辣椒、洋桃区分性别的细节。

另外，神话的民俗功能不同。同属骆越后裔的壮、仫佬、毛南诸族都尊女始祖神为花婆（或称"婆王""万岁婆王""花王圣母"），花婆掌花山，育花，赐红花、白花给人们，得花者便生女孩男孩；花婆将一株红花和一株白花移栽在一起，人间男女便结成夫妇；人去世，回归花山还原为花。人们向花婆求花求子女，架桥请花魂过桥进家投胎，产妇房中采鲜花设花婆神位，祈求母子平安。而在汉族，已经看不出女始祖神女娲作为生育之神在民间习俗中的传承情形了。

2. 各少数民族之间同类神话相比，同中有异

创世纪神的名字不同，有的盘古是一个人，而有的说是两个人（一个叫盘，一个叫古），有的情节、细节有差异。各民族的洪水起因大都是雷公降暴雨，但同中有异。毛南族为雷公抢土地上的植物动物，土地智擒雷公，雷公逃脱，降暴雨。苗、侗两族的雷王和人是兄妹，相争失败，降雨泄愤。壮、瑶两族神话掺入后代文化因素，雷王收租，人斗雷王，雷王降雨报复。仫佬族有人想吃雷公肉，诱擒之，雷公逃脱，暴雨报仇。洪水遗民都是兄妹二人，也是同中有异。汉、壮、瑶、仫佬诸族都是伏羲兄妹，苗族为殷略、理耶，侗族为张艮、张妹，彝族为沙娓兄妹，毛南族为盘兄、古妹，盘古不是一个神而是兄妹两个神，仡佬族不是洪水遗民而是山火遗民。兄妹生肉团，砍碎撒四方，化成共居的几个民族则又是共同的。

3. 同一民族之内同类神话相比，同中有异

壮族女神米洛甲神话、男神布洛陀神话有众多不同的口传文学的文本。

（1）有的文本讲米洛甲造天地万物时也造了人；有的广本说她受风而孕，孩子从腋下钻出；有的广本说她用蜂蛹造人。各种创世业绩都是米洛甲独自做的。

（2）有的文本讲布洛陀是米洛甲的儿子，是她所造人中的一个，是第二代神；布伯是第三代神；洪水遗民伏羲兄妹是第四代神。他们都是米洛甲的子子孙孙。

（3）有的文本讲米洛甲和布洛陀分工合作完成各项创世业绩后，结婚生子。也有的文本说两人吵架，布洛陀出走，到大海与兄弟图额做伴，米洛甲在山顶唤他，他屄海水湿其身，米洛甲怀海水孕而生子女。

（4）有的文本讲她掌花山。

（5）有的文本讲布洛陀独自创世。

瑶族有众多支系，各支派创世神也不同。有的说是盘王、盘瓠、盘古创世，有的说是密洛陀创世。瑶语盘瑶系统诸支系，传承盘瓠神话，为犬图腾神话，早

在汉代应劭的《风俗通义》中便有记载，晋干宝的《搜神记》、南朝范晔的《后汉书》也都有记载，广西瑶族民间抄本《过山榜》（也称《评皇券牒》）、口传神话《盘瓠王》均讲述了盘瓠与三公主的神话，代代传承，源远流长。但不同地区不同支系的《过山榜》有盘瓠王和盘古王两大类型，口传神话和民间祭祀风俗相应也有"盘瓠王"和"盘古王"两大体系，而以崇信"盘瓠王"者占多数。全州县东山乡盘瑶传承别具特色的盘古王神话，盘古王的母亲开天圣母（瑶语称"目母婆"）制锤、凿帮儿子战洪荒，盘古王遵母命开天辟地，制十日八月，日月太多，开天圣母教儿子用脚下污泥制箭射日月，留下一日一月轮流照人间。苗语支布努瑶系统诸支系则传承密洛陀神话。大风生出女人密洛陀。她造天地日月、江河湖海田地、草木花果粮菜、禽兽鱼虾，用蜂蜡和蜂蛹造人，造街市和百货。密洛陀是至尊的女性创世大神。

（五）普遍性与共通性高的特点

1. 神话的主题相同

开天辟地神话、化身神话和兄妹再造人类神话在广西各民族中普遍存在，在一定区域内具有较强的普遍性与共通性特点。

2. 内容相近，母题雷同

水族民间流传的开天地、造人的神为伢俣（水语，即女娲）。水族古歌《造人歌》唱道："初造人有个伢俣，伢俣造四个哥弟：头一个就是雷公，二一个就是水龙，三一个才是老虎，小满崽是我们人。"与壮族雷王、图额、虎王、布洛陀四兄弟相似。

3. 传承方式的一致性

这些神话不仅以民间口头的形式保存和传承，还保存在各种民间宗教经文、唱本、唱词中，保存在各民族歌谣的手抄本中，保存在民间戏剧的唱本、唱词中。这种普遍性、相近性、一致性，说明广西少数民族多出自统一的文明类型，族群关系密切，也表明了各民族在长期的劳动生活中相互融合和发展的情况。

（六）艺术创造力强

（1）故事细节生动，想象丰富，有浓郁的少数民族色彩，为其民族文学今后的发展奠定了基础。

（2）掺入后世历代文化因素，成为各民族历史文化明显特征的主要载体之一。这些神话在代代传承中，不免掺入后世历代文化积淀的内容，流传着情节与细节有异的多种文本。

（3）表达的情感复杂。例如，壮族民间故事中的雷神就是一个矛盾的综合体。它既是人们惧怕的主管雨水、正义的天神，又是一个常常与人类作战时被打败，能力遭到怀疑的神。它贪婪、不服输，又愚蠢、狡猾。雷神这种复杂的性格，与壮族对雷神的复杂态度和矛盾的雷神信仰及习俗有着密切联系。这既反映了壮族人民对赐给自己食物的自然的崇拜，也反映了壮族人民不甘于被自然压倒的不屈的斗争精神。①

---

① 肖远平 . 壮族民间故事中的雷神形象及其文化解读 [J]. 时代文学（双月上半月），2009(4)：49—51.

第三节　广西民间故事及其艺术特点

一、广西民间故事的类型

广西民间故事有神奇故事、生活故事、人物故事、动植物故事等。

（一）神奇故事

广西神奇故事中常出现仙人、神怪、精灵、宝物、法术等神奇幻想的形象，有强烈的传奇色彩。例如，"幸福型""灰姑娘型""田螺姑娘型""蛇郎型""青少年型""两兄弟型""两姐妹型""狼外婆型"等，在广西各族中都有流传。广西神奇故事主要有以下三方面的内容。

1. 反映人与自然的关系

人类生存于自然之中，一方面要从自然界获得食物，另一方面又要承受着自然界带来的种种危害，于是他们对自然既崇拜又畏惧。后来，在长期的社会实践中，人们对自然界逐渐有了更多的认识，积累了很多改造自然的经验。神奇故事便是反映各族人民在和自然界打交道的过程中，从开始时听命于自然到逐步掌握自然，后来发展到改造自然、征服自然的理想与行动。例如，壮族《水珠》的故事。

相传很久以前，居住着依人（壮族的一个支系）的黑底坝，在遭到天火之后，又遇天旱，水源奇缺，庄稼不长，人也快渴死了。为了解救黑底坝依人，岩刚决心到离坝子很远的水源塘去寻找万水之源的水珠。在历尽艰险之后，他来到水源塘，发现塘四周寒气逼人，塘口被蜘蛛网密封着，一只盘子大小的金蜘蛛，盘守在网中央。打败了蜘蛛的岩刚终于在水底的一堆白沙里找到了那颗晶莹碧透的水珠。他把水珠含在嘴里，却不小心让它滑进了肚子。他一下变成了巨人，身躯就是山梁，头就是山峰，嘴巴就是出水洞。这洞终日不停地喷涌出清清的泉水，人们终于得救。[①]

---

① 周作秋，黄绍清，欧阳若修，等. 壮族文学发展史（上）[M]. 南宁：广西人民出版社，2007：83.

仡佬族《路扎和花姑》的故事如下。

仡佬山原是光秃秃的山包，后生路扎跑到远方挖来树苗、花秧栽种，乡亲们也跟着他做，可是树苗、花秧被晒死。路扎逐一察看，发现有一棵映山红还没有晒死，他精心护理。冬雪埋了花秧，路扎挖开积雪，刚找见花根，突然花秧不见了，面前，一位自称"花姑"的红衣姑娘正在感谢他，还说："春天就要来啦!"说罢，一晃身不见了，眼前仍是一株小小的映山红。春天来了，满山盛开映山红，山包上，深沟里，长起松杉、核桃、板栗、梨子、李子……①

这类故事表现了人们在与大自然斗争中不怕牺牲的精神风貌。

2. 反映私有制度下人与人之间的关系

神奇故事虽然最早反映的是人类和自然的斗争，但它的大量出现却是在私有制社会里，因而反映私有制社会阶级矛盾和阶级斗争的作品数量相当多。有的鞭挞剥削者的贪婪和欺骗，有的揭露敌人的残暴与愚蠢，有的表现人们的不平与反抗，有的直接歌颂人民团结斗争的胜利。它较多采用幻想的方式、象征的手法。例如，毛南族的《谭含辉与三龙女》，故事大意如下。

穷孤儿谭含辉，五岁行乞，被地主谭老六抓去放了八年牛，被迫逃入南山以打猎为生。后来，谭含辉与海龙王的女儿三龙女成亲，三龙女吹口仙气，把草棚和周围的荒坡变成一片有整洁住房、村寨、苍翠林木和富饶田园的地方，让附近的毛南人都搬来一起生产生活。谭老六窜到南山一看，恨不得马上占有这里的一切，便请独眼鬼师作法：第一夜，用九条纸龙化成九条火龙飞向村寨，被三龙女用海水把火龙变回纸龙，飘得无影无踪；第二夜，向村寨发大水，被三龙女用一个小花瓶把水全收了；第三夜，祭起千万把钢刀，一一飞向村寨，被三龙女布置在屋顶的藤网绞住了。三龙女也施用法术，以牙还牙，把谭老六和独眼鬼师碎尸万段。从此，毛南乡亲与含辉夫妇过着幸福的生活。②

反映这方面内容的作品还有《狼外婆》《龙女的故事》等。

3. 反映人们的爱情生活

过去，由于社会上的种种原因，男女恋人之间多数无法成为眷属，于是人们通过神奇故事来表达他们对爱情生活的理想和愿望。例如，瑶族的《五彩带》故事。

孤儿阿苦在瑶山开田种谷，谷穗剪了长，总也收不完。一天，七只天鹅飞来

---

① 过伟. 南方民间文化与民族文学 [M]. 南宁：广西民族出版社，1994：51.

② 蒙国荣，王弋丁，过伟. 毛南族文学史 [M]. 南宁：广西人民出版社，1992：269.

变成七个姑娘帮助阿苦剪收谷穗，才算收完。六个姐姐回天上，七妹留下和阿苦结婚，生下儿子美坚仔。玉皇大帝派雷公四次召七妹回天宫，不回就惩罚全家。七妹只得走了，告诉丈夫七月初七夜见天上有五彩带放下来，就抓住带子上天团圆。玉皇大帝多次陷害女婿，由于七妹救援，均未成功；又趁七妹夫妇外出，将美坚仔推下南天门，生死不知。七妹泪水变成雨点，化作长虹五彩带，盼望儿子攀带上天。①

它反映了瑶族妇女的民族文化心态与精神面貌以及她们那种追求自由美好生活，反对封建压迫的斗争精神。

苗族《哈迈和米加达》的故事如下。

古时候，天上人间有路相通。一位仙女和一位人间的后生仔相好，生下女儿哈迈。父亲去世后，妈妈带着女儿到天上找哈迈的舅爷古谍。古谍不认穷亲戚，他的儿子阁也不愿按老规矩和表妹定亲。哈迈长成一个美丽的姑娘后，和后生米加达相好。她的歌声传到天上，古谍随歌声寻到人间，发现哈迈这么美丽，便骗她上天过拉鼓节。米加达陪哈迈到天上，舅妈引哈迈进内房，古谍却向米加达敬酒，感谢他送来哈迈。米加达一气之下跑回人间。哈迈抗婚被关，后又突破种种阻挠回到人间，与米加达解除误会，一对情人抱头痛哭。古谍率领打手把二人抓上天去。途中，哈迈把古谍撞下深潭，阁将米加达推下山崖，哈迈也跟着跳崖，但被阁拉住裙带。哈迈的哭声化作惊雷，泪水变成暴雨山洪，将阁和打手们卷走，只有哈迈与米加达头并头、肩并肩地在一起。这时，雨过天晴，通天的路断了，山崖下新流出一股清清的泉水。②

它反映了苗族青年男女对封建旧权的抗争，对爱情执着的追求。

4. 反映人们的道德观念

在人类社会生活中必然会发生人与人、人与社会之间的一定关系和联系，为了协调好这种关系，便产生了一定的行为规范，即道德，人们用道德来维系一个民族内部的关系。因此，反映这方面的神奇故事也比较多。例如，毛南族《找幸福》的故事。

孤儿上南天门问南极仙翁，世上怎样才能找到幸福？他走到百草峒讨水喝，主人托他问独生女儿18岁了为什么还不会说话？他到桃花寨投宿，主家托他问后园桃树为什么开花不结果？他到东龙河，鲤鱼驮他过河，托他问已修炼了800年

---

① 过伟 . 南方民间文化与民族文学 [M]. 南宁：广西民族出版社，1994：51.

② 过伟 . 南方民间文化与民族文学 [M]. 南宁：广西民族出版社，1994：52.

的鲤鱼为什么还跳不过龙门？孤儿向南极仙翁提出的、别人托问的三件事都得到解答，再问自己的事时，仙翁说，天上规矩只能解答三件事。他回到东龙河回答鲤鱼，12根胡须拔两根便能跳过龙门。鲤鱼吐了一颗夜明珠送他。回到桃花寨，他帮主家在树根挖出一缸金子，满园桃树结了果。他回到百草峒，哑女一见他就喊："爹爹快出来呀，你的女婿回来了！"老人招他为女婿。①

故事表达了"助人者得幸福"的思想，助人为乐是毛南族的传统美德。

京族《三兄弟》的故事如下。

既打鱼又经商的范二哥，在老伴去世、儿子分家后，生活十分困顿。三个儿子对他越来越冷淡。他做了一只大木箱，漆得红红的，对人说，收回来的债银都锁在箱子里，准备留给儿子们，还有很多债未收回呢！这一下，三个儿子都来看父亲，并争着赡养他。范二哥逝世后，三兄弟把箱子抬回家，打开一看，却是石头、泥巴和沙子，他们瘫坐在地上，半天也说不出话来。

它从侧面抨击了儿子们的不道德行为。

有的故事是针对社会上的一些不良现象进行讽刺和嘲笑的。例如，壮族的《懒鬼以叶蔽影》，说的是一个好吃懒做的农夫，听说每棵大树的顶端都有一片神奇的叶子，只要把它拿在胸前，别人就看不见自己。他就真的用树叶遮身去偷东西，被人发现还执迷不悟。当这个农夫明白这是人们在捉弄他时，羞得无地自容。这个故事说明了这样一个道理：勤劳可以使人变美，懒惰则会使人变丑，世上一切美的东西都是从劳动中得来的。

（二）生活故事

生活故事讲述的是现实生活中的人和事，较之神奇故事，它更贴近现实生活，其主要反映私有制社会里人们的日常生活及世态人情。

1. 斗争故事

斗争故事一般是指敌对阶级之间的故事，包括奴仆戏老爷、长工斗地主、百姓打官司等。这类故事多反映经济斗争的内容，其斗争形式是在承认社会制度的前提下，在社会制度、生产关系及道德所许可的范围内的合法斗争。例如，瑶族的《地主与长工签订合同》，叙述的是一个给地主干了一年活却拿不到一分钱的长工，在第二年开春时提出了地主要先付钱并要与地主签订合同的要求，地主不得不答应。双方订了这样的一个合同：长工一年有三天不做屋外活，屋里的活一

---

① 过伟. 南方民间文化与民族文学 [M]. 南宁：广西民族出版社，1994：49.

上一下、一前一后、一去一来三样不做。头一天，下大雨，雨水灌满田块，正是耙田的好时机。地主叫他出工他不去。第二天是阴天，他也不去。第三天是晴天，他又说晴天不干活。这时，地主才发现自己上了当，原来这三天指的是雨天、阴天、晴天。地主便改叫他去锤米、推磨、挑水，他一样也不干，说合同上一上一下、一前一后、一去一来写得清清楚楚的。地主气得将他赶出家门。长工走远后，地主才想起长工把一年的工钱也带走了，地主被气得吹胡子瞪眼，直跺脚。

2. 劳动故事

生产劳动是人类最基本的实践活动。因此，表现劳动态度和生产经验便是劳动故事的主要内容，而歌颂劳动，讽刺懒惰则成为它的主要基调。例如，壮族《朱朱和张兰》的故事。朱朱和张兰是表姐妹，张兰是个聪明美丽的姑娘，经常帮别人做好事。父母死后便跟外婆及表妹朱朱一起生活。朱朱为人刻薄，天天要张兰干这干那，一天张兰去放牛，得仙人赠送很多漂亮的衣服。朱朱羡慕不已，硬是要拿去穿。但她一穿上，衣服马上变得破烂不堪，朱朱的耳朵变得像蒲扇，长相好比猪八戒。她这才懂得，懒就是丑。从那时起，朱朱开始向张兰学习，经常助人为乐，人也逐渐变得美丽了。这类故事在广西各民族中都有流传。

3. 家庭故事

家庭是社会的细胞，家庭的变迁能够折射出时代的发展，因而各民族都流传着许多家庭故事。家庭故事既有教育子女好好做人的道理，又有反映尊老爱幼的传统美德，有孝敬婆婆的媳妇，也有尊重媳妇的婆婆，有虐待婆婆的媳妇，也有虐待媳妇的婆婆，还有虐待前妻的子女的后娘。例如，壮族的《杜鹃鸟的故事》便是给后娘揭丑的，这个故事说的是一个早年守寡的后娘，平时非常爱自己的亲生儿子，对前妻留下的大女儿却百般虐待。她为了让自己的儿子独吞家产，决定要害死前妻生的女儿。她给姐弟俩每人一把黄豆，要他们一同到坡地里去种，等到豆子发了芽才能回来。她给弟弟的是未炒过的好种子，给姐姐的是炒熟的豆种。弟弟见姐姐的豆子粒大，便跟她换了。不久，姐姐的豆种发了芽，弟弟的豆种总是不发芽，只好待在坡地里。姐姐回到家，被后娘毒打一顿，叫她去喊弟弟回来，她到坡地一看，发现弟弟已经饿死了。她不敢回家，过几天也饿死在野外了。姐弟俩死后变成了杜鹃鸟，每到杜鹃花开的时候，这两只杜鹃就昼夜不停地啼唤"姐姐—弟弟"，好像在互相寻觅。这个故事深刻地揭露了后娘的自私、奸巧和阴毒，尽管她机关算尽，最后反而害了自己的亲骨肉。

仫佬族的《要记得把猪笼拿回来》叙述的是一位老人有三个儿子。儿子们娶了妻子后，一个也不愿和老父亲一起过日子，只好轮流养，但个个都虐待他，而老父亲却十分健壮。一天，三兄弟商量，用猪笼装了老父亲，准备丢下河。三兄弟的孩子们见了，其中一个说，要记得把猪笼拿回来啵！三兄弟就斥责那个孩子，可孩子们都说，将来你们老了，我们拿什么装你们丢下河呢？三兄弟听后，忙把老父亲放了出来。

此外，还有一种是讲述聪明媳妇和呆女婿的。它从侧面反映了包办婚姻的现实和妇女三从四德的观念。它包括两方面的内容：一是真正的存在智力障碍的人，与聪明媳妇形成对比；二是出身富家的子弟，平时养尊处优，缺少独立生活的能力，虽成了家，仍不懂世事，经常闹笑话。

（三）人物故事

广西民间人物故事除了具有传奇色彩之外，还有很多故事是现实生活中的人物故事，主要是机智人物的故事。此外，也有一些历史人物故事、宗教人物故事。从故事的文学性来看，人物故事有的采用概括性的叙述，有的采用细节描写，有的采用对比的手法，还有采用夸张、比喻等修辞手法的主要是一些笑话故事。

1. 智慧人物故事

智慧人物故事是随着民族社会历史的发展而出现的一种故事形式，故事中的主人公都是劳动者，他们往往具有幽默机智的性格。例如，壮族的公颇、老登、卜火、特堆，汉族的阿红、牛皮四，瑶族的卜合，苗族的卖鹅仔，侗族的卜宽，仫佬族的潘曼，毛南族的李海进，京族的计叔等，都是为维护劳动者利益和人身尊严而运用特殊方式进行斗争的智慧人物。例如，壮族智慧人物故事如下。

壮族的特堆，财主要他挑礼品进城讨好县太爷，对他说，这一次，是进城见县太爷，凡事都得斯文一点。特堆问哪样做才算斯文？财主说，我怎样做你照着做就行。财主在石桥上跌一跤，特堆学着跌一跤，礼品全掉下河。财主骂他，他却说，以为你一跤跌出个斯文来呢，我哪能不照着做。

这种方式便是"学样法"的斗争策略。

侗族的智慧人物故事如下。

侗族的卜宽，财主要他做三件难事，尝粪、搬田、屋顶种菜，做了才给工钱。卜宽顺着他的话去做，舀来一碗粪，说已经尝过，数这坑粪最咸，不信你自己尝；卜宽要财主一道到田边，蹲下来要财主搬田上他的肩，他好搬远田为近田；卜宽搬梯上到屋顶，举锄便锄瓦，财主要他停止，他说锄了屋顶才能在屋顶种菜。财主只好叫他下来，还得照样给工钱。

卜宽的这种策略可称为"归谬法"。

智慧故事中除了上述这两种策略外，还有"以牙还牙法""巧计法""反话法""谐音法""曲解法""巧语法""偷梁换柱法""以子之矛攻子之盾法"等。

2.蠢笨人物故事

蠢笨人物故事娱乐性很强，也有很强的教育启发意义，所以，在各民族民间故事中占有一定比例。广西这类故事，既有中原此类故事的影子，又有其特有的内容与风格。例如，鹿寨县一带流传的《蠢仔的故事》。

蠢仔二十多岁了，什么事也不会做。娘蒸了一笼粑粑，对他说："儿呀，你也学着做点啦，帮娘去卖粑粑吧！"蠢仔问："娘，上哪去卖呀？""当然就是人多的地方嘛！""哪样卖呢？""哪个向你开口，你就把粑粑卖给他。"蠢仔去了。走到半路，下起了大雨，他赶忙跑进一庙中避雨。庙里，塑着大大小小的金刚，一个个龇牙咧嘴。蠢仔笑道："你们买粑粑么？就来就来！"他拿起粑粑，朝一个个金刚嘴里塞去……回到家里，娘问："卖粑粑的钱呢？"蠢仔哭丧着脸，把在庙里给金刚塞粑粑的事说了一遍，叹道："还敢要钱呀？那些人吹须瞪眼，恶如虎狼，有的握拳头，有的举棍棒，有的舞大刀，要不是我跑得快，连命都丢了！"

蠢仔快讨老婆了，娘给他一些银子，叫他上街买布做新衣裳。"哪种布好呢？"蠢仔问。"你把布对着太阳，见光的莫要，不耐穿；看不见光的是好布，经得穿。"蠢仔上街打了一转，搂回了一大捆火纸。娘骂道："我还没死呢，买这么多火纸做什么！"蠢仔说："你不是说过吗？看不见光的是好布！"

蠢仔闹着要跟老婆上舅爷家吃寿酒。老婆为难了：同他一起走吧，那呆头呆脑的样子，实在让人笑话；让他一个人走吧，又怕他认不得路。后来，她想了个办法。她对蠢仔说："我在前头走，一路撒老糠，你在后面远远地跟着我，哪条路有老糠，就往哪条路走，就能到舅爷家了。"蠢仔记住了老婆的话。蠢仔走着走着，忽然刮起一阵大风，把路上的老糠吹进池塘里去了。蠢仔照直向塘里走去，幸好塘水不深，只弄得一身泥，活像个落汤鸡。来到舅爷家，蠢仔见老婆一身衣裳干干净净，很是惊奇，嚷道："怪啦！你不从塘里走过吗？怎么一点不湿呢？"

老婆怕蠢仔在酒筵上不懂规矩，狼吞虎咽，丢人现眼，开席前用一根细绳拴住他的脚悄声对他说："夹菜时，扯一下，你夹一次，千万不可粗鲁！"蠢仔点头答应了。吃到一半的时候，几只狗在桌子底下争抢骨头，打起来，把拴脚的细绳密密扯动，蠢仔以为是老婆拉线，雨点似的伸向菜碗，密密地夹肉，塞进嘴。挟不赢了，张开"五爪金龙"，把碗时的肉，盘里的鱼，全倒进衣兜里。事后，老婆责怪他，蠢仔咧咧嘴说："我还怪你呢！扯我就夹，谁叫你扯那么密呢！"

老婆坐月子，蠢仔向岳母娘报喜："外婆外婆，生了个女，丢下床脚底，我来报讯你！"岳母娘又气又笑，说："一女当千金，得个女也好，你把这篮鸡蛋拿回家去，煮给我女儿吃，补补身子。""怎么煮呢？"蠢仔问。岳母娘说："水滚以后，把蛋打下去，等他浮起，蛋就熟了。"蠢仔回到小河的滚水坝上，看见河水滚翻翻的，心想我就把蛋煮好，送给老婆吃吧！他把蛋敲入河中，敲一个又一个。等了老半天，还不见鸡蛋浮上来。他只好拎着剩下的小半篮鸡蛋走了。回到家里，蠢仔向老婆连呼上当。老婆哭笑不得，只得如此这般地教蠢仔重到厨下烹煮。蠢仔煮好了蛋，盛在碗里，给老婆送去。老婆见丈夫这般蠢笨，不由得摇头咧嘴苦笑。蠢仔见老婆露出了牙齿，赶忙把手缩了回来，惊道："咦，不得了，不得了！狗下崽会咬人，人下崽也会咬人哩！""叭"的一声，连碗带蛋全打在地上。

蠢仔家要起新房子。这天，他父亲对他说："今天到山上挑几担石头回来砌墙基。"蠢仔答应了。到了山上他把石头一块块滚下来，天将黑了，蠢仔才从山上下来挑起一担石头往回走。走了一程，蠢仔感到腰酸腿痛，想，这样怎能挑回去呢？他想起在山上滚石头，又快又不费力，便挑起石头又往山上去，从山上把石头一块一块滚下来……

（四）动植物故事

广西动植物品类多，野生的与种植饲养的都很多，并且与民众的生活关系密切，所以动植物故事很多。这些动植物故事既表现了动植物与民众的密切关系，也表现了民众赋予动植物的一些启迪和思考以及美好的理想和愿望。因此，幻想的成分很大，哲理性很强。

1. 童话情趣主题

这类故事紧扣动植物的特点、习性，有的给出了合理的解释，带有知识性趣味性而被民众认可，有的则寄寓童话般深刻的哲理，如流传在上林县一带的《蚂蚁和水牛》的故事。

有一天，蚂蚁头叫蚂蚁们出去找食物。一只蚂蚁在半路上见到一只死苍蝇，便跑回向蚂蚁头报告道："老爷，我在半路上见到一只死苍蝇，我们去扛回来吧！"蚂蚁头摇摇头说："一只死苍蝇算得什么，哪里够我们吃一餐，不去。"过了一会，又有一只蚂蚁回来报告说："老爷，我在半路上见到一只死蟑螂，我们去扛回来吃!"蚂蚁头还是摇摇头说:"一只蟑螂也不够我们吃一餐,不去。"过了一会儿,又有一只蚂蚁回来报告说:"老爷,我在路上见到一头死水牛,可以够我们吃一辈子了。"蚂蚁头听了,喜出望外,便下令叫蚂蚁们全体出发去吃水牛肉。蚂蚁们排着整齐的队伍,兴高采烈地去了。

不一会儿,一窝蚂蚁全到了,在蚂蚁头的带领下,一齐爬上牛身,你咬我啃,好不热闹,好不得意。真是乐极生悲,哪知那头水牛原来是睡着的,被蚂蚁一咬,便醒过来了。水牛醒后,感到全身又痛又痒,好像是被谁咬似的,便把身子一翻,一骨碌滚了一下。像大山压顶一样,蚂蚁被压死了好多,那些爬在肚下的蚂蚁虽然没被压死,但水牛一翻身,便被带得滚下河去。最终,牛身上的蚂蚁全被河水冲走了,葬身于鱼腹之中。

蚂蚁头侥幸没被鱼发现,被河水冲到岸边。它爬上岸后,呆呆地望着河面,见到孩子们被鱼一只一只地吞掉,好不凄凉。它哭丧,它悔恨,千不该,万不该,因贪多,而不调查研究,瞎指挥,导致倾巢覆灭,后悔不已。

2. 曲折表现生活和理想的主题

在隆安县境西南山区有一个《种豆》的故事。

从前,有兄弟俩,兄幼年失母,弟是后母生的。这对同父异母的兄弟感情很好,只是后母心肠狠毒,经常无事生非,虐待大儿子。种豆的季节到了,一天,后母对兄弟俩说:"你们年纪也不小了,到地里去种豆吧!"说着,她交给每人一袋豆种,并吩咐说:"种完豆后,要在地头守候,等豆长起来了才能回家。"兄弟俩听从母命,种豆去了。

在山弄里,兄弟俩各种完一块地后便留下来看守。等了几天,哥哥种的豆长起来了,可是弟弟种的一颗也长不起来。弟弟急得哭了,哥哥没办法,宁愿在地边守候让弟弟回家。但经多次劝导,弟弟仍不肯违背母亲的嘱咐。哥哥只好先回去。后母看见大儿子回来,劈头就问:"你怎么回来了,弟弟呢?"哥哥把弟弟种豆的经过说了出来,后母听了嚎叫道:"你快把弟弟找回来,不然你也别回来了!"

原来,后母存心要害大儿子,分给他的豆种是煮熟了的,给弟弟的豆种是生的。谁知他们兄弟俩在播种时拿错了,弟弟种的是煮熟了的豆种。哥哥依着后母的吩咐跑去找弟弟,可是天气突变,大雨倾盆,山弄里被洪水淹没了。他找呀喊呀,"弟弟——"的呼叫声震荡山谷,仍不见弟弟的踪影。不知过了多久,雨停了,哥哥化成了一只小鸟,在山里飞来飞去,"弟——弟——弟"地啼叫着。

3. 象征民族精神和品格的主题

"逃军粮"的故事反映了广西各民族对于历代统治阶级的残酷剥削和压迫的坚定的反抗精神。土司的搜刮激起了苗人、瑶人的反抗，皇帝派人镇压，从壮族地区征兵。少女蓝莎英和父亲、哥哥、嫂子都被征去当兵。士兵中出现了起义者，决定带大家逃走，却被官兵困在山上。莎英的嫂子正在哺乳期间，就用自己的乳汁喂伤员。莎英也偷偷地躲到一边挤自己的乳房。她一个未婚少女挤不出乳汁，但她仍拼命去挤，结果挤出的全是鲜血。鲜血滴落在坡地上，第二天便长出一棵开着粉红色小花的矮树。花儿很快结成了甜甜的果实。人们摘下这种果实，救活了许多伤员。莎英发现浆果是她的乳血变成的，为了解救全军，她独自跑到山上，用剑削去乳头，鲜血洒满了大地，漫山遍野都长出了这种浆果。士兵们吃了之后力气大增，精神抖擞，最后突出了重围。后人为了纪念莎英，便把这种果叫作"逃军粮"。

二、广西民间故事的艺术特点

广西民间故事通过刻画人物、描写事件、反映社会生活，表达了广西各民族的道德情操和理想愿望，发挥了教育人民、团结人民、颂扬真善美、鞭挞假恶丑的社会作用，使人们在嬉笑怒骂中抒发情感并得到休息娱乐，成了当地各族人民文化生活中宝贵的精神财富。广西民间故事呈现出以下特点。

（一）地域特色突出

广西各地都有不同类型的民间故事。桂林灌阳、兴安等地的红军的故事，瑶民起义、刀枪不入的故事，现实人物的故事，地名的故事；全州蒋家的故事、古战场故事；宜州地区作为文化交流驿站，外来人的故事较多，有刘三姐的故事、黄庭坚的故事、浙江大学西迁的故事；百色地区有红七军的故事，韦拔群的故事，家族来历的故事，宋代茶马的故道、军营等故事；贵港桂平一带有太平天国的故事；崇左等南疆有沿线抗法的故事、回归祖国的故事等。这些故事地域性强的原因是该地区山水阻隔、民族众多、历史事件多样、发展历程和民族心理心路不同等。

（二）民族特色鲜明

由于民族各历史时期的社会生活在民间故事中的反映以及民族习俗、审美和宗教信仰在民间故事中的反映，广西民间故事又呈现出鲜明的民族特色。民间故事是广西民间文学的主体。歌谣、史诗会受到场合的制约，而民间故事则更日常化、生活化；歌谣与史诗的传唱者、讲演者必须有一定的这一方面的技能和修养，而民间故事的传播者则不受身份限制，具有大众化特征。

民间故事反映了深刻的思想内容。《百鸟衣》表现了封建社会时期壮族人民的智慧、力量和斗争的气概。《刘三姐》反映了壮族人民憎恨地主阶级、反压迫反剥削、追求美好生活的斗争精神。民间故事反映了广西各族人民鲜明的爱憎观念和审美观念，是各族人民在长期的劳动实践中根据自己的爱憎好恶而创作的，体现了各族劳动人民自古以来勤劳勇敢、好善鄙恶、尊老敬老等优秀高尚的伦理道德观。

民间故事反映了广西各族人民的社会历史文化状况。民间故事是广西各族人民世世代代社会活动的记录，同时也是为社会生活服务的。因此，它的内容与广西自然状况、社会发展、生产生活风尚息息相关，主要有与妖怪斗争的故事、反抗统治者的故事、扬善疾恶的故事、机智人物的故事和生产劳动的故事等。

此外，各民族地区的自然景物、各民族的民族性格、各民族的语言风格、各民族民间文学的艺术手法均在各民族的民间故事中有所反映。

（三）传承性强

（1）全国普遍流传的故事在这里传承得非常完整。

（2）全国很多地方已经失传了的故事在这里仍然能找到蛛丝马迹，如德保一带的《赶石人》就是秦始皇赶山故事的片段。

（四）故事主题复杂

民间故事往往有多个主题，同一个民间故事由于讲述者的侧重点不一样，表达的情感不一样，也会具有不同的主题。这些主题多融合着人与自然、动物的关系，人的宗教心理，人的道德强化，然后才是斗争的、爱情的、生活的、智慧的等主题。这也与广西各民族文化的形成、历史发展的情况以及融合性强等文化的特点相吻合。

这些故事有的是在流传的过程中进行了许多改造，如有的杂糅了多个故事情节，有的添加了某些情节，有的移用了某些情节，有的改造了某些情节；有的开始创作时就具有了主题的复杂性，如《母女传奇》有压迫的主题，有斗争的主题，也有爱情的主题。

（五）艺术特征明显

广西民间故事具有鲜明的艺术特征和独特的审美价值。

（1）故事结构相对简单但较为严谨，故事情节单纯而曲折。总体情节完整、层次分明，特别适合记忆与复述。

（2）运用生动丰富的群众口语和乡土语言，再现了各民族地区浓郁的风俗民情。形象化的口语特别多，只可惜翻译为汉语后，口语的特点就体味不到了。

（3）想象丰富。很多故事情节曲折离奇，人物命运有着奇迹般的变化，夹杂着很多幻想的内容，反映了人们天真善良的理想和对美好生活的向往。有很多鬼怪故事、奇异故事和动植物故事，运用拟人化的表现手法使故事更具有寓言性和童话色彩。还有很多喜剧性故事，如笑话，则多使用夸张手法。

（4）多为主题鲜明、爱憎分明的故事和形象。为了突出鲜明的、典型的人物形象，民间故事会使用一些人物类型化的手法以及尖锐、辛辣的讽刺和夸张的艺术手法，强化了民间对智慧与愚蠢、喜爱与痛恨、正确与错误、勤苦与懒惰、荣誉与耻辱、艰苦与快乐、生命与死亡等的鲜明情感。

第四节　广西民间传说及其艺术特点

广西的传说是以广西各族人物、史事、山川、土特产、风俗习惯为依据，敷衍而成的历史性较强的故事。起初可能是真人真事的叙述，后来在流传过程中逐渐被增加某些虚构成分，生发出许多新的情节。它反映了各族人民的情感、理想、愿望和美学情趣等。

一、广西民间传说的类型

广西民间传说众多，类型丰富，特点鲜明，情节生动，情感充沛，已成为研究广西各民族思维、宗教、历史、文化、风俗习惯的重要资料。广西民间传说一般分为描叙性传说和解释性传说两大类。

（一）描叙性传说

描叙性传说是指描写、叙述广西各族人物的事迹、际遇和事件的发展过程的传说。它的主人公大多是各民族历史上真实存在的人物，或者在作品中被特地声明为历史上真实存在的人物。各个民族通过这类传说来表达自己民族的历史观、道德观，寄托理想与愿望。广西的描述性传说主要包括以下内容。

1. 英雄传说

英雄传说主要描述的是民族早期（氏族或部落时代）英雄的行为与业绩。这些英雄人物的命运是与民族的命运息息相关的。这类传说较难与英雄神话区分。壮族的莫一大王、岑逊王，仫佬族的七里英王、垦王，毛南族的覃三九，彝族的支格阿鲁，等等，他们都是民族英雄，或起义不成，或为民做好事，最后成为民众信奉的英雄神。比如，彝族的传说《支格阿鲁》就叙述了支格阿鲁的英雄事迹。龙鹰的血滴在了他母亲的裙子上，他母亲因此怀孕，生下了他。长大以后，他不辞辛劳寻找天界，射日月，降霜雪，平山地，驯动物，降烈马，打蚊虫，为人间做了许多好事。所以他死后，人们深深地怀念他。

2. 起义领袖传说

在漫长的阶级社会里，广西各族人民不甘屈服于统治者的淫威，发起了无数次的起义，涌现了众多的英雄人物，如壮族的侬智高、韦银豹、黄鼎凤、刘永福、韦拔群，侗族的吴勉、吴金银、杨显刚、吴吉彪、王均臣，瑶族的侯大苟，京族的杜光辉，汉族和壮族的太平天国英雄洪秀全、杨秀清、冯云山、萧朝贵、石达开，等等。他们各具个性，各有风采，蕴含着各自时代的特征和民族精神。他们的事迹在民间广为传颂。其中，《吴勉的传说》就是一篇在侗族地区脍炙人口、妇孺皆知的传说。

吴勉是公元 1378-1385 年（明洪武十一年至十八年）间侗族农民起义军领袖。他率领二十余万大军纵横于黔、桂、湘交界数十县地区。相传，他是个干活的能手，会射一手好箭，他弹的琵琶铮铮悦耳，唱的月堂情歌优美动听。寨上的姑娘都喜欢和他"行歌坐月"，寨上的青年们也常同他做伴。吴勉 18 岁那年，当地遇上大旱，人们到处逃荒要饭，卖儿卖女。吴勉的父亲在侗族地区聚众"起款"（款是旧时侗族社会的一种民间自治、自卫组织，"起款"即"举义"）。父亲被害后，吴勉当了首领。他率领义军和官军打了七八年，官军死伤无数，起义队伍也有不少伤亡。为减少队伍损失，他把队伍暂时分散在深山里，自己找了一个大石洞去练神兵，但练神兵失败了，只好转移到另一处深山去……[①]

经过人们的口口相传，吴勉成了能呼风唤雨、剪纸成兵、塞河断流、赶山御敌的神通广大的英雄。他已被神化为侗族人民的希望与理想的化身。

3. 反侵略传说

---

① 《侗族通史》编委会. 侗族通史（上）[M]. 贵阳：贵州人民出版社，2013：147.

广西地处祖国南疆，历来有不少反侵略斗争的传说故事，如围绕瓦氏夫人的传说有《济贫》《除暴》《长奶夫人》《请缨》等；围绕冯子材的传说有《阴兵过渡》《举旗退敌》《巧布虾公阵》等；围绕刘永福的传说有《刘二打番鬼》《郑三去》《猪笼计》等。例如，壮族的《牛角号》讲述了这样一个故事。

中法战争时，黑旗军头领采纳号兵的建议，用竹子编成鸡笼、猪笼等物，置于法兵必经之道，终于破了法军的骑兵队，还俘获了一批洋马。号兵对洋马进行训练，每天让它们饿得打滚，然后吹起牛角号，才给它们吃东西。不久，法国指挥官李威利带领兵马再次来犯。黑旗军故意败阵，将原先缴获的洋马也扔下。李威利把得回的洋马编进骑兵队，又追赶黑旗军来到峡谷，李威利怕上竹笼阵的当，先把峡谷里的茅草烧起来。不想山那边响起了牛角号，法军骑兵队中那些听惯了牛角号的洋马纷纷冲入火海，朝牛角号号声方向奔去，其他洋马也随之跟进。这么一来，法军骑兵队全都乱了套，最后全部被烈火吞没。

4. 民间歌师艺人的传说

广西各个民族都能歌善舞，到处是歌的海洋、舞的浪涛，但多数没有本民族的文字，只能靠口头传授来传承本民族的文化，因而涌现了许许多多有关歌师艺人的传说，如刘三姐、吴文彩等都是歌师艺人，其中刘三姐的传说历史悠久，影响最为突出，仅《中国民间文学三套集成·广西宜山县民间故事集》就收录了《鲤鱼石》《眼泪泉》《手巾岩》等十二则，刘三姐也被壮族人誉为"歌仙"。明末清初，广东诗人屈大均在《广东新语·卷八》的《女语·刘三妹》中这样记载：

新兴女子有刘三妹者，相传为始造歌之人。生唐中宗年间。年十二，淹通经史，善为歌。千里内闻歌名而来者，或一日，或二三日，卒不能酬和而去。三妹解音律，游戏得道，尝往来两粤溪峒间。诸蛮种类最繁，所过之处，咸解其语言。遇某种人，即依某种声音作歌，与之唱和，某种人奉之为式。尝与白鹤乡一少年登山而歌，粤人及瑶、僮诸种人围而观之，男女数十百层，咸以为仙。七日夜歌不绝，俱化为石。土人因祀之于阳春锦石岩。岩高三十丈许，林木丛蔚，老樟千章蔽其半。岩口有磴，苔花锈蚀若鸟迹书。一石状如曲几，可容卧一人，黑润有光，三妹之遗迹也。月夕辄闻笙鹤之音，岁丰熟，则仿佛有人登岩顶而歌。三妹今称歌仙，凡作歌者，毋论齐民与狼、瑶、僮人、山子等类，歌成，必先供一本祝者藏之，求歌者就而录焉，不得携出，渐积遂至数箧。兵后，今荡然矣。①

---

① 屈大均.广东新语[M].北京：中华书局，1997：261.

（二）解释性传说

解释性传说是指以事物如山川、古迹、土特产品、动物、植物或民间风俗习惯为对象，以解释或说明这些事物的名称、特征及其来由为主要内容的传说故事。广西是一个山清水秀、人杰地灵的地方，因而这类传说较多，按内容大致可以分为如下几种。

1. 山川古迹的传说

这些传说饱含着人民赞美胜境、热爱家乡、热爱民族、热爱祖国山川的情感。例如，京族《三岛传说》的故事如下。

相传白龙岭有个石洞，洞里住着一只蜈蚣精。凡是船只经过洞前都要送一个人给它吃，否则它就把船掀翻。有个神仙用一对大粪箕运土，想把它堵死在洞里，但被蜈蚣精识破了。一天，东兴码头来了个老乞丐，搭船过北海，身边带了个大南瓜。开船后，他请船工把南瓜放在锅里煮。船经过洞前时，蜈蚣精游出来要吃人，老乞丐把大南瓜投进蜈蚣精口里。蜈蚣精吞下南瓜，烫得直打滚，最终尸断三截，化成三个小岛，头一截叫巫头岛，心这截叫山心岛，尾那截叫斋尾岛。这乞丐就是那位曾想堵洞的神仙变的，人们尊他为"镇海大王"，立庙供奉。三个小岛的"哈亭"也供奉镇海大王神位，每年"哈节"都要迎镇海大王到哈亭享祭。人们认为镇海大王能保佑三岛安宁、海上平安，渔业丰收。①

其他的传说如壮族《花山壁画的故事》、侗族《风雨桥的传说》等都属这一类。

2. 土特产的传说

它以某民族、某地区特有的某种东西为解释对象。例如，瑶族《长鼓的来历》就属这一类。

瑶族祖先盘王娶了平王的三公主为妻，生下六男六女。一天，盘王领着儿子们上山打猎时，被一只公羊用犄角顶下悬崖，摔死在崖壁间的德芎树上。母亲恨死了山羊，让儿子把它射死，剥下它的皮，蒙在德芎树上，狠狠地敲打，以解心头之恨。儿子们遵命，将山羊的皮制成长鼓，大家敲着长鼓，追悼盘王。以后就代代相传，每逢祭祀盘王或庆贺丰收，都要打长鼓，相沿成习。②

3. 民族风俗传说

它是解释风习由来的故事，富于解释性、历史性、传奇性，有的内含瑰丽诡

---

① "防城港之窗"系列丛书编委会. 趣闻防城港 [M]. 南宁：广西人民出版社，2010：41.
② 雪犁. 中华民俗源流集成（游艺卷）[M]. 兰州：甘肃人民出版社，1994：709.

奇的神话色彩，有的内含朴素的现实生活情调。它反映各民族的风俗习惯、节日活动的来历，对人们了解各民族的生活习俗、风土人情有一定的价值，包括衣食、婚丧、年节、游艺等习俗的传说。例如，《祝著节的传说》就是讲述瑶族的一个分支布努瑶的节日——祝著节的来历。相传密洛陀创世以后，让三个儿子都出去独立生活。后来，密洛陀老了，便要儿子们在每年五月二十九日，即她生日这一天回来给她祝寿。三兄弟照着密洛陀的话去做了。生日的那天，全家团聚，几代同堂，大家轮流向母亲敬酒，儿孙们敲起铜鼓，跳起铜鼓舞，唱起欢歌，热热闹闹。从此，每年农历五月二十九日这一天就成为布努瑶的隆重节日。又如，彝族妇女的胸裙缀饰着银片、锡扣、小银冠等物，传说是女天神送的。女天神给彝族人造了稻谷、玉米、衣裳、棉被、牛马、房屋，又赐给彝族人各种福分，天王却认为她犯了天条，派兵来抓她，彝族妇女救下了她。她悄悄回到天上，又给彝族妇女送来胸裙。天王派大军包围她们，她们穿起胸裙，胸裙闪射的光芒使天兵睁不开眼，大部分被彝族男女用弓箭射死，只有小部分逃回天上。从此，天王再也不敢惹怒彝族人了。这个传说颂扬了妇女的伟大力量。

二、广西民间传说的艺术特点

（一）人物传说丰富

1. 人物传说的类型

（1）历史人物传说，如壮族侬智高，侗族吴勉，瑶族侯大苟，汉族和壮族的太平天国英雄杨秀清、萧朝贵，京族杜光辉，等等。这些传说代代相传，口语艺术精湛，人物各有风采，蕴含了时代特征和民族精神，倾注了民众对人物的满腔热爱，如猴王率群猴为侬智高送竹箭抗官兵；吴勉的妻子甩长发化藤梯，义军攀发梯汲江水解山顶缺水之厄，沿发梯下山击败官兵。这两个故事均以神话的情节与艺术技巧来赞颂英雄。

（2）神性人物传说，如壮族岑逊王、莫一大王，仫佬族七里英王，毛南族覃三九，等等。岑逊王、莫一大王、稼、覃三九等都是没有确切的历史年代，具有神话色彩的、失败了的民族起义英雄，有的还具备搬山治水造福一方的神力与神绩。他们未成，得到了民众同情，最后成为民众信奉的民族民间神。壮族莫一大王、仫佬族七里英王、侗族吴勉等传说都有至死不渝的抗争情节，和《山海经》所记刑天被砍了头继续执干戚抵抗的故事一脉相承。

岑逊王、莫一大王、七里英王、覃三九等神性英雄人物，反映了壮族、仫佬族、毛南族等民族改造家乡穷山恶水自然面貌的愿望，如岑逊王开红水河，莫一大王穿山排五圩内涝，更主要的是反映了他们对封建皇帝压迫的抗争。这些传说以神性人物的斗争活动为线索，或搬山造河，或练茅草兵、育竹子兵，以及含有砍头不死、人头化蜂等情节，神话色彩浓重。其中最古老的文化成分当属这些英雄多数所处的年代——氏族社会部落联盟的时代，那个年代正是战争频繁、军事首长和民族英雄辈出的时代，军事首领自然成了先民心中至高无上的英雄，从而逐步被后人神化。

唐宋是这类传说传播的高峰时期，也是这类传说形成民族特点的主要时期。唐宋封建王朝加紧对南方民族的强化统治，各民族的反抗心理增强，人们根据自己的生活经历、生存环境，对传说进一步创造、变异，加上道教思想传入的影响，最终完成了这些高度幻想的神性英雄神话。

（3）移植于中国四大传说。《孟姜女》和《梁山伯祝英台》是流传甚广的中国民间四大传说中的两篇，亦是广西壮族、苗族、毛南族普遍流传的文学文本。广西所流传的版本，具有民族化、广西化特色，和山海关、陕西等地流传的汉族版传说相比较，毛南族孟姜女性格开朗，追求爱情很主动，梁祝的故事亦有许多富含广西特色的情节。梁山伯和祝英台同窗共床，梁检验祝是男是女，提出以芭蕉叶为垫。祝等梁睡熟，悄悄把芭蕉叶拿到房外接露水，凌晨方取回铺在床上。梁醒来，发现祝垫的芭蕉叶比自己的更清脆。这细节内含壮族俗信——女子所垫睡的芭蕉叶会为女体的火气所焐熟，不再青翠。此细节极富壮族民族特色。苗族梁山伯奏起芦笙，祝英台不由自主跳起踩堂舞；梁祝死后化双彩蝶，马广自尽化黑蝶，这些都是苗族民众移植汉族传说时的创造性点化。

（4）文人画师和歌仙传说。这类传说风采风流，韵味醇香，还有着鲜明的价值取向。例如，壮族诗人郑小谷教乞丐棒敲大官门联，让乞丐得享大官酒宴赠银，其同情穷苦人之善心，点评与改写大官门联之才智，相映成趣。石涛为山野贫女画金银花，花显神奇药效，画遭劫难而长出遍野真花，表达了民众对石涛的崇敬心理。吴朝堂为朋友的爱情悲剧伸张正义而编歌，遭财主禁歌而逃亡异乡习武，回乡斗败财主而继续传歌，用武艺保卫了文艺，传下了《吉妹歌》，成为侗族文学史上的佳话。歌仙刘三姐的传说脍炙人口，南方汉、壮、瑶、仫佬等族，桂、粤、滇、湘、赣、台湾、香港等地均有流传。广西各族所传版本大多是说她是本地人，并将传说和广西山水、风习结合起来，越传越神，越传越真。刘三姐是各族代代无数民间歌手的杰出代表。

（5）文武官员传说。这类传说人物能力、品行、智慧均卓越出群，堪为表率，赢得了赞誉，侗族郎帕郎欧、毛南族卢天送等，均武艺高超，武德高尚。民间传说中的各族武士不以武欺凌人，而是以武自卫，以武济世。文职官员传说中的人物多为廉洁奉公、为民做主、人品可赞、人格可颂的清官，如何以尚的故事。何以尚老来还乡，高拱以为他箱装金银，拦路开箱，却是泥土，冷言讥笑，却遭回击："你的女婿在广西把地皮刮薄了三尺，这土拿回去填一下广西地皮。"

2. 人物传说的特点

由于历史、地域、民族以及语言等诸因素的共同作用，广西的人物传说也体现出了与众不同的特征。具体说来有如下特征。

（1）复杂的多民族化。广西是多民族聚居的地区，其人物传说的主人公也呈现出多民族化。侬智高、刘三姐、岑逊王和莫一大王属于壮族，吴勉属于侗族，侯大苟属于瑶族，汉族有太平天国英雄杨秀清、萧朝贵，京族有杜光辉，等等。这些来自不同民族的人物传说体现了广西人物传说的多民族化。

（2）浓郁的岭南色彩。广西的很多人物传说，都展现了广西所特有的地理环境和当地人民的生活习惯。在班夫人协助汉军镇压叛军的故事中，由于当地湿热的环境，汉军刚到凭祥没几日，便因水土不服纷纷病倒，班夫人就献计给伏波将军，让士兵服用大蒜，从此病者痊愈，军心大振，最终平定了叛军。歌仙刘三姐的传说集中表现了广西以山歌为代表的山水文化和稻作文化。

（3）相互融合的民族特色。广西各民族杂居以及与汉族文化长期共存的特点，决定了各民族之间的相互融合。刘三姐传说最具代表性。按照壮族古代社会传统习俗，以及刘三姐传说中对其人物形象身份、个性和褒贬的定位，准确恰当的称呼应该是"刘三妹"。《中国民间故事集成·广西卷》（过伟主编）收入刘三姐传说作品有《刘三姐唱歌得坐鲤鱼岩》（壮族·宜州）、《三妹送鸟衣》（壮族·金秀）、《刘三娘与甘王》（汉族·桂平）等。《贵县志》歌谣含有"刘三妹传说"，扶绥县新安村的传说中亦称"刘三妹"。原因是在传统的壮族家庭中，哥哥和姐姐是不受欢迎或被歧视的，而弟弟和妹妹是最受父母宠爱的。而汉族家庭传统的尊卑关系与壮族家庭人际关系的这种情况刚好相反，在传统的汉族家庭中，除了父母，老大是最受尊重和最有地位的。这是几千年儒家伦理道德和封建宗法制度教育的结果，所以当年人们给"刘三姐"这一人物的称呼定位，既有约定俗成的习惯原因，也是汉族家庭亲属称谓尊卑观念所使然。这充分体现了人物传说民族间相互融合的特色。

（4）民众的评价和感情鲜明。广西人物传说中的英雄多是为了百姓生存进行艰苦斗争的，表现出了崇高的精神境界。许多地方传说对山河的自然美进行了生动的描述，也表现了人们对这些人物的怀念。例如，刘三姐传说中的鱼峰山，纪念侬智高的"红饭节"，瓦氏夫人的庙宇，等等。同时，许多工艺故事表现出了劳动人民的智慧；许多爱情故事展示了劳动人民对未来美好生活的向往；许多幽默、讽刺故事在笑声中揭露假恶丑的事物，表现出了人民群众精神上的优越感。这些传说故事不但对人们的思想认识具有积极作用，而且会令人产生愉快、悲壮、景仰等感情，引起情绪的共鸣，使人获得多种美的享受。

3.人物传说的价值

广西人物传说以民族文化、民间文化为基本素材。广西是少数民族的聚居地，尤其以壮族人民居多。他们从事各种生产活动，为民族文化的创造提供物质基础。人们口头上的传说也是来自其劳动和社会经验总结，包含着对这些英雄人物的崇敬，也包含着多种文化知识的积累，这些同样是民族文化创造的基础和宝贵资源。人物传说为人民群众所传承，也是民间文学的研究对象。传说对生活习俗、节日活动的来由、衣食住行等的解释给这些习俗增添了情趣和历史文化内涵，更增添了故事在民间文学中的价值。同时，也是民族的心理、信仰等多方面的重要资料。此外，广西人物传说还能作为地方人民的宝贵精神财富和特色品格，成为地方文化品牌，为地方发展提供资源，可以加强宣传推介，引进投资建设一批文化产业项目。

（二）自然风物和节庆风俗传说众多

广西山多水多，有着独特的喀斯特地貌，还有一些丹霞地貌，形成了区别于其他地区的文化。美丽的山水往往能引起人们的遐思。广西的亚热带气候特点使其物产也具有一些明显不同于其他地区的特色，自然让人们觉得奇特。因此，广西有很多自然风物神话传说，绮丽的风景和奇特的风物加上离奇曲折的幻想，使广西充满了神秘的色彩。

广西各民族的节庆非常多，每一个节庆或者节庆的每一个项目都有着一些古老而清新的传说。广西各民族的生活环境和生活方式不同，风俗习惯也特别多，每一个风俗习惯都有一定的讲究，也就有一定的说法，这些说法久而久之就形成了神秘而具有约束意义的传说。另外，广西很多节庆和风俗本来就是建立在一些久远的历史故事之上的，这些传说故事多是说明节庆或者风俗的来历的。例如，蚂拐节就有多个传说，其中一个说，很久以前的习俗是儿子吃老子，杀老母过年，后来出了个孝敬父母的东林，别人要来杀他的父母，他夺刀不让。他也不去吃别人父母的肉。后来他母亲死了。他用棺材装殓守灵。屋外蚂拐不理会东林的悲伤，哇哇叫得人心烦。东林一气之下，用开水浇了蚂拐，谁知惹了大祸，大地断蛙声，日头红似火，天旱使得大地干裂。后来祖神布洛陀和姆洛甲说蚂拐不是凡间之物，她是天上雷婆的天女，她一叫上天才降甘霖，必须给她赔罪，请蚂拐回村过年，这就是蚂拐节的来历。另一个故事说，蚂拐是雷王之子，被当作天使派到人间，他一叫雷王就给人间雨水，所以人们很感激他，他死后人们祭奠他，怀念他，如丧考妣。

（三）传说的多样性

广西民间传说多样性特征明显。例如，关于彩调的起源，在广西桂北民间有种种传说。一种说法是，古时候有个叫石道人的仙人，他带着一男两女在仙山修道，空闲时还从事种茶、护茶和采茶的一些简单劳动。但仙女中的大姐不甘空门的寂寞，向往人间的美满生活。一天她逃离仙山，来到了一户农家，与一后生一见倾心，两人情投意合，心心相印，准备成婚。仙女的师弟师妹闻讯，对师姐深表同情，他们设法避开师傅，驾临人间，前来为师姐祝贺。喜庆之日，在锣鼓鞭炮声中，师姐师妹和师弟欣喜若狂，他们边歌边舞，尽情地表演起他们在仙山种茶、护茶和采茶的劳动过程来，不仅给婚礼助兴添色，还使那些从四面八方赶来参加婚礼的人们大开眼界，有的青年男女被那优美的舞姿和愉快的劳动歌声吸引了，主动向他们求教，于是村传村，寨传寨，被人们称为"采茶"的艺术形式逐渐传播开来。还有一种说法是，九天玄女花姑娘娘集精艺于一身，能歌善舞。有一次，她驾着祥云巡视人间，看见一群青年男女正在一片开阔的茶林里采摘新茶，没有歌声，没有笑语，只见一只只巧手在绿色的海洋中有节奏地摆动，聚精会神地紧张劳动，大家累得满头大汗。趁休息的时间，九天玄女花姑娘娘来到了茶民中间，热情地给茶民们传授富有劳动节奏的歌舞和悦耳的曲调。后来，茶民们就把九天玄女花姑娘娘传授给他们的舞蹈和曲调称为"调子"。因此，在旧时一些彩调班拜祖师的神牌上写"敕封得道九天玄女花姑娘娘之神位"，以示纪念。这些带着神话色彩的传说体现了平民百姓对美好生活的向往。

传说的多样性形成的原因有很多，一是由民间文学的口头性特征所决定。广西在漫长的历史发展进程中经济社会发展相对缓慢，文字记载的东西很少，加上旧社会多数人不能上学，当地文化的传承全靠口头传承，难免出现多个说法。二是传说本身的复杂性。有些传说本身从不同的角度就可以有不同的说法，也可能本身就是由多个因素共同构成的，所以讲述人从不同角度或着眼于不同的因素进行讲述时，自然就产生了不同的说法。三是广西人民的伟大创造。广西各民族都有很多深受群众喜爱的故事讲述者，他们在讲述的时候加入了自己丰富的想象和细节、情节的加工。四是多民族共同起源的原因。广西很多民族都是从三苗、百越古代的民族延续发展而来的，难免在各自的发展历程中加入了各自独特的认知和情感，又加上各民族均有多次迁移、移民现象，传说的相互杂糅和变异自然产生。

（四）传说的系列性

广西神灵传说、族源传说、英雄传说、人物传说丰富，并且具有系列性。究其原因，一是这些传说得到了民众的认可，传说人物被民众当作神灵祭祀；二是庙宇多供奉多神，相关的神灵、英雄、人物故事相互交融；三是在很多场合中，如游神等，都给这些神灵以同样的地位，这些神灵被当作一个群体。这就给了民众想象的空间和创作的冲动。在贺州，刘仙娘传说中的神灵，就是一个很大的系列。除了刘娘和白龙及其一对儿女，还有贺州（当地习惯叫贺州为八步）的云溪、恭城的黄太尉、湖南永州的刘三妹、金花庙的莫仙娘。淮南庙里供奉的就是这八位神仙。

第五节　广西民间谚语及其艺术特点

一、广西民间谚语的类型

广西各族人民在长期的生产劳动和社会生活中，创作了无数广泛流传、言简意赅、含义深刻的谚语，这些民间谚语数量巨大，内容包罗万象，涉及范围极广。大致可以分为以下几种。

（一）时政类谚语

时政谚反映了人民群众对政治时事的所感所想。这些谚语体现了民间的感情和评判，如"大河涨水小河满，国富民强家兴旺"，表达了广西民众的社会思想；"国家兴亡，匹夫有责""愿做讨饭佬，不做亡国奴""足寒伤身，民怨伤国""家不和败，国不和亡"表现了广西民众忧国忧民的情怀；"国有国法，家有家规"等谚语则体现了民众的法治意识。

面对社会的种种阴暗面，谚语往往就成了民众抨击丑恶、针砭时弊的有力武器。"官府衙门八字开，有理无钱莫进来""官清民自安""官官相护，地地相连""为官不正，引坏百姓"等谚语尖锐地抨击了时事；面对社会不公，"只准州官放火，不准百姓点灯""饱汉不知饿汉饥""贫在闹市无人问，富在深山有远亲"等谚语表达了民众心中的愤懑和不满；人情冷暖，世态炎凉，人们又常常发出"求人不如求己""人情薄如纸""墙倒众人推""靠山山倒，靠人人倒，靠自己最好"的慨叹；"有钱能使鬼推磨""人心不足蛇吞象"等谚语则辛辣地嘲讽了"金钱至上"的拜金主义风气。

（二）家乡类谚语

家乡谚也叫乡土谚，除了反映乡土风貌，家乡谚更多地反映了广西民众重土安命的小农意识和对家乡的浓烈情感。"自家难舍，故土难离""甜不如故乡水，亲不如故乡人""在家千日好，出门一朝难""家贫难舍，乡贫难离""人念故土，马恋旧槽""金窝窝，银窝窝，不比自己的山窝窝"等就体现了对家乡纯朴的热爱与难舍的留恋。

家与国又往往被自觉地联系在一起，体现了广西民众的崇高的爱家更爱国的家乡观，如"有树才有花，有国才有家""有国才有家，国富家才兴"。

（三）农事类谚语

由于广西地处南方，自古以来以农耕为主，"百事农为本"，农事方面的谚语十分丰富，它们广泛地反映了人们的生产斗争经验，其中有天气的识别、农时的掌握及有关技术要领的传授等，它们在生产上的实用价值一直持续到今天。

广西关于农事物候时节的谚语最多，如"清明前后，种瓜点豆""清明种芋，谷雨种姜""正月种竹，二月栽木，三月撒稻谷"等；关于水稻生产的谚语主要是经验方面的，如"秧好一半禾""头苗秧插浅，二苗秧插深""三犁三耙，还得早插""禾包胎，莫要踩"等；关于其他种养业的也不少，如"山边养鸡，水边养鸭""养牛养猪，钱粮丰足""养牛养冬膘""山上多种树，强如修水利""六畜兴旺，五谷丰登"等。

（四）品行类谚语

做人要有骨气，讲气节，"宁愿饿生，不为财死"；要正直，"树大不怕狂风吹，人正不怕歪理压""明人不做暗事，暗事怕见明人"；要讲心灵美，"鸟美在毛，人美在心"；要谦虚不要骄傲，"火要空心，人要虚心""眼睛昂上天，跌倒无人牵"。

对民众的缺点错误，谚语还提供了一种委婉的规谏手段，如"人勤地生宝，人懒地生草"被用来批评好吃懒做者；"君子争礼，小人争嘴"，委婉说明了要讲礼仪；"要打当面鼓，莫敲背后锣"实际上就是指"背后莫论人非"；"病急乱投医，越医越儿戏"之类的规劝就是针对那些行事鲁莽的人。

（五）人体类谚语

这类谚语以人体的卫生、保健养生以及体育锻炼为主要内容。关于卫生保健方面，有"早晚勤漱口，风火牙少有""常喝茶，少烂牙""吃馍喝凉水，瘦成干棒槌""冬不蒙头，春不露背""坐卧莫迎风，走路要挺胸"等；关于本身器官、疾病方面，有"身发痧，把背刮""腰杆痛，吃杜仲""贪多嚼不烂，胃病容易犯""莫求虚胖水，但求健壮美"等；关于体育锻炼方面，有"早上做做操，体壮气色好""手舞足蹈，九十不老""捂捂盖盖脸皮黄，冻冻晒晒身体强""清晨练练功，手灵气也松"等。

（六）动植物类谚语

有些谚语用来解释动植物特点，如"高姜矮芋，黄藤红薯""松要挤，桐要稀""鹅吃粗，猪吃熟""发情山猪凶，护崽老虎恶"等；有些借用动植物的行为，来揭露一些不合理或丑恶现象，赞颂一些高尚的道德和情操，如"要学鸦仔喂母，莫做玄鸟叮娘""鸦有反哺之义，羊有跪乳之恩"。

有些借动植物说事的谚语，虽用拟人化手法，但反映的还是人的生活，这类谚语多用于喻事喻理，如"野鸡落山，花鱼归塘"（瑶族石牌律，意为个人服从全体）、"嫩笋不弯，竹老难扳"、"槽内无食猪拱猪，桌下少骨狗咬狗"、"圆木不稳，方木不滚"、"强扭的瓜不甜，掰开的花不香"；有些用动植物谚语抒发思想，寄托理思，反映了对美好生活的向往，如"宁做辛勤的蜜蜂，不做悠闲的知了""甘蔗倒吃节节甜，芝麻开花步步高"。

（七）军事类谚语

广西在古代和近现代一直处在祖国南疆的主战场，军事类谚语很多。主要体现在军事谋略上，如"先动粮，后动兵""军师多，打乱仗""一人难敌众人手""你有关门计，我有过天梯""养兵千日，用兵一时""将帅不和，累死喽啰""主将无能，害死三军""兵听将令马听鞭""军令如山倒，听见就得跑""仁义之师，天下无敌""官多兵少，打仗难跑""过山虎好打，地头蛇难抓"等。

（八）风俗名物类谚语

劳动人民在长期的生产生活中会慢慢形成一些约定俗成的风俗习惯，在广西各地也形成了因历史、环境、心理、文化等差异而各不相同的风俗习惯，也产生了许多关于这方面的谚语，如"彩调三件宝：彩带、花扇、头巾不可少""过大年，豆腐圆""大年糕，端午粽，中秋打饼把月供""进了苗家寨，就是苗家客""婚穿红，丧穿白，娃仔穿花老穿黑"。

民间有许多节日，广西有许多关于这些节日的有趣的谚语，如"四月八，精饭敬牛王"。民间礼俗和祭奠等仪式也有谚语流传，如"入屋要问人，入庙要拜神""拜寿送面，月婆送鸡"和"三月清明五色饭，纸标香烛供坟上"。

有很多反映男女之情、表现爱情的真挚和忠贞的谚语，如"男耕女织，丰衣足食""有情吃水也甜，无情吃蜜也嫌""长思肝肠断。久望眼也穿""小两口一条心，日子过得赛黄金""穿破才是衣，到老才是妻"。

二、广西民间谚语的艺术特点

（一）经验性特点

谚语是人民群众生产和生活的民间教科书。广西谚语所包含的内容非常丰富，但主要内容是传授生产生活等各方面的知识经验。谚语实质上就是民众经验的总结，没有经验就没有谚语。经验性是谚语的主要特征，也是谚语的主要内容。广西各民族的谚语就是各民族的各种经验的集合。

1. 包含深刻的哲理内涵

谚语总是被用来说明事理，谚语所蕴含的哲理其实就是经验性的升华，使经验具有普遍的意义，使人明白道理。哲理是谚语中最具理性光辉的部分，它所带给我们的启迪、教益和警醒深刻而透彻，精准而惊人，赋予了谚语巨大的说服力，可谓"小谚语，大学问"。比如，要说明"不平则鸣"的道理，用"水不平要流，理不平要说"；要说明"以身作则"这个道理，用"上梁不正下梁歪，屋檐不正打湿街"；要说明"人多力量大"这个道理，用"众人拾柴火焰高"；要说明"做事需要自己有实力"这个道理，用"打铁必须自身硬"。

2. 蕴涵丰富的生活经验

广西各民族在长期的社会实践中积累了极为丰富的实际生活经验。这些经验大都直接来源于对实际生活的深切感受，并为广大人民群众的亲身经历所验证。在传承这些生活经验的过程中，谚语的确是一种非常直接、有力的工具，有的谚语本身明显带有老一辈向后代传授人生经验的性质。由于社会生活涉及的方面极为广阔，这一类谚语所占的比例很大。

（1）关于气象方面，如"日落西天红，无雨必有风""雷打夏至节，六月田旱裂""惊蛰暖烘烘，冷到四月中"等。

（2）关于生产劳动，如"深种芋头浅种薯""修好塘和坝，旱涝都不怕""翻土过冬，好过粪攻"等。

（3）关于家庭，如"家和万事兴，家吵事难成""家有万贯钱，不如子孙贤""热不过灶口，亲不过两口"。

（4）关于自身修养，如"老大不尊，带坏子孙""正人先正己"。

（5）关于人际关系，如"娶妻娶德不娶色，交友交心不交财""邻居好，无价宝""冤家宜解不宜结""有德之朋长结，无义之友莫交"等。

（6）关于避祸，如"病从口入，祸从口出""常爱走夜路，总会碰到鬼""不听众人劝，祸害落眼前""击石成火，激人成祸"等。

（7）关于保健保养，如"每天留一口，活到九十九""冬吃萝卜夏吃姜，不劳医生开药方"等。

谚语所蕴含的经验对"嘴上无毛，办事不牢"（缺乏经验）的年轻一代，有重要的借鉴价值和意义。

（二）地域性特点

民间谚语是区域文化的重要载体，广西民间谚语区域性特征非常明显，打上了深深的区域文化的烙印，积淀着丰厚的广西民间文化和历史，富含广西区域文化内涵。这与广西的基本概况，包括地理形势、历史发展、文化进程、物产、民风民俗等紧密相关。

1. 谚语反映了广西民众典型的性格特征

广西民间谚语的产生和传承伴随着悠久的历史进程，具有地域性的深厚的文化积淀，反映着广西的民风民情，而广西民众的性格特征也在谚语中显露无遗。简单概括起来，广西民间谚语主要反映了广西民众热情、正直、善良、团结、刚强、勤劳的性格特征。

（1）广西民众朴实善良，热情友好，正直厚道，团结互助。淳朴的民风素来为人们所称道。广西民众善良正直，强调以德服人，"威可惊人，德可服众"，崇尚"滴水成河，积善成乐"；热情好客，"客来茶当酒，情意长又久"；以诚待人，明白"路好在平，人好在诚"；以心交心，知晓"竹子破开空心，灯草剥开见心"；

讲义气，仗义，重交情，"只可他无情，不可我无义"……广西人热诚明义的品格赢得了世人的尊重，在谚语中有大量的反映。

（2）广西民众刚强勇敢。历史上多变多难的社会环境、贫苦凄凉的生存状态激发了广西人民的豪情壮志和反抗精神。历代农民起义、反抗外来侵略者的民族斗争，以及抗日战争和解放战争的悲壮历史都是广西人民英勇顽强、舍家卫国、浴血奋战的光辉篇章。从镇南关抗御外敌，到金田农民起义，从革命老区家喻户晓的拔哥的故事，到著名的昆仑关抗日保卫战，一大批革命者前赴后继，尽管他们的历史作用不同，功绩各异，但其面对压迫敢于反抗的精神与舍生取义、勇于牺牲的革命斗志是相同的，是一脉相承的。

广西民众爱国爱家，其忠孝信义在大量的谚语中都有体现，如"冻死迎风站，饿死不弯腰""亡国奴不如丧家狗""有党就幸福，有山好种木""人有人格，国有国格"真是铮铮铁骨，掷地有声；"舍命才算是豪杰，爱国方成大丈夫"可谓壮志豪迈，豪气冲天，表现了广西人民与国家、与民族肝胆相照的崇高品格。

（3）广西民众吃苦耐劳，勤劳肯干。例如，"不怕田地丑，勤劳总有收""一勤二俭，富足年年""生财无别路，就是勤劳动""勤俭致富，忠厚发家"等。勤劳不仅是谋生手段，还是一种广为推崇和颂扬的美德和理念，教化着代代广西人。

2. 广西谚语反映了厚重的岭南传统农耕文化

在《中国谚语集成·广西卷》里，农谚占了很大的篇幅。从耕种到畜牧，再到各类副业，广西民众都积淀了许许多多宝贵的经验，其农谚全方位地展现了广西悠久而厚重的农耕文化。广西属南方水田农耕稻作区域，农业以水稻种植为主，所以广西农谚一方面表现了农民对田地的依赖和情结，如"土地是命根子""一块田，养人几千年""千两黄金万两银，比不上种田人"等；而另一方面，则比较集中地体现了农民在长期的生产实践中对农耕农作规律的科学认识，对水稻生产经验的总结。宋、明时期，广西壮族农民已经掌握了培育优良稻种的技术，关于种子的农谚，如"种禾不选种，是把自己哄""一粒好种，千粒好粮""种田选用优良种，等于土地多两垄"等说明了广西农民对水稻选种育种的重要作用的认识；"芒种不插秧，流泪望谷仓""惊蛰不浸谷，大暑禾不熟""九月十三阴，沤烂禾草心"都是通过长期观察物候总结出来的对水稻生产与气节关系规律的科学把握，说明农时不能耽误。

不少反映农耕的谚语含有深刻的辩证法思想。比如，在田间管理方面，要

"三分种植七分管";虽然"水是庄稼命",但"满灌稻生病",故而认识到"水是稻的命,也是稻的病";等等。

3.广西谚语体现了广西特有的地域文化特色

由于所属民族、所处地区不同,广西民间谚语所反映的生产生活方式、山川风物、风俗习惯等也各有不同,因而表现出了鲜明的特色。广西谚语历史传承悠久,地域文化特色鲜明。

广西总体属丘陵地区,山川秀美,人杰地灵,多姿多娇,气象万千。受中原先进文化特别是儒家的思想、道德、伦理观念、价值导向等的影响和渗透,广西民间谚语的传统道德氛围浓厚,仍然浸润着如仁爱、保守、循规蹈矩、敬天保民、专心耕读、老实做人等中华传统文化的精髓。由于地理位置相对封闭,农耕社会中家庭、村落、生产、生活相对安定,各民族自己的传统文化传播与传承相对稳定,在民间习俗、生产贸易习俗、生活习俗、人生礼仪习俗、社群组织习俗、节日习俗等方面,有独特的精神家园,体现了相对独特的价值体系思维方式,反映出了一些别具风情的事项。从这些谚语中,我们可以考察到广西不同地域的一些风情民俗和生活场景。

广西民众强调家庭的秩序性,亲情浓烈,亲疏关系分明。家是以父系为中心,长幼有序、老少分明的一个整体,广西民众对长辈和晚辈注重辈分;对同辈非常注重排行。广西谚语中体现重秩序思想的谚语有很多,如"国有大臣,家有长子""家有千口,主事一人""长兄当父,长嫂如母"。可以说重秩序是政治统治和家庭管理的根本,在实际事务决策处理上也有体现,即长者说了算,老大说了算,整个家庭成员都必须维护他们的权威。因此,广西民众特别重亲情,"进了一家门,就是一家人""姑爷当半仔"体现了良好的伦理道德。夫妻之伦:"公不离婆,秤不离砣""夫妻恩爱家庭乐,夫妻不和吵闹多";父母与子女之伦:"子智父母乐""子孝父宽心""儿女是父母心头肉,父母是儿女脊梁骨";婆媳之伦:"娘夸闺女不算花,婆夸媳妇才是花""昔日当媳妇常诉婆婆的苦,如今当婆婆苦也没处诉";兄弟姐妹之伦:"若要好,大让小,若要和,弟让哥";族亲、姻亲之伦:"外公爱孙长,舅爷爱孙乖,叔伯爱断根"。

广西的少数民族谚语往往与其风俗有密切联系。例如,瑶族谚语"女恋男,一时转三圈;男恋女,一刻访三遍""长思肝肠断,久望眼也穿"等就与瑶族恋爱习俗有紧密联系;侗族谚语"你选别人,别人也选你""有情生变熟,无情熟翻生""谷好存在仓底,情话留在深夜"等就与侗族村寨中流行的"走寨""行歌坐夜"的风俗密切相关。

谚语是地域文化的载体和反映。广西谚语反映了在这方水土生活的百姓民众的思想品行、道德观念、知识经验、风土人情、文化精神，地域特色鲜明，文化底蕴丰厚。经过千百年漫长的历史浸润，它们已经非常牢固地融入了广西民众的血液和灵魂之中，由此所形成的有关生产、生活、信仰诸多方面的规约、习惯代代相传并且不断扬弃。它们是广西人民做人行事的规范，是广西人民宝贵的文化遗产。

（三）历史性特点

1. 广西谚语历史悠久

广西各民族谚语的产生和流传也和中国其他民族的谚语一样，历史悠久。至今流传于广西各地的许多谚语条目，如"食不言，寝不语""事不过三""三岁至老"等可以上溯到两千多年前的典籍记载。

2. 广西谚语所借用的典故久远

生活在八桂大地上的各民族有着悠久的历史和灿烂的文明，这在其谚语中也得到了相当的反映。不少谚语就借用了本地区、本民族的典故，这些承载和表现着历史的典故不但形象地解释了谚语的起因、内涵、意义，而且有助于谚语的传播。而谚语也在一定程度上具有传承历史和文化的作用，如广西毛南族谚语"社王不开口，虎不敢扛猪"，社王是毛南族村寨的保护神，但经常有老虎扛走猪栏里的猪，社王却没有什么表示，民众就认为社王和老虎是同一路的，这则谚语讽刺了旧时财主官府经常互相勾结干坏事的现象。

流传于整个环江境内的民谚"苗家长北糯，毛南菜牛肉""宜北香猪肉，洛阳白粳粥"等也有当地的典故在其中。

3. 开拓进取的革命先进文化

广西也有革命老区，如百色地区、河池地区，就有早期的党组织和党的重要领导人在此开展革命活动。在历次革命风暴如百色起义、抗日战争如昆仑关抗日保卫战以及解放战争中，广西各族人民表现了革命老区人民崇高的革命气节和英雄气概，为中国人民的抗日战争、解放战争赢得了功勋。中华人民共和国成立以后，广西人民战天斗地，建设家园，热火朝天地开展边疆建设。因此，在广西谚语中，有许多反映革命和建设内容的谚语，有许多与时俱进的思想火花，如"一颗心，一双手，奋发图强样样有""一花独放不是春，百花齐放香满园"等，不仅富有时代色彩，也反映了历史的风貌。

（四）艺术性特点

广西民间谚语语言生动，在表达方式、表现形式等语言艺术方面丰富多彩，既有字句结构整齐划一的，又有长短参差不一的；既有节奏韵律比较规律的，又有相当活泼自由的；既有巧用修辞而形象生动的，又有意境优美而诗意盎然的，这使广西民间谚语表现出强烈的艺术性。

1.句式句法不拘一格，言尽意到，简洁明快

广西谚语的句法不拘泥于对仗、押韵、比兴，直言表达。虽以四、五、七言句为多见，但从三字句到长句，从杂言到整句，口语里有什么，谚语里就有什么，讲求简洁明快。有的上下句并不对称，有许多谚语前后两句也不一定押韵。虽然句法句式没有固定的要求，但其构成格式也是有迹可循、相对稳定的，因而读来仍有鲜明的节奏感，呈现出别具一格的诗律美。

2.韵律灵活多样，自然和谐

广西谚语的语言韵律以脚韵（也称"尾韵"）为主要押韵方式，但又多种多样，有以下几种押韵方式：脚韵押同一字，如"困难是石头，办法是锤头""花有谢时，筵有散时"；排句加脚韵，如"五月六月不做工，十冬腊月喝西风"；脚韵与腰韵均押同一韵，如"生意钱两三天，血汗钱万万年"；联珠兼脚韵和腰韵，如"你哄人，人哄你，哄来哄去哄自己"；一句式谚语也有腰与脚相押韵或同韵的，如"有其利必有其弊""越怕事越有事"。

另外，腰韵也是广西谚语常用的押韵方式，这与广西各民族歌谣颇注重腰韵有密切联系，有以下几种押韵方式：腰韵加脚韵，如"开船怕暗礁，做人怕花撩"（花撩，广西方言，意同花哨）；腰韵与脚韵押同一字，如"亲有戚有，不如自家有"；腰与头相押韵，如"肥田先肥秧，肥仔先肥娘""躲火躲进灶，躲鬼躲进庙"。

广西谚语的押韵方式除了脚韵和腰韵，还有各种各样的押韵方式。谚语句的首字相押韵，如"无工不富，无商不活"；头韵加腰韵，如"将人比人，将心比心"；头韵加脚韵，如"独萝难挑，独仔难教"；头韵加腰韵和脚韵，如"没有过不去的河，没有爬不上的坡"；等等。还有其他组合，形式多样，不拘一格，灵活巧妙。

由于广西南部地区还有讲粤语方言的人群，所以该地区流传的谚语有许多是押粤语发音的韵律的，但与广西其他地区的谚语一样，在音律上有异曲同工之美，如"忍嘴不欠债，好吃借满街"（粤语发音"债"与"街"韵母均发"ai"音），"细雨绵绵，一网两船"（粤语发音"绵"与"船"韵母均发"in"音），"刘义打

番鬼，越打越好睇"（粤语发音"鬼"与"睇"韵母均发"ei"音），等等，这些押粤语发音韵律的谚语，也是广西谚语百花园中富有地方特色的绚丽花朵。

广西谚语中还有许多不押韵却又平仄协调、读来自然和谐的，如"尽见雷公响，不见下雨来""不种今年竹，没有来年笋""莫学灯笼千只眼，要学灯草一条心"等，这类谚语也为数不少。

总之，广西谚语的语言诗律富有民间朴素色彩，千姿百态，自然自由自在；朗朗上口，使人一听难忘；洒脱自如，易于口头流传。

3. 形象丰富生动，格调不论雅俗，修辞巧妙多样

广西谚语运用多种修辞手法遣词造句，形成了独特的形象和格调。最常用的艺术手法是比喻，体现了谚语的文学性。比喻多见于蕴涵事理的谚语，如"短脚走长路，小钱积大富""细水长流，吃穿不愁"。除一言句外，前句多借具体可感、鲜明生动的形象，来比喻后句所包含的事理，如"心急吃不得热豆腐，急忙嫁不得好老公""泥人怕雨打，假话怕人驳""星多天空亮，人多智慧广"。有明喻，如"困难像弹簧，看你强不强，你强他就弱，你弱他就强"；有借喻，如"扁担无钉两头脱""养虎为患，养蛇吃鸡"；等等。深刻的思想包含在这类朴素浅易、生动活泼的比喻之中，富有很强的说服力和感染力。

广西民间谚语所反映的社会生活内容十分广泛，所使用的修辞手法也丰富多样，尤其是用形象化的比喻来表达内容，不计较格调的高雅严肃与否，兼收并蓄，以丰富生动的形象准确地反映事物与现象的特点，描摹独到，惟妙惟肖，十分生动，对人的视觉、听觉及心理的冲击非常强烈，具有强烈的文学艺术性。

4. 想象丰富，意境优美，富有诗意

广西民间谚语不少是既有生活实感，又有情感智慧，故而别有韵致，意境优美，富有诗意。它最大特征是与哲理性有机统一，熔铸一炉，醇郁的诗意烘托得本身原本潜在的哲理性也明朗化、显著化了，愈来愈为广大老百姓所喜闻乐见。

"树高万丈，落叶归根""近水楼台先得月""海上无风三尺浪""春雾当日晴，船家好鱼汛"等谚语，以丰富的想象力，在优美的意境中，融合了广西民众独特的情怀，语言简洁，构思巧妙，出色而精致，令人回味无穷。

总之，广西谚语是广西民众生产、生活中不可分割的一部分，广西民众的一切活动都有广西谚语的影子。广西民众语言的才华、生活的智慧、思想的闪光、品格的形成、行为的规范，无不与广西谚语的文化内涵和文化传承丝丝相扣，密切相关。可以说，广西谚语的历史就是广西民众的生活史、思想史、文化史。

第六节　广西民间戏曲及其艺术特点

广西民间戏曲种类繁多，既有各民族的，又有各区域的，地方、民族特色鲜明，并且由于经济发展相对滞后，大部分戏曲在民间仍然非常活跃。又由于广西各民族宗教信仰复杂繁多，法事活动也特别繁盛，民间戏曲有广阔的传播与发展舞台。还有一个不可忽视的因素，就是广西各族人民戏曲艺术创造能力非常强，这一点表明了广西民众富有乐观向上、热爱生活、积极战胜困苦的精神，这也是广西戏曲日益繁盛的内因。民间戏曲最出名的有桂剧、彩调、邕剧、师公戏、采茶戏、丝弦戏、牛歌戏、牛娘戏、鹿儿戏、文场戏、客家戏、唱灯戏、壮剧、壮师剧、苗剧、侗剧、毛南戏、仫佬剧、瑶剧等。

一、广西民间戏曲代表品类与剧目

（一）师公戏

1. 师公戏的起源与发展过程

（1）师公戏的起源。师公戏是壮族、汉族等人民所喜爱的一种戏曲形式，从宗教属性的娱神歌舞演变而来，是在民间的"师公调"和"师公舞"等民间说唱和表演的基础上成长起来的一种民族戏曲，在广西的南宁、河池、来宾、武宣、武鸣和贵港等地的农村广为流传。师公戏也叫"唱师诗""师公调""木脸戏"等。师公们经常要在一些祭祀、敬神立庙、安龙打醮等活动中请神驱鬼，要戴上假面具，做一些简单的舞蹈动作，接着以师公调唱一些咒语或宗教故事，以驱逐疫鬼。后来逐渐发展成为师公戏。

（2）师公戏的发展过程。①萌芽阶段。萌芽阶段的壮族师公戏的基本形态是跳神舞蹈和唱神剧目。跳神是师公祭祀神灵、举行仪式时所跳的巫舞。他们在每年的重要节日和发生自然灾害时或人生老病死的祭祀活动中，会扮神跳舞，祈求风调雨顺、四方平安、人丁兴旺。唱神剧目的主要内容是唱诵神的身世和功绩。跳神一般都与师公法事活动结合在一起进行，师公会根据不同法事仪式的具体情况选择跳神舞蹈。在跳神阶段，主要的法事有打醮、游神、跳岭头、跳南堂等，这些仪式为跳神表演提供了契机和舞台，跳神是壮族师公戏形成的第一阶段。这一阶段的主要特征是，歌舞内容都是跳神和唱神，目的是娱神酬神。从表演形式来看，有时只舞不唱，有时舞唱结合，唱述内容没有丰富完整的故事情节，无明显的戏剧冲突，处在壮族师公戏的萌芽阶段。②发展阶段。发展期是壮族师公戏形成的第二阶段。以前的师公仪式活动持续时间很长，丧场法事能做七到九天，打醮可能要两三天甚至六七天，还愿仪式也要做三天以上，但只进行跳神就显得单调枯燥，渐渐不能满足演出需要，这显然需要更为丰富的表演内容，以同时满足娱神和娱人的双重要求，在这种情况下，跳神增加了展演内容，丰富了神唱本的故事情节，逐渐过渡到唱故事为主的阶段，这就是壮族师公戏的发展阶段。任何一种文化样态在发展过程中都不可避免地要受到其他文化的影响，壮族师公戏也不例外。师公戏实现由跳神唱神向唱故事的过渡，有两方面的重要原因，一是师公文化和民间文化的互动使唱本内容不断丰富完善，音乐和舞蹈表现力得到加强；二是受中原文化的影响，不少剧目都是吸收借鉴中原文化后改编而成的。第一个方面，师公赞颂的这些神灵，许多都是与民间文化深度融合的结果。在师公唱诵的神祇中，有一类被称为"土俗神"，如莫一大王、甘王、冯四、冯三界等。这些神都是从壮族民俗文化中生发出来的。师公借鉴与这些人物有关的神话、故事、传说、长诗，不断丰富和完善故事情节，使人物形象变得丰满，改编成《唱莫一大王》《唱甘王》《唱冯四》《唱三界》等唱本，与萌芽阶段的唱神剧目相比，这类唱本的戏剧元素得到加强，故事更贴近世俗生活，受到了民众的喜爱。还有一类剧目是反映壮族世俗生活的，如《达二》《达三》《达五》《达七》等，直接来源于壮族普通民众的日常生活。此外，在这一阶段，师公还较多地吸收了民族舞蹈、武术、杂技的元素，丰富了舞蹈动作，提高了表演难度，增加了节目看点；他们还大量借鉴吸收民歌、山歌、民间小调的音乐，增加了唱腔和配乐的变化。这一时期是师公戏形成过程中非常重要的阶段。在这个过程中，师公戏在唱本、音乐、舞蹈、杂技、武术、说唱等各方面都得到了完善和加强，初步展现出了其作为综合艺术的特点，为师公戏的最终形成奠定了基础。第二个方面就是受中原文化的影响，唱本内容对中原文化的吸收与借鉴。《壮族师公二十四孝经书》中，沿用、改编汉版《二十四孝》的内容比较多，如《老莱子行孝》就是直接沿用《二十四孝》的内容，《郯子行孝》是根据《鹿乳奉亲》故事改编而来的。还有一些剧目如《梁山伯与祝英台》《孟姜女》等都是对汉族文化吸收借鉴的结果。总之，发展阶段的壮族师公戏剧目开始加入娱人的元素，有了世俗的内容，主要表现在唱本故事性明显加强，有了更丰富曲折的故事情节，故事中出现了不同的人物形象，演述内容和表演手段的丰富性大大加强。从表演形式来看，这一阶段的壮族师公戏既有舞唱结合，又有只唱不舞。③成熟阶段。师公戏成熟时间约在清朝末期。顾乐真说："傩发展成为傩戏（师公戏）是清代以后的事。"①清同治年间贵县（今贵港）鹤山村就已经出现了演唱故事的师公戏，之后各地的师公戏也略具雏形。应该说，这样的判断是比较准确的。关于师公戏成熟的标志，蒙光朝做过专门的分析。他认为师公戏有四个方面的特点：一是分角色演唱，这是师公戏区别于唱故事阶段最显著的特点；二是按角色需要化妆，突出人物性格；三是有了角色行当的程式动作，演员有了可遵循的身段、台步和表演程式；四是有较丰富的唱腔，除师公腔外，增加了三献腔、棒花腔、欢腔等。②师公戏体现出的这些特点都说明它已经具备了比较鲜明的戏剧特点，已经作为一个独立的剧种而存在。成熟阶段的壮族师公戏有了明显的角色分化，展演内容有了丰富完整的故事情节和比较激烈的戏剧冲突。

2. 师公戏的展演契机

（1）民俗节庆中的师公戏展演。广西的节日很多，节日大多关联着民间信仰，师公戏往往就在这些节庆中上演。总体来看，可以将节庆归为两类：一类是重要的民俗节庆，如春节、元宵节、三月三、中秋节等；另一类是神灵诞期，即各路神仙的诞辰，这个时间因地而异，但庆祝活动一般都隆重热烈，必不可少。民俗节庆为师公戏演出提供了重要的契机。从师公戏演出传统来看，民间也有一套叙事策略和叙事选择，这种策略和选择往往与民俗生活有着深刻的内在联系。尤为值得注意的是，在民俗节庆所关联的民间信仰和节日文化氛围中，师公戏的展演能够非常和谐地融入这种文化场中，实现节庆与展演的互动。在广西的很多地方，节庆场域中的师公戏演出已经成为重要的文化传统，成为民众信仰的重要依托。在节庆中演剧既做到了人神的互动与沟通，又深化了社会各阶层间的关联，更成为联结村屯的纽带，实现了族群力量的凝聚。

（2）人生仪礼中的师公戏展演。每个人从出生、成长、定亲、成婚、做寿到丧葬，整个生命历程中都有许多的仪礼需要遵循。在壮族社会中，这些人生仪礼与族群认同关联在一起，早已成为不断延续的深厚的民族文化传统，这是"一条流动的河"。壮族师公戏是这条文化之河的重要见证者和参与者，几乎在所有重

① 顾乐真.广西戏剧史论稿[M].北京：中国戏剧出版社，2002：3.
② 蒙光朝.壮师剧概论[M].南宁：广西人民出版社，1993：16.

要的民俗事象中，都可以见到师公戏忙碌的身影，人生仪礼也是师公戏展演极其重要的文化契机和时间场域。人生仪礼为师公戏演出提供了重要契机，在人生的各个重要环节，几乎都有师公的参与，师公戏就这样与人生仪礼融合在一起，演绎着壮民族的悲欢离合，承载着壮民族的文化记忆。

（3）随机性演剧。除了上述基本固化的演剧契机，还有一些偶发性的机遇，也成为演剧的契机之一。这部分时间不可预知，事出偶然，成为演剧流动链条的一部分，如村屯、家宅中突然出现意外情况或不正常现象时，就要由师公做法事化解。还有如新居入住前的扫除、新的店面开张等场合，也是师公演剧的契机。

总之，壮族师公戏的展演需要一定的契机。这一契机与广西的民俗节庆和人生仪礼相结合，在长期的发展中逐步形成和固化。这一契机也密切关联着民众生活中的现实需求，渗透在壮族民众的生命活动中。壮族师公戏既有节庆中相对固定的展演模式，又有民间法事中反复上演的故事情节，仪式演剧与人的生命历程交织在一起，共同构筑起师公戏的演剧传统。

3. 师公戏的民族文化特性

（1）主要采用本民族的语言。壮族师公戏主要流传于桂中地区，桂中壮族聚居区的主要语言是壮话，也有部分地方讲桂柳话，或者两者通用。壮话有南北两个方言区，北部方言主要分布在驮娘江、右江、邕江一线附近及其以北地区，如来宾、柳江、柳城、平果、田东、田阳、横县、武鸣、宾阳等地；南部方言分布在靖西、德保、天等、大新、崇左、宁明、龙州、凭祥等地。壮族在过去没有自己的文字，借用汉字的构字方法创造了土俗字（现称为古壮字），用于书面记录，壮族民间的神话、传说、故事、歌谣、谚语等多用古壮字记录并流传。壮族师公戏一般以壮话进行演唱，师公演唱依据的唱本以古壮字记录书写，大多是手抄本（现在也有一些打印复印本流传）。师公唱本从形式上看，多为五言或七言，常押腰、脚韵。演唱时一般四句为一段，每唱四句即奏锣鼓音乐，之后再演唱下一段，如此循环往复；直至唱完。方言土语的使用能够准确生动地传达唱本的内容，满足当地民众的需要，师公唱述的音调与壮话的音调接近，易于唱诵。"它（师公戏）的唱腔也都是以唱词的自然音节和唱词的强弱、轻重的变化作为它的节奏基础，唱起来与唱词的自然腔调很接近……"[①]本民族语言的运用对壮族师公戏的表演和流传有多方面影响。一方面，有利于当地民众的接受，容易得到民间的文化认同；另一方面，有利于师公唱本在内部的传播和流通，使师公戏的演

---

① 中国戏曲志编辑委员会.中国戏曲志·广西卷[M].北京：中国 ISBN 中心，1995：56.

唱内容和形式得到良好的传承。不利的地方在于壮话和古壮字的流通使用范围有限，唱本的接受和流传则限于更小的群体（主要是壮族师公之间），外界不易接触和了解，从长远来看，对师公文化的保存和传承有不利之处。

总体而言，壮族师公戏主要采用本民族的语言即壮话演出，剧本以古壮字抄写流传，体现出鲜明的民族特色。

（2）剧本取材于本民族的神话、传说与民俗生活。师公戏剧本从内容取材来看，可以分为两大类：一类是取材于本民族的神话传说的剧本；另一类是取材于民俗生活的剧本。取材于本民族神话传说的剧本有剧目《莫一大王》《冯三界》《冯四》《冯远》《甘王》《白马仙娘》等；取材于民俗生活的剧本有《林秀英》《唱达架》《达七》《何公》《唱东灵》等。师公戏的不少剧目直接取材于当地的神话、传说，表达丰富的主题内涵。有些是唱诵神的故事，有些则是人与自然斗争的故事。在唱诵神的主题之下，神话人物都是民众心中的英雄，帮助人间排除万难，保护民众的幸福生活，如《冯三界》《冯四》就取材于贵港一带的传说，唱述冯三界和冯四造福百姓的故事。表达人与自然斗争的主题的剧目有《布伯斗雷王》等。

师公戏中取材于民俗生活的剧目表达了不同的主题内涵。有的剧目唱述婚姻爱情主题，如《达七》；有的剧目表达对强权压迫的反抗，如《何公》；有的剧目表达的是女青年反抗封建势力迫害的故事，如《林秀英》；还有的剧目反映壮族社会的伦理道德，如《唱东灵》讲述的是孝顺父母的故事。

壮族师公戏中也有一些剧目是从汉族戏剧中移植过来的，如《梁山伯与祝英台》《唱二十四孝》《唱文龙》《孟姜女》等。师公对这类剧目进行了改编以使其符合壮族民众的文化习惯，如《梁山伯与祝英台》保留了原有的故事框架，在此基础上增加了壮族文化元素，如梁、祝两人在回家的路上对歌盘歌，梁山伯以睡芭蕉叶的方法检验祝英台是否是女儿身等。再如，《唱二十四孝》中"鹿乳奉亲"讲的是郯子尽心行孝的故事，他的父母患有眼疾，需要喝鹿乳才能治好，他披上鹿皮到鹿群中取乳给双亲。到了壮族师公戏的剧本中，主人公郯子变成了独生女，她为了奉养祖父母和父母终身不嫁。这种移植是壮、汉民族文化交流的结果，通过文化交流，师公戏的剧目更加丰富。师公戏对移植过来的汉族剧目进行改编，增加富有民族特色的内容，使这部分剧目更容易为壮族群众所接受。

（3）吸收了本民族的多种文化元素。从师公戏的艺术形式来看，其吸收了很多民族文化要素的养料，无论从音乐、舞蹈还是美术等方面来看，师公戏都是壮民族文化特质的生动展现。师公戏的音乐和舞蹈表演吸收了多种民间艺术元素，贴近生活，让民众感到亲切。师公戏音乐借鉴了当地的民歌、山歌小调、说唱艺术等来丰富自己的音乐表现手法，腰脚韵和勒脚体在师公戏唱本中广泛使用，这明显是受到壮族山歌艺术的启发。师公戏舞蹈则是将民间杂技、武术、地方舞蹈、戏曲中的舞蹈动作加以糅合，形成了"蹲矮蹇步、勾脚颤膝"的基本风格。在一些法事中，表演师公戏时会融入上刀山、下火海的表演，如忻城师公在丧场法事中就会进行此类表演。平果凤梧师公的丧场法事、打斋仪式中会进行武术表演，如师公扮演的赵、邓、马、关四帅会进行精彩的武术表演，有拳术、棍术的集中展示，既能实现仪式功能，又能吸引现场的观众观看。师公戏舞蹈动作的编排，还会有意识地将生活劳作中的动作广泛吸收进来，融入舞蹈表演中，形成颇具特色的舞蹈风格。比如，师公在展演中广泛使用的颤膝、点弹、扭胯、蹲摆等动作与平时稻作生活都有一定的关联，经过不断的尝试总结，他们将这些动作自然地融入了师公戏舞蹈中，使师公戏舞蹈有了独特的魅力。

师公戏服饰、面具、神像画、剪纸等都是传统文化符号的体现，作为仪式中的叙事语言发挥着重要的功能。师公戏的服饰如龙袍、督坛衣、四帅衣颜色的主色调分别为灰、蓝、红，上绘有龙和日月图案，与壮族的自然崇拜文化可能有一定关联；师公戏面具种类多样，从形式上来看，木面具色彩鲜明、造型各异，面部表情夸张，通过面部五官的变形塑造出不同的神灵形象，如土地神面具笑容可掬、和蔼可亲，灶王面具色彩斑斓，眼如铜铃，师公在表演中使用面具能够将神灵形象生动地展示出来，师公成为神灵的化身，"代神演仪"；从师公戏用的神像画和仪式剪纸中也能看出壮族文化的影响，如师公戏常用的花婆圣母神像画——在花婆的身边有九个小孩，花婆怀中抱着一个小孩，共十个娃娃，寓意民间多子多孙、子孙兴旺；在师公戏剪纸中有红童子和白童子，以红童子代表女孩、白童子代表男孩，有儿女双全、家族绵延之意。这是壮民族文化观念在师公戏文化中的生动体现。

从师公戏文化整体来看，壮族文化元素在其中得到了多方面的展现，这些元素渗透在师公戏展演的每个环节中，与师公戏文化水乳交融、浑然一体。

（二）牛娘戏

1. 牛娘戏的起源与发展过程

牛娘戏又称牛戏、地戏或长衫戏，是广西岑溪独具地方特色的戏剧。它是一种由"舞春牛"娱神活动发展起来的地方戏曲。牛娘戏的表演形式为说唱结合，并配以通俗幽默的故事，贴近生活，娱乐性很强，加上其舞台道具简单，随处可演，深受当地群众喜爱。据有关资料，岑溪有百分之八十以上的村子建立过戏班或有艺人活动。咸丰年间的"李进钊班"，民国初期的"玉姐班""牛婆二班""谢村班"，演出足迹遍及桂东南各县及粤西白话区。现今，牛娘戏主要流传于桂东南地区以及附近的广东罗定、信宜一带。

关于牛娘戏起源的确切时间，目前尚无法考证。根据史料记载和民间老艺人的回忆，牛娘戏班在明末清初之际已经有零零星星的演出了。当时的牛娘戏应该是带有迷信性质的民间祈神活动，没有任何故事情节。我国自古就有敬牛的习俗和与牛同乐的舞蹈，《吕氏春秋·古乐》中记载："昔葛天氏之乐，三人操牛尾，投足以歌八阕。"这说明"舞牛"习俗在春秋时期就已有之。根据老艺人的说法，元末明初岑溪"唱春牛"的习俗已经十分流行。每年开春，农民便在村头晒坪，用泥塑成"春牛"，由当地有名望的长者鞭抽"春牛"。口中念念有词，有说有唱，求天公保佑风调雨顺，接着围观的群众也争相举鞭抽打"春牛"，边打边唱，手舞足蹈，祈求平安。后来，民间的"唱春牛"习俗不断演化，把用泥塑的春牛改为用纸糊的春牛，由两人一前一后牵拉，边唱边舞，围观的群众则喝彩助兴，这是以前"唱春牛"的基本形式。这种说唱形式孕育了牛娘戏。

牛娘戏在"唱春牛"习俗的基础上经过不断改进并创新，逐渐形成了独立于舞台艺术的戏剧形式。在以前的两人舞牛形式的基础上增加了两个"插田姑娘"，在年长者"唱春牛"时，两个"插田姑娘"在其身后跟着伴唱，唱词也不同于以往，不仅增添了演员们自己的即兴演唱（民间称为"爆肚句"），还有了简单的牛娘音乐唱腔。牛娘戏最早的歌舞戏本子是《春色太平歌》，这个本子初步具备了戏剧情节、人物、唱腔、念白等要素。《春色太平歌》是由演员平时演唱时脱口而出的幽默生动的"爆肚句"收集整理而来的，在编撰过程中又加入了一些生活中的情节，从而形成了这么一个简单的牛娘戏本子。演员们的"爆肚句"丰富了剧本的内容，而剧本开始指导着演员的演唱，在其进一步发展过程中，牛娘戏正式配以打击乐，表演者根据各自身份穿上彩服、插上头饰，这便是牛娘剧的表演形式。

牛娘戏《春色太平歌》的出现，标志着牛娘戏作为一种比较独立完整的民间艺术的诞生。随着社会上的牛娘戏班的不断涌现，牛娘戏进入发展阶段。《春色太平歌》全剧的唱词道白都是本地农民的方言土语，充满泥土气息，体现了农民田间劳动的乐趣，通过"牛公"向岳丈租田耕种而引出一系列的田间劳动场面。

虽然没有矛盾冲突，却通过人物间的关系，以及语言和道白表现出喜剧的风格。

随着牛娘戏的不断发展，民间艺人对牛娘戏进行了相应的整理和规范，牛娘戏中的角色、唱腔、旋律等不断走向成熟，并形成了固定的格式和传统。牛娘戏逐渐在前人的基础上形成了自己特有的艺术风格，与此同时，大量的牛娘剧目也被创作了出来，戏班的活动也越发频繁。

2. 牛娘戏的剧目内容

牛娘戏多揭露社会黑暗，弘扬爱国主义精神，要求自由恋爱，反对封建宗法制度，反映男子负心的行为，讽刺吝啬、自私等各种卑劣行径，赞美勇敢、勤劳、智慧、善良等美德。从内容上看，牛娘戏传统剧目多为才子佳人故事，也有表现平民百姓遭遇的；结构上多为最初主人翁惨遭不幸，最后皆大欢喜，好人好报，坏人当诛；形式上有正剧、悲剧、喜剧；思想倾向上，除了部分宣传天地报应迷信思想外，多表现受苦受难的被压迫者的反抗和反映人民的美好愿望和崇高品德。它的内容可以概括为以下几个方面。

（1）描写社会底层小人物的剧目。牛娘戏中绝大部分剧目都是描写社会底层小人物的生活状态，故事来源于生活，取材于生活，演绎的都是平凡人的生活故事。经典的剧目有《十五贯》《张古董借妻》《牡丹配玉》等。《牡丹配玉》讲了这样一个故事，书生玉静群平日以卖诗作画为生，有一天，他在洪家花园外遇到了洪家大小姐洪牡丹，两人一见钟情并私订终身。后来，洪牡丹的父亲洪进才为了得到宝物"百灵宝玉"而承诺将女儿许配给公子爷王青君，作为交换宝物的凭证，洪进才写好了将女儿许配给王青君的生辰八字。洪牡丹知道这个消息后十分着急，她急忙约玉静群在后花园见面并商量私奔之事，玉静群想了一个计谋，即叫丫鬟偷出洪进才写给王青君的凭证，巧妙地将生辰八字上的"王青君"改成了"玉静群"三字。最后，王青君发现洪牡丹和玉静群私通，恼羞成怒之下把洪氏父女和玉静群告上了官府，而由于玉静群的机智和谋略，官府最终判定洪牡丹和玉静群的婚姻有效，洪牡丹和玉静群有情人终成眷属。

（2）描写社会上层人物的剧目。牛娘戏有少部分反映的是统治阶级或社会上层人物的命运和传奇，而这些剧目基本上都是参照历史故事改造而来的，在表演过程中或多或少会加上牛娘戏艺人独特的生活经历。戏剧《杜回救主》《王允献貂蝉》《太子走难》等就属于这一类型。牛娘戏《杜回救主》描写的是太监杜回忠心救小主李旦的故事。当时，武则天为了得到唐高宗的宠爱，不惜用一切阴险毒辣的手段逼害皇后。为了爬上皇后的宝座，武氏竟将自己的亲生女儿闷死而陷害皇后。当看到皇后在冷宫产下一个男婴时，武则天担心其会威胁到自己的地位，便招来掌宫太监杜回，命令他去冷宫将皇后母子毒死。杜回忠心于高宗而不忍杀害皇上唯一的血脉，遂决定偷偷地将小皇子李旦救出并向武氏隐瞒了实情。

（3）喜剧情节的剧目。喜剧是以夸张的手法、巧妙的结构、诙谐的台词及对喜剧性格的刻画，从而引入对丑的、滑稽的事物予以嘲笑，对正常的人生和美好的理想予以肯定。喜剧表达了人们对美好生活的热爱和向往，表达了人民群众乐观向上的生活态度。这类牛娘戏的代表剧目有《横纹柴》《秋胡戏妻》《乔老爷上轿》《钱秀才错占凤凰俦》等。《乔老爷上轿》描写的是仗势欺人的纨绔子弟蓝木斯在一次游玩中看中了一位名叫黄丽云的漂亮女子，想把她抢回家中做妾。黄家得知后，吓得连夜乘轿逃走。蓝木斯不肯罢休，便一路紧紧追赶。这时，乔溪因观赏美景而迷了路，他见到黄丽云的轿子摆在路上便进去休息。谁知蓝木斯正好到达，以为轿子里面的人是黄丽云，便让家丁把轿子抢了回来。乔溪得知蓝木斯强抢民妇的事情后决定帮助黄丽云脱离虎口。结果，蓝木斯抢亲不成反而促成了乔溪和他妹妹秀英的美满婚姻。这是一个流传在民间的喜剧故事，牛娘戏艺人将其搬上了舞台，它歌颂了见义勇为的正义精神，谴责了为非作歹的邪恶势力。

（4）悲剧情节的剧目。悲剧是以剧中主人公与现实之间不可调和的冲突及其悲惨的结局为基本内容的作品。它的主人公大都是人们理想、愿望的代表者。悲剧以悲惨的结局来揭示生活中的罪恶，从而激起观众的悲愤及崇敬之情，达到陶冶思想情操的目的。牛娘戏有许多悲剧作品，代表剧目有《六月飞霜》《贤妇义弟双受难》《贤妇受冤》等。《贤妇义弟双受难》讲述的是麦氏毒夫的悲剧。老妇麦氏为了让自己和亲生儿子周定义独占家财，设法用药毒死了丈夫并陷害媳妇黄桂英。黄桂英因此被官府抓进了牢狱并被判死刑。周定义看到大嫂受难，想替黄桂英洗脱罪名，可是由于麦氏从中作梗，周定义最后也被抓进了监狱。贤惠的黄桂英和仗义的周定义双双受难。

（5）爱情剧目。爱情是戏剧表演中永恒的主题之一。人们歌颂美好的爱情，赞美那些对爱情忠贞不渝的人，谴责类似陈世美那种对爱情始乱终弃的负心郎。爱情剧表达了普通劳动人民对美好爱情的憧憬，对封建礼教扼杀自由爱情的憎恨，具有十分重要的历史意义和社会价值。牛娘戏的爱情剧代表作品有《三凤求凰》《捣乱鸳鸯》《金玉奴棒打薄情郎》《陈世美》等。《三凤求凰》写的是明朝的一位书生，名叫徐文秀，他在上京考试途中遇到了相府的千金小姐蔡兰英，徐文秀对蔡兰英一见钟情。为追求蔡兰英，徐文秀不惜卖身为奴，进入了相国府打杂。在相国府里，两人日久生情，签订了婚约。蔡夫人知道此事后，气得立刻将徐文秀赶出相府，决不让蔡兰英嫁给徐文秀。蔡兰英为了跟徐文秀在一起，女扮男装跑出了相国府去寻找徐文秀的下落。经过许多曲折，徐文秀和蔡兰英两人最终结为夫妻。剧目《倒乱鸳鸯》讲的是柴家和赵家的故事。柴家与赵家订婚，商量好柴文清和赵秀梅结婚的日子。由于柴文清身患疾病，柴家希望能办成婚事以给柴文清冲喜，可到了结婚当天，柴文清病情加重而不能亲自上轿，柴家便想让女儿柴月娥顶替柴文清去迎亲。谁知消息被好事鬼曾四知道了，他便偷偷告诉了赵家，赵家人得知对方是女的来迎亲，便让儿子赵桂方顶替姐姐赵秀梅上了花轿。结果婚事便阴差阳错地成了一出妹替哥娶、弟顶姐嫁的闹剧。

（6）家庭剧目。牛娘戏中有许多反映家庭生活的剧目，创作形式多样，内容多取材于普通民众的日常生活，有诙谐幽默的家庭喜剧，也有沉重哀伤的家庭悲剧。代表作品有《横纹柴》《蒋兴哥重会珍珠衫》《有意还金恩望子，立心卖妇反得妻》《贤妇受冤》《大斩吴门》等。《蒋兴哥重会珍珠衫》讲的是蒋兴哥与妻子三巧分手再结合的家庭戏剧。蒋兴哥是一位年轻商人，与妻子三巧十分恩爱，后来蒋兴哥出远门做生意，因生病延误了归期。三巧在商人陈大郎的挑逗下勾搭成奸，甚至把丈夫祖传的珍珠衫相赠。陈大郎在行商途中与蒋兴哥相识，在陈大郎的细心照料下，蒋兴哥的病终于好了，说起要返乡一事。陈大郎不知内情，把珍珠衫拿给蒋兴哥看，还托蒋带信给三巧。蒋兴哥回家后连夜送三巧回了娘家，并附上休书，又把妻子的衣服首饰物品封成了十六个箱子。三巧被休后，试图自杀、被父母救起，后被嫁给吴进士做妾，随夫上任。陈大郎意外身故后，陈大郎之妻平氏被人说合，嫁给蒋兴哥做了续弦。珍珠衫再次回到蒋兴哥手中。蒋再次出门做生意，无意中打死一个老人，审理的官员正是吴进士。三巧得讯后连哭带求，假称蒋是过继给他人的亲哥哥，吴进士只好替蒋兴哥开脱掉了这场官司。后来吴进士知道了三巧对蒋兴哥的情意，索性把三巧还给了蒋兴哥，连那十六箱财物也一并返还。蒋兴哥从此与三巧、平氏过着三人行其乐融融的生活。

3. 牛娘戏的艺术特色

（1）故事情节的传奇性。绝大部分的牛娘戏传统剧目情节都具有传奇色彩，故事中的主人翁经过一番波折之后最终总会获得圆满结局。故事类型可大体分为三类：主人公苦读诗书，然后上京赶考，最终金榜题名；主人公在生活中遭受奸人迫害，在神仙的帮助下经过一番磨难，重新过上幸福美满的生活；主人公女扮男装上京考取功名或是上阵杀敌，被发现之后得到皇帝的特赦并获得功名。

故事情节的传奇性是人们对美好生活的向往和积极乐观的生活态度的体现。在封建社会，科举考试是读书人进入上层社会的唯一途径，考取功名，衣锦还乡，这对一个普通人来说是件足以荣耀一辈子的事情。可是在封建社会，人们真正通过科举考试去获得功名是十分困难的。因此，艺人们便将这种美好的愿望寄托于戏剧，通过戏剧的形式去表达自己美好的愿望。在封建社会，由于社会制度的不合理，底层劳动人民常常受到统治阶级的剥削或者惨遭邪恶势力的压迫，在绝望的时候人们便盼望着出现一个圣人来解救自己。正是在这种心理的作用下，戏剧里的神仙应运而生。他们无所不能，常常能够把劳苦人民从苦难里拯救出来，带领他们脱离苦海，过上幸福美好的生活。

（2）人物的特定身份。在牛娘戏故事中，主人公一般是落魄的贫困书生或者是受迫害的善良妇女，都是来自社会底层的小人物，虽然他们的生活不尽如人意，但是他们却怀抱着一颗不屈而善良的心，同时憧憬着能过上美好的生活。牛娘戏是在农村的土壤中产生并发展壮大的，其创作的题材自然也就源于农村生活、底层社会。多数的牛娘戏剧目演绎的都是小人物的生活故事。因此，牛娘戏深受广大人民群众的欢迎，并成为劳动人民喜闻乐见的艺术形式。这是与牛娘戏产生的土壤和观众的层面分不开的。

（3）人治大于法治的观念。牛娘戏中的人物命运一般是由当朝皇帝或者当地官府判定的。在故事中，假如双方发生矛盾，一般都会前往官府，让当地"清官大人"做出判决，或是呈请当朝皇帝裁定孰是孰非。若遇到一个像包青天的清官，这当然是件十分幸运的事情，可是事实往往不是如此。将人的命运交予某个人去负责，难免会造成一些冤案错案的发生，这也反映了中国古代社会到底是一个人治社会，而非法治社会。

（4）"爆肚"艺术特色。"爆肚"是白话俚语，意指即兴表演。"爆肚"也称"踩戏桥"，"爆肚戏"又称"提纲戏"，是牛娘戏的一大特色。这类剧目表演时一般不用剧本，只在演出之前由一位资深老艺人向其他演员、乐师说戏，而演员只需在演出前看一看挂在后台的一张戏单，上面列着排场的次序，到表演时按此次序演出即可。曲牌歌词也按情节需要，在一定程序内即兴而定。各种戏剧场景，如"落难""吊颈""后花园相会""打子""杀忠""杀妻"等都有一套固定程序，演员按剧情所需，把各种固定的程序串联在一起即兴演出。牛娘戏生活气息浓厚，不少演出队都有即兴应景的习惯，尤其是中华人民共和国成立前，相当一部分演出队都没有完整的剧本，只有"戏桥"，唱词和道白都是随口而出，这就是牛娘戏的"爆肚"。然而，令人称奇的是，虽是"爆肚"，唱词却工整对仗、押韵、朗朗上口。

（5）牛娘戏没有严格完善的表演体制，但表演细致而不烦琐，洗练而不粗率。经过历代艺人的实践，牛娘戏艺人已经能自觉或不自觉地把一些熟悉的唱词运用到新编戏剧中去。唱词俗称"唱口"。戏班的演员有"唱口"部。这个部的工作是搜集所能搜集的、适合各种角色在不同场合演唱的唱词。中华人民共和国成立前的戏班中，学徒能够灵活运用"唱口"，而经验丰富的演员能运用所掌握的大量"唱口"，不但可以依据一般的传统戏剧故事提纲进行演出，而且可以将一本本的古典小说，甚至武侠小说，如《薛仁贵征东》《薛丁山征西》《三合明珠宝剑》等搬上舞台演出。

（三）彩调

1. 彩调概况

彩调曾有调子、哪嗬嗨、采茶戏、唱灯等称谓，流行分布于桂林、柳州、河池、南宁、百色等地，已经有 200 多年的历史。彩调使用桂林、柳州方言进行演出，唱腔分腔、板、调三类，表演上呈现出轻松活泼、诙谐幽默等特征。彩调剧目内容丰富、题材多样，既有独特的做工戏，又有载歌载舞的对唱戏；既有一两人的小戏，又有上十人的大戏；既有轻松活泼的喜剧和闹剧，又有反映人世间悲欢离合及神话传说的悲剧和正剧。丰富多彩的剧目是彩调深受群众欢迎及赖以生存、创新、发展的根本。

早期以民间说唱和舞蹈相结合为主要艺术形式的对子调，情节极为简单，还未形成戏剧形式，是彩调的最初阶段。到了清朝中期，对子调发展为有人物、有情节的三十六出江湖调，形成了彩调独特的剧目。19 世纪初，彩调班进入城镇后，为了满足观众的需要，根据民间故事、神话传说和《今古奇观》《法戒录》等改编了一批中、大型剧目，并移植了兄弟剧种的大量剧目，这个时期是彩调剧目发展的黄金时代。此期间，艺人为了赢得观众，相互展开了"打擂台"的活动，发展了一批"对台戏"。这种形式的出现大大地繁荣了彩调剧目的创作。中华人民共和国成立前，由于彩调艺人文化基础差、经济拮据等，剧目的流传基本上采用口传身授的方式，极少付诸文字记录。

中华人民共和国成立初期，能见到的彩调只有《娘送女》和《讨学钱》等少数几个手抄本。中华人民共和国成立后，广西彩调界遵照周恩来"要很好发掘、鉴定、整理"传统剧目的指示，采取文艺工作者与彩调艺人相结合、内部演出与公开演出相结合、发掘记录与学习继承相结合的群众路线，发掘传统剧目工作成绩斐然，并创编了一批历史题材和现代题材的剧目，如《刘三姐》《五子图》《分家记》等。这批优秀剧目的产生，进一步推动了彩调戏剧的发展。

彩调剧目极为丰富。据不完全统计，经过挖掘、整理、编排，留存下来的传统剧目有 568 个，其中 459 个是有文字记录的剧本。此外，2000 年以来，在大量文艺创作者、彩调艺人的不懈努力下，掀起了一波发展彩调的热潮，大量剧目得以发掘、改编、传承，彩调剧目更加丰富与充实。

在发掘出来的彩调剧目中，有歌舞为主的小型剧目，亦有唱、做、念、舞齐全的大、中型剧目，其中喜剧、闹剧远远多于悲剧、正剧。这些剧目大多具有强烈的思想特征和独特的艺术个性，是广西各族人民和无数彩调艺人智慧的结晶，是一笔珍贵的艺术财产。

2. 彩调的发展历程

（1）彩调的萌芽期。据调查，独角戏是彩调的雏形。独角戏的演出不需要化妆，道具也简单，且不需要伴奏，表演者常常搭条毛巾或者拿把扇子就登台表演了。独角戏还算不上戏曲，其最大贡献是为彩调这门艺术提供了生存的土壤和条件，使彩调在这一方土地上扎下了根，使之水土调和，逐渐得以开花、结果。"对子调"是从独角戏发展演变而来的，只有两个角色，是典型的"二小戏"。对子调表演时采用一问一答、一逗一挑、一唱一和的形式，所表现的内容也比较简单，大都反映农村日常生活中的故事（男女爱情、四季景物、劳动生活、农民与地主等）。二小戏的出现使彩调的表演产生了不同角色，一改独角戏"艺人百样脸，演谁就是谁"的风格，是彩调由曲艺演变为戏曲的重要一步。对子调有着强烈的载歌载舞特征。彩调艺人表演对子调很灵活，可长可短，长则半小时，短则十多分钟，视现场的氛围及观众的需求而定。对子调中的对唱形式在彩调演唱中得到了充分发挥，发展成多种类型，如并行式对唱，曲调平铺直叙；问答式的对唱，曲调对比性较强；帮腔式的对唱，经常只用一个音加滑音。根据场景的不同，这三种对唱形式有时单独使用，有时混合使用。艺人通过巧妙的安排、自然的连接，能表现出极好的现场效果，起到珠联璧合之效。对子调在"载舞"方面也颇具特色，如传统对子调《彩灯》中干哥干妹欢舞中时出现的矮桩和扇花表演就比较有代表性。在彩调舞台的长期实践中，彩调艺人创作了一大批对子调型的剧目，主要有《讨学钱》《十借》《单打店》《蠢仔卖纱》《对口调》《送扇》《妹劝哥》《打猪草》《大闹书房》《寒女捡菜》等。这些对子调奠定了彩调剧目的基础，也奠定了彩调演唱和表演艺术的基础。老艺人把对子调视为"开蒙戏"和"调子骨"，是彩调由歌舞走向戏剧化的标志，在彩调发展史上有着重要的意义。

（2）彩调的发展期。清末民初是彩调的大发展时期。彩调组织形式方面，随着城乡交往的频繁、城市人口对文化娱乐需求的日益迫切，彩调随农业人口进入城市，出现了职业性戏班、剧团，逐渐有了固定的演出场所。彩调角色方面，从对子调一丑一旦的初始形态演变为生、旦、丑的三小戏，这在彩调的戏剧化演进过程中具有标志性意义。彩调音乐方面，则借鉴民间小曲及其他说唱艺术元素，形成了腔、板、调三大类。同时，不断的演出实践和多方面的艺术交流，造就了许多名角，如朱五八、冷贵甫、秦老四、罗少廷等"四大状元"，和梁如山、刘芳四、吴老年、潘发甫等"四大名旦"。这个时期也是彩调剧目生产的丰收年代，其明显的特征是剧目大量涌现、剧目由小到大、对台戏剧目应运而生、题材趋向多样化、大量移植兄弟剧种剧目。

（3）彩调的衰落期。1927年到中华人民共和国成立这段时期，彩调逐步衰落，为生存而一味迎合观众导致彩调演出低俗化、单一化，因受到打压而濒于衰亡。清末民初，广西经济落后、财政困难，旧桂系军阀领袖陆荣廷以筹措军饷为名，在全省开赌收捐。一些赌场为了吸引更多的赌徒，引戏班进入赌场唱赌调、赌灯。彩调因此活跃于赌场之中，其清新活泼的风格也遭到了破坏。

（4）彩调的发展繁荣期。中华人民共和国成立后，在人民政府的支持下，彩调获得了复兴发展。近年来，在政府部门、民间资金的多方支持下，彩调进一步繁荣。

3. 彩调的文化内涵

彩调作为一种传统民间小戏，具备小戏所常有的寓教于乐特点。其中优秀的剧目大都抓住人物特点，刻画人物性格，借助表演手法，以诙谐、幽默、轻松、快乐的方式来展现生活，传播优秀的传统文化。

（1）彩调的表现特点。第一，彩调是一个欢乐的剧种，这种"欢乐"的特征正是从采茶歌里直接继承下来的。通过表演，无论是谁都能即时感受到它的欢乐、活泼的场面和气氛。第二，彩调有着强烈的歌舞表演特点。无论从彩调的传统剧目还是现代剧目来看，彩调的歌舞表演特征都很明显。许多的故事情节都从歌舞表演中体现，或者是伴随着歌舞表演来完成。第三，彩调的故事内容都围绕爱情、劳动这两大主题来表现。在传统的彩调剧目中，除了移植的剧目，彩调自身的剧目都没有离开这两大主题。有的表现了爱情的悲欢离合，歌颂了美好、质朴、纯真的爱情生活，鞭笞了仗势欺人、巧取豪夺的丑恶、变态行为；有的歌颂了勤劳、诚实、勇敢、机智的劳动者，讽刺、揭露、斥责了懒惰、贪婪、奸猾、不劳而获的寄生虫。于勤劳、淳朴中表现高尚，于老实、憨厚中表现可爱，于奸猾、恶劣中表现丑陋，从而塑造出一个个鲜活的人物形象，反映出生活的真谛。正因如此，彩调从它诞生的那一天起，就被老百姓当作了自己的艺术，一直受到老百姓的喜爱。第四，在彩调的表演过程中，无论是什么内容、情节、喜怒哀乐、悲欢离合，都伴有"嬉戏乐"的特点。动作都是人们在日常生活里见了就笑的动作，语言都是人们耳熟能详、听了就能令人发笑的通俗语言。这种"嬉戏乐"的动作或语言不一定为剧情所要求，但观众却能接受。业余彩调队、彩调艺人到县城来定点演出时，县城里买票看这一类彩调演出的观众多至四五百人。

（2）彩调的音乐。我国的地方戏曲剧种多达三百多种。戏曲音乐与纯音乐不同，是音乐跟戏剧相结合的产物，能区分剧种，具有戏剧和音乐的双重属性。彩调音乐的唱词口语化，唱词内容与广大群众的日常生活非常接近，因而形成了易于接受和参与的大众化特征。在唱词中，经常可见到"呦依呦""柳莲青""哪嗬嗨"之类没有明确意义的衬词，这些衬词又构成衬腔。衬词和衬腔在彩调唱腔中的应用非常广泛，形成了几乎无腔不有的唱腔风格特征。彩调的音乐以曲牌联套体系为主，所用曲调是在历年来的传播过程中吸收的民间小曲、山歌、说唱音乐等，其唱腔大致分为腔、板、调三大类。

（3）彩调的表演艺术。彩调表演习惯于把要表述的内容以明晰的人物个性转化为观众感性可以直接接受的形式，突出以情感人的特征。彩调经过艺人数百年的艺术实践，在表演上形成了独特的风格和特点，是一种独特的表演艺术。彩调艺人根据剧情及人物性格的需要，将生活美化、节奏化和规范化，创造出的人物形象既有生活气息，又有艺术感染力。

4. 彩调的价值功能

（1）彰显传统美德。彩调擅长通过日常生活来彰显中华民族的传统美德，使彩调这一民间戏曲的启智益民、规正风俗的作用得到充分发挥。彩调中对劳动的肯定是多角度的，强化了劳动美好的主题。比如，《双采莲》表现了荷花和三伢子这对青年夫妻荡起双桨采摘莲藕的情景。在劳动过程中，两夫妻有说有笑，亲亲热热，羡煞旁人，表现了愉快的劳动场景。《桃源洞》则通过丁贵和财旺对劳动的不同态度告诉人们，劳动光荣，幸福伴随劳动而至；懒惰可耻，幸福与懒惰无缘。劳动才能致富的平民理念在彩调舞台上得到了形象的诠释。忠贞的爱情是彩调中不朽的话题。广西彩调主要通过民间青年男女的故事来演绎爱情的忠贞，呈现出一种朴实清新的风格。彩调《王三打鸟》是一部经典爱情剧，剧中毛姑妹的母亲封建思想严重，不容许女儿毛姑妹自择爱情。但毛姑妹不顾阻拦，坚持与早已情投意合的王三来往，两人愈加相爱。毛母最终只能顺水推舟，随其所愿。《王三打鸟》用看似简单的爱情故事，揭示了纯真的爱情是全人类的共同追求这个深刻的主题。

（2）展现民俗民情。广西彩调作为一种民间的戏曲艺术，从其诞生开始，就与民俗有着密不可分的联系。它不但承载着许多的民俗文化，而且在不断地传承中，其自身也变成了一种特有的民俗活动。它既是民俗的参与因素，又是民俗的重要组成部分。彩调中的民俗成分很多，如戏班从信仰到拜师等都有自己的规矩和习俗；题材内容涉及很多民俗风情；演出互动以民俗活动为契机，等等。在此，仅以舞台艺术为例，来了解彩调的民俗文化价值。彩调音乐与民俗的关系是密切的。彩调音乐不仅吸纳了丰富的民歌因素，在发展、成熟过程中还大量受到其他戏曲形式的影响，其中有地域（广西桂北）与所用方言（属于官话地区）相同的桂剧、广西文场的影响，也有湖南花鼓戏的影响。①民歌是劳动人民智慧的结晶，也是一切音乐的源泉。彩调欢乐的唱腔具有浓郁的地方色彩，节奏明快、旋律活泼，向观众传达喜悦和快乐，这与彩调不断吸收当地群众中流行的民歌艺术来丰富自己很有关系。进入清代以后，民歌发展很快，数量激增，且名曲目繁多，为彩调和其他民间小戏提供了丰富的曲调来源。

彩调舞蹈根植于民众生活当中，与民众生活有着千丝万缕的联系，它与民俗的关系也体现在此。它不仅是民间劳作生活的体现，还借鉴了民间歌舞、民间技艺的舞蹈形式，从各种民间活动中汲取精华，如临桂两江的民间游艺活动"板凳舞"也为彩调舞蹈所吸收。"板凳舞"是龙舞的一种，我国各地各民族人民的板凳舞表演种类繁多，各具特色。

彩调在长期发展过程中，形成了它自己独有的许多习俗，而各地的彩调又同中有异，别有情趣，如梧州贺县（今八步区）和河池宜山等地农村春节有彩调拜花的习俗；柳州、武宣等地每逢结婚办喜事，常请彩调班前去演戏助兴；桂林临桂的彩调班有"出灯"和"还灯"的习俗；等等。

（3）记录历史往事。任何一种文化都是历史的产物，又是对历史的反映。广

---

① 阙真．广西彩调音乐与民俗文化 [J]．东方丛刊，2007(3)：181-192.

西彩调属于叙事文学的范畴，所以在彩调剧创作的各个阶段，都会留下一些历史的印记。鸦片战争以前的中国长期处于一种自给自足的自然经济状态。为了摧毁中国的古老围墙，征服整个中国，英帝国主义采用了"鸦片"加"大炮"的进攻手段。《汪三吹烟》中的唱词："真下贱、真下贱，不该从幼学抽烟。从小不听爹娘劝，总想吹烟先聊天。爹娘归了世，留有房子有良田。事情不爱做，天天睡倒要吹烟……"显然就是这段历史现象的反映，通过对吸食鸦片过程及后果的白描，展现鸦片危害程度之深，也帮助人们了解和研究这段历史。

（4）对封建旧思想的批判。彩调传统剧反映出社会和家庭伦理的道德思想，如批判婆虐媳、妻凌妾及社会上的偷盗、欺诈、无赖、恶霸、一些迷信职业者和三姑六婆挑唆欺骗人的恶劣行径，以及烟、赌、嫖、毒等不良的陋习，还对封建的旧思想、旧道德进行了批判。

（四）邕剧

1. 邕剧起源与发展历程

邕剧是南宁特有的地方戏曲剧种，曾与桂剧、壮剧、彩调并称广西四大地方剧。邕剧属于皮黄声腔系统，曾有本地班、本地戏老戏、广戏、五六腔等称谓，曾流行于桂南、桂西地区和云南河口等地。

关于邕剧的起源，由于年代久远且缺乏翔实的文字材料，已无法确切考证。据邕剧展示中心的资料记载，邕剧是由本地土戏、民间说唱艺术与外来的多种戏曲声腔不断融合、发展而成的。[①]在民间及学术界，关于邕剧的形成，主要有四种说法：第一种认为，清道光、咸丰年间，祁剧艺人来桂南传艺，本地班产生，起初为宾州、武鸣班的丝弦戏，到了同治年间，受广班的影响，发展为以邕州班为代表的本地班；第二种认为，清咸丰年间，李广茂的起义军从广东带来的红船子弟兵兵败后流落广西民间，以演出谋生；第三种认为，邕剧是在祁剧、桂剧的基础上吸收了民间艺术，发展为广班，其支系流入广东而成为粤剧；[②]还有一种认为，邕剧是在"平南乐"（或郁林土班）和本地其他艺术因素的基础上，吸收皮黄声腔而形成的。[③]

清末民初是邕剧的全盛期。清朝末年，由于商品经济的发展，大量的外来人

---

① 陈丽琴.邕剧研究与文化生态学[J].柳州师专学报，2013，28(2)：1-3.

② 中国戏曲志编辑委员会.中国戏曲志·广西卷[M].北京：中国ISBN中心，1995：79.

③ 南宁市文化局戏曲志编辑委员会.南宁戏曲志[M].南宁：南宁市文化局戏曲编辑委员会，1987：5.

口涌入广西，为各种地方戏剧戏班和艺人进入广西谋生提供了生存和发展的机遇。据史料记载，此期间，先后有祁剧、湘剧、昆剧、京剧等地方戏剧艺术传入广西，各种戏剧在频繁交流与竞争中，相互借鉴、吸收、改良，使得自身有了长足的发展。

20世纪30年代到中华人民共和国成立前是邕剧的衰落期。这一时期，邕剧艺人骤然减少，戏班演出数量减少，演出地点也从城市隐退回山村。

1949年12月，广西全境解放，社会趋于安定，流散在各地的本地班艺人相继返回南宁。1951年冬天，本地班艺人在广西省（今广西壮族自治区）人民政府的组织和帮助下，以市中心交易市场搭盖的简易茅棚为大本营，成立了南宁市人民邕剧团，本地班从此定名为邕剧。

2008年，在国家历史文化遗产保护政策下，邕剧得到了进一步的传承和保护。

2. 邕剧剧目及内容

邕剧在一百多年的发展过程中，积累了大量的剧目资源，这些剧目题材广泛，具有很高的文学价值。按时代可以将这些剧目分成传统剧目、移植剧目和现代剧目三种类型。

（1）传统剧目。邕剧以传统剧目为主，传统剧目的题材丰富，根据题材的特点主要可以分为历史戏、伦理戏、宫廷戏和神话戏。历史戏在邕剧中占的比例相当大，多取材自历史故事，如《拦江截斗》《拦马过关》《高旺进表》等，通过对历史人物、历史事件的演绎，以智斗奸臣、杀敌报国等英雄事迹表达忠君爱国的传统思想。伦理戏以民众日常生活为题材，通过描述违反传统道德观念的社会现象，暴露人性的弱点，惩恶扬善，表达对人间真情和真善美的追求。宫廷戏主要描述的是宫廷斗争，或皇室成员争皇位，或后宫佳丽争宠信。在古代，老百姓总是对皇家的故事津津乐道，于是坊间便流传有很多宫廷斗争的故事，邕剧中有相当一部分剧目题材来源于此。至于事实的真相是否如此，没有人认真去追究，全当作茶余饭后的消遣。神话戏是以民间神话传说为主要题材的戏，其中主要是神仙戏，戏中角色涉及民间传说中的各路神仙。这类戏通常在仪式节庆上演出，以达到祈福祝寿、驱邪纳吉的目的，最常见的是《八仙贺寿》《仙姬送子》《玉皇登殿》。

（2）移植剧目。移植剧目就是从其他剧种中移植过来的剧目。移植剧目的题材涉及比较广泛，没有统一的风格，多为古代题材，且通常是其他剧种中一些时下流行的常演剧目。移植不等于照搬，移植的剧目都会经过适当的改编，保留主要的故事情节，但用邕剧的表演方式演绎，使剧目内容与表演形式相统一，呈现出不一样的风格。

（3）现代剧目。现代剧目是中华人民共和国成立之后创作或改编的剧目。现代剧目的题材呈现出根据时代的发展反映社会生活的特点。

3. 邕剧的社会功能

戏曲作为民俗的一部分，它的产生受到社会生活的影响，它的功能体现在它对社会生活起到的客观效用上。邕剧的社会功能体现在它对社会生活的娱乐功能、教化功能和传承功能上。

（1）娱乐功能。娱乐是人的一种身心需求，也是社会的一种文化需求。邕剧产生于娱乐方式和传媒手段都相对缺乏的年代，那个时候人们的文化生活相对稀缺，在这样的社会环境下，集嬉戏情趣、声容技艺、武术打斗于一体的邕剧成了生活在古邕州一带的人们茶余饭后消遣和劳作之余休憩的最佳选择。人们关注生动离奇的故事情节，品味入木三分的人物形象，各种题材、各色人物的邕剧满足了人们压抑于生活之下的狂欢心理，让人们的情感得到了一定程度的宣泄。此外，邕剧优美动听的曲调和豪放粗犷的特技表演还愉悦了人们的性情。邕剧以武戏见长，过去的表演中常出现真刀真枪真打的情景，加上各种技艺精湛、夺人眼球的特技表演，难得一场的邕剧演出往往会引起万人空巷的轰动。

（2）教化功能。邕剧的教化功能指的是邕剧对其流传地域的个体在社会化过程中所起的教育和模塑作用。所谓的"社会化"是指人及其活动接受社会教化的过程。① 邕剧的教化功能首先体现在对民众文史常识的教育传授方面。上学读书受教育是人们获得文化知识的重要途径，然而在教育尚未普及的古代，有能力去官学、私塾读书受教育的人不多，广大的普通民众，尤其是处在社会底层的劳动者只能通过别的方式获得文化常识，如看戏。首先，邕剧的剧目题材中以历史演义题材最为广泛。历史演义题材的故事大多改编自诗书、经史、演义、稗说，往往脱胎于历史事实，如《鸿门宴》的故事情节与司马迁《史记》中的记载基本相符。从经典文学作品改编而来的剧目更是不胜枚举，如邕剧的"三国戏""水浒戏"等。可以说，邕剧是题材丰富的史学教科书。其次，除了故事本身能够让观众获得一些文史常识，邕剧的剧本也具有很强的文学性，其唱词结构工整，讲究

---

① 司马云杰. 文化社会学 [M]. 北京：中国社会科学出版社，2001：290.

押韵，词汇丰富，表达生动，说它是观众学习语言词汇的"活字典"也毫不夸张。最后，邕剧的教化功能还体现在对民众思想道德观念的塑造和社会行为准则的约束方面。邕剧文化的教化功能从内容上来说，主要体现在宣扬社会理性、描绘人间真情、追求真善美等方面，通过劝善惩恶的故事情节，给民众一个向善的引导和为恶的约束。

（3）传承功能。过去学戏主要是通过加入戏班拜师学艺来完成的，当时的艺人文化水平都不高，识字的并不多，要记住长长的唱词和风格各异的曲调并不是容易的事，除了靠自己勤学苦练，最关键的还得靠师傅一字一句一腔一调口头传授。邕剧的舞台表演用语是戏棚官话，它以古邕州官话为基础方言，经过艺术化的加工而成为舞台表演用语。邕剧表演也讲究"念"得字正，"唱"得腔圆，要求颇为严格，只有经过师傅口传身授才能获得行腔吐字的要领。受到人口的流动、社会交往的频繁以及文化的交流等许多因素的影响，邕州官话的生存环境已经发生了很大的改变，民间的邕州官话已经基本绝迹，而邕剧因使用邕州官话表演得以保存下来。尽管一百多年来，舞台上使用的邕州官话也或多或少地受到了多种因素的影响，但是基本的风貌还是大体上保留了下来，也为后来的语言学者提供了鲜活的研究资料。如果没有一代代邕剧艺人的口头传承，恐怕这一方古音和宝贵的曲谱也早已销声匿迹了。

二、广西民间戏曲的艺术特点

广西戏曲大多出现于清朝中后期，这也正是我国各地地方戏曲蓬勃发展的黄金期。但是，在广西民间戏曲整个形成、发展的过程中，影响因素是复杂的，故而广西的戏曲形成了自己独有的特点。

（一）民间戏曲种类繁多

广西民间戏曲包括三类：一是民间曲艺小戏，它是由本土民间艺术歌舞、说唱等发展起来的地方戏剧。有桂剧、彩调、邕剧、师公戏、采茶戏、丝弦戏、牛歌戏、牛娘戏、鹿儿戏、文场戏、客家戏、唱灯戏等12种。声腔体制分为板腔体制、联曲体制和师腔体制，其中牛歌戏、牛娘戏、鹿儿戏、客家戏4种以民歌等本土艺术为基础，其他剧种均为外来声腔或腔调经与广西某些民间曲调等本土艺术相融合，采用某种广西方言演唱。二是地方戏剧，即在广西各民族中产生独具民族特色的民族戏剧，有壮剧、壮师剧、苗剧、侗剧、毛南剧、仫佬剧、瑶剧等7种。声腔体制为联曲体，以本民族流行的民间乐曲、说唱曲调为主要声腔，以民族语言演唱。三是地方曲艺，既与戏曲发展密切相关，又具有自己独有的发展历程和艺术特色。

（二）民间化的特点鲜明

广西戏曲（除去外来的）大都源于古傩的师公戏，从师公的祭祀活动中脱颖而出，在壮、汉、瑶、苗、侗、毛南诸民族中流行。

广西各民族先民信仰巫觋——古代自称能以舞降神的人，女为"巫"，男为"觋"，"觋"就是民间所说的"师公"，壮族戏剧里最为有名的一种戏叫"师公戏"，其名就来源于此。"觋"的职业就是从事祭祀活动，进行为人祈福消灾等迷信活动，这些活动的最初目的是"混口饭吃"，以从中获取自身的发展空间。尽管是一种迷信活动，但是信仰巫觋的意识已经深入广大群众的生活，成为其生活不可或缺的一部分，每当有红白喜事或是碰上天灾人祸，这类活动是必不可少的，戏曲也逐渐变成他们生活中不可或缺的一部分。

很早以前，办理丧事或是喜事时，会有来自四面八方的亲戚到事主家，事主无法安排这么多人的住宿，于是请人唱戏来吸引观众，让宾客看演出，既解决了住宿问题，又增添了热闹气氛，可谓"两全其美"。清末民初，赌博盛行，赌场为吸引更多的观众和赌博人员，请人演戏也是不可缺少的一部分。因此，在戏曲产生和发展的过程中，"演员"常是到处游离，哪里有需要就到哪里去唱，发展也是从"不为酬"到"为酬"，这一过程充分显示出了广西戏曲艺术发展与生活需要的不可分割的关系。可以说，广西戏曲的发展首先是民间风俗生活的需要，其次才是演剧人员的生活需要与努力。

广西戏剧内容首先就是由家喻户晓的流传于民间的故事改编而来的。只有那些真正来自民间的故事传说才能在演出之时使观众很快融入戏剧里面，才会吸引观众的注意力，才会产生观众效应。其次是民间俗语和地方方言的运用。再次，剧曲调的创作也来自民间，如大量的民歌曲调，对民间的唢呐、笛子、二胡、鼓、锣、钹及铜铃等乐器的运用。频繁的演出再加上曲调来自民间，以至连街上小孩都能唱出其中的调子来。最后，木面具的使用也大大增加了戏曲的神话特色。遗憾的是，多数剧本没有文字记录，顶多就是有一些戏桥，只记录了戏曲的故事情节、主要的对白和唱腔，这是一个极大的缺憾，但正因如此，才更显示出其民族特色：剧目的流传只能靠口传心授。剧目也没有确切的作者和创作的年代，具有演出与再创作一体化的特点，但其原本和流传过程也无从考证。

（三）社会变革的影响明显

广西戏曲自产生以来，经历了鸦片战争、抗日战争、解放战争等社会变革，民间戏曲濒于泯灭。

（四）外来戏曲发挥一定的作用

1937年"七七"事变后，中国进入全面抗战时期，由于地理条件的关系，广西地区成了抗战的后方，随着大量外地人员的流入，京、粤、湘大批艺人先后进入广西，促进了外来戏剧与本地戏曲的沟通与交流，戏曲得到了不同程度的发展。外来戏剧对广西本地戏曲的影响主要体现在舞台的设置、服装、化妆、音乐这几个方面，而且在这期间，广西戏曲出现了一个新的特点，那就是女性的介入。女性的介入解除了数百年来女性不参加演出的陈规传统，这对其发展具有划时代的意义。女性的加入使很多戏曲形式在群众中的地位大大提高了，参与度加强了，有了强烈的生命力。

（五）新的文化因素推动其发展

党的十一届三中全会后，各地重新贯彻"百花齐放，推陈出新"的方针，落实戏曲剧目"创作现代戏、整理传统戏、新编历史剧三并举"政策，在上演传统剧的同时，积极编演历史剧和现代戏。多个剧目的进京演出是广西戏曲发展的新标志。《金花银花》剧目参加中华人民共和国文化部（今中华人民共和国文化和旅游部）主办的1985年全国戏曲观摩演出，荣获了演出、导演、剧本、音乐等十项大奖。

而在民间，各种宗教活动的恢复和时代因素的渗透也使广西戏曲逐渐有了一定的发展空间，发挥着它的各种各样的社会功能。近些年，借助弘扬传统文化的东风，因为各级党和政府对民族文化、民间文化的保护、传承的重视，以及对非物质文化遗产的挖掘、保护等工作的开展，广西戏曲得到了更进一步的发展。

本章小结

广西民间文学内容丰富、形态多样，既表现了广西的整体风貌，又表现了广西各民族民间文学的特点。这些民间文学以质朴健康的思想内容、瑰丽多姿的艺术形式，生动形象地反映了广西各族人民古老的历史，体现着广西各民族特有的生活方式和风俗习惯，不仅有着丰富的民族文化因子，还蕴含着丰富的生态意识，具有独特的艺术特点。本章分别就广西民间歌谣、广西民间神话、广西民间故事、广西民间传说、广西民间谚语、广西民间戏曲等展开详细论述，并对其各自的艺术特点进行了详细分析。

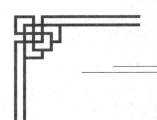

第五章　广西民间文学的审美文化意蕴

第一节 幻想的感知推移

一、审美特点衍生出的生存方式及心理趋向

广西民族民间文学反映出来的审美特点中最根本的是生存背后的审美思维，所以这些文学现象自然会给人以诗意生存与生态审美共存的强烈印象，这应当是广西少数民族共同的审美价值取向和心理趋向：崇尚力量、崇拜权力又充满平等意识；在人、自然的种种矛盾中努力寻求和谐的交往模式；以人和人的需要为中心的万物有灵的泛生命意识；对等价值生命的模糊认知；万物同源共生的大生命观和大宇宙观；融入自然的生命回归情结；等等。这些特点衍生的生存方式就是现代人类学家和文学家最有共同语言的领域，如人（灵与肉）与生命的对话、本土文化与外来文化的对话、现有生存方式与未知世界的对话等。下面以在瑶族民众中流传的几个传说为例来展示这种特点的存在与繁衍的方式。

（一）背叛行为受惩罚，惩罚结果成为生存方式

这类传说就是人（灵与肉）与生命的对话。瑶族传说《塘角鱼和大水牛》就是这种题材。经常在水塘中"泡澡"的水牛和水塘角落（生存空间较狭窄阴暗）里的鱼相熟，在生活习性方面也互相了解。在好斗而居心叵测的老虎要和水牛挑战、老实本分的水牛躲到水塘中的情况下，面对老虎的威胁，本来自身没有什么危险的塘角鱼却向老虎告密，造成了水牛和老虎的殊死搏斗，最终被战胜老虎的水牛踩扁了脑袋。这种对生命价值的叩问涉及道德层面，审美含量是不可小视的。

（二）本土文化与外来文化的对话

清朝以来的改土归流政策是广西各族人民自秦始皇时期以来遇到的第一个大事变。在华夏中原政权的大一统统治下，一般都是地方豪绅代表中央对本地进行统治。在这种情况下，外来文化谨小慎微和宽容谦恭的姿态对本土文化几乎难以构成像样的刺激。但是广西就不一样了，改土归流后的本土文化与外来文化对话势在必行。

广西瑶民中一直流传着《鱼为什么死了不瞑目》的传说。鱼到官府告钓鱼翁经常拿它们的同类当下酒菜，结果糊涂官却说你们那么容易上钩，我也想去钓来下酒，并且要改善烹调方法，让你们的同类变得更好吃。这种让人（鱼）难以接受的无端情感倾斜自然使鱼们官司败诉，那些气性大的鱼活活气死，因为是气死的所以死不瞑目。《蚂蜴的头为什么扁》的传说讲的是由于经常被人们捉来煎炒烹炸当作美味佳肴，蚂蜴们心怀不平，而且他们帮助人类干了不少好事——远古时期，蚂蜴曾经是人类的图腾，是人类顶礼膜拜的雷神。大概因为蚂蜴出身高贵、属于贵族，地方官不敢立案审查，蚂蜴就闹到皇帝那里去了。蚂蜴向糊涂皇帝告状，皇帝竟然说："你们不那么好吃谁还会吃你们！"蚂蜴有理而败诉，气得愤然离开宫廷，结果气头上慌不择路不管不顾，出宫时没有注意宫门开放的状态是否能够容纳躯体，脑袋被门缝挤扁了。这种愤恨之中拿自己开涮的悲情心理在美学上的价值不通过"深描"是难以体味的。

（三）现有生存方式与未知世界的对话

现代文化解码方式对未知世界的诠释存在偏颇，未知世界应当包括人类解读盲区的过去和未来。"从哪里来、到哪里去"是人类摆脱蒙昧步入文明社会之后孜孜以求的大难题。《斑鸠、野鸡和乌鸦》就是这漫漫长夜中的一种探索：斑鸠、野鸡和乌鸦本来都是通身白羽毛，爱美而诚实的乌鸦提议互相帮助，用彩笔美化大家的羽毛。在这个美好的提议实施的过程中，乌鸦给斑鸠和野鸡精心绘制，使它们美丽无比，但是等到它们两个给乌鸦美化羽毛时，却不负责任地胡乱蘸墨汁在乌鸦身上涂抹，被"涂鸦"搞得浑身黑灰间杂。难看无比的乌鸦气急败坏地追杀它们，口中还大叫"杀呀，杀呀"。结果斑鸠和野鸡虽然羽毛美丽，但是内心丑陋、理屈词穷，害怕乌鸦报复，大白天也躲藏在草丛中不敢出来展示自己的美丽。

通过分析以上几个传说，大致可以把这种审美意识归结为生存方式中的心理取向：讽刺投机取巧、反对弱肉强食、鄙夷欺软怕硬、抨击欺骗虚伪以及机智战胜愚蠢的情感趋向等。民间传说是在讲历史，但是其本身特别是其展示方式不是文化学意义上的历史。人们把自己的身影包裹在动植物世界的幻影幻形中，通过主流文化、文学已经使用娴熟的所谓"感知推移"来使自己的心情欢快。上面的例子足以证明这种认识是符合广西少数民族民间文学特质的。

二、利用感知推移倾诉内心的其他经验

广西民族民间文学在利用感知推移倾诉内心世界、通过幻影幻形欢愉心情方面，有很多值得总结的成功经验。大致可以从这样几个方面来分析：植物拟人，动物拟人，人、物互化，泛化情感寄托物等。

（一）植物拟人

广西以植物命名的地方特别多，重要城市名称如桂林、玉林、梧州、柳州等，其他地名如葫芦山、上林、梅花顶、茶山、苍梧、西林、田林、柳桥、丹竹、荔浦、藤县、茂林、杨梅、樟木林等。因此，广西民族民间文学作品中植物拟人的现象俯拾皆是，这里仅以社公树为例来论说。广西的社公树在壮、汉村庄普遍存在，是一棵巨大的榕树。有大姓的村往往一个村有两三棵社公树，两三个姓共同祭祀上供。社公树被认为是神树，不许小孩爬，也不能砍伐枝杈。树下设有供台、香炉。逢年过节，在祭祀祖先之前，均设雅盆（全鸡或全鸭、肉块、酒）捧到社公处祭供，平时的初一和十五，家家户户也到社公处烧香。添丁人家还需给社公挂花灯。传说中，山中的老虎到村里来，也要先拜社公。在这里榕树已经不是植物，而是具备人类各种特性的神。

（二）动物拟人

和植物相比，动物和人的关系更为密切，从蠕蠕、节肢爬虫，到云腾雾绕、飞龙虎啸、飞禽走兽、家养六畜，都和人有一个共同点，就是"动"的特性。广西少数民族几乎都具有喜动不喜静的活泼天性，所以他们对动物的认同感比对植物（对植物本来已经很喜欢）要强烈。动物拟人欢愉身心的作品也更为生动有趣。在苗岭村寨，女儿满了"童限"后就开始留长发，夏天拖着长长的辫子，冬天就开始梳发髻之类的头型来表示该女孩进入了所谓的"花季"。到了花季的年龄，妈妈就会开始给女儿讲世代传承的《女儿虫的故事》。女儿虫就是蚕。[①]这则传说简直就是华夏神话《黄帝战蚩尤》、魏晋志怪小说《搜神记》中女化蚕的华南版，只不过那铜头铁额的蚩尤在这里具备了人情味，无情未必真英雄；那蚕神马头娘下场也不错，不死而复生还得到了如意郎君。苗族对蚩尤的情感、对蚕宝宝的爱恋是理性化过早的主流民族难以体味的。

由于对动物的喜爱，广西少数民族用动物拟人的方法抒发了多种感情，翻检

---

① 杨正文，万德金，过竹.苗族风情录[M].成都：四川民族出版社，1998：329.

广西民族民间文学作品，起码有这几种形式值得介绍：生活情趣、欢乐移情、讽刺推原、节俗仪式推原、地方风物传说。在这些充满族群意绪的表述中，人们的定向情感都是通过他们或喜爱或憎恶或鄙夷的动物展演的。表现生活情趣的文学，如由阮成珍唱、苏维光整理翻译的京族儿歌《白鹤去做生意》："白鹤哥哥，涉水又展翅，带钱又带米，担虾又担鱼，摸海又买卖，外出做生意。娘子留在家，养育好儿女，顺利早归来，本少得多利。"用白鹤比拟那忙忙碌碌、乐此不疲的商人形象，真切反映了京族人的生活情趣。

欢乐移情动物拟人也是广西民族民间文学的长项，如《侗族踩堂歌》："像那鲤鱼出鱼窝，往往来来游在清水塘；像那画眉出山林，放开喉咙尽情唱。"按说鲤鱼和画眉跟踩堂毫无关系，也不会理解踩堂会给人类带来多大的欢乐。但是，侗家人就是这样热烈，在兴高采烈中把他们喜爱的水中游的、天上飞的都扯进仪式中来，不亦乐乎？讽刺推原是推原传说的一种，一般都在叙述中安排一个被善意讽刺的对象，如壮族《老虎和水牛比本领》之类的传说，其目的无非是追溯某种现象，如老虎怕水牛存在的原因。

节俗仪式推原传说中，茶山瑶送葬仪式的来源就很有代表性。在送葬仪式上，伴随着《开路歌》，道师们跳一种模仿鸾飞凤舞的舞蹈，叫作舞灵舞。这仪式来自一个叫《舞灵舞传说》的故事：瑶族共佬上山砍舂米，晚上睡在刚砍成的槽里，半夜醒来发现猴子把他当死人，模仿飞鸟跳舞，给他送葬，共佬回来就创造了"舞灵舞"，丰富了瑶家送葬仪式，并增加了灵异气氛。华夏主流文化喜好把音乐舞蹈的出现归于"天赐"，从屈原吟咏的"启《九辩》与《九歌》兮"，到杜甫"此曲只应天上有，人间哪得几回闻"的赞叹，可以说是一种思维定式。瑶族匪夷所思的灵异乐舞来自山上的异类，也是这种仙乐情节的合理衍射。可以说，这舞灵舞就是主流文化"天上仙乐"的瑶族版。

广西关于地方风物的传说特别丰富。除了人们熟悉的桂林、柳州传说，梧州的传说如《金牛渡江》《白鹤仙女》《鸳鸯江传说》等也都是有趣的故事传说。应当是从宋代起，在华夏主流文化精英层中就形成了脍炙人口的梧州八景：鸳江春泛、云岭晴岚、龙洲砥峙、鹤冈返照、金牛仙渡、鳄池漾月、火山夕焰、冰井泉香。以上的梧州传说只是这八景当中的几个。

（三）人、物互化

人、物互化也是广西民族民间文学感知推移审美趋向的一个重要方面。在此，仅以垂死化身的传说来展示其风采。彝族认为老虎神垂死化身演变而成万物，与之相近的传说远有三国吴人徐整的《三五历纪》中的盘古，后有满族《长白仙女》传说中的天帝之女，都是这样化身润泽世人的；壮族认为天体是由一个完整的家庭化身成的，这应当是上古阴阳观念的衍射，所谓阴阳就是以月为阴，以日为阳，主流文化从商周开始就把夫妻结合比喻为阴阳合和了；侗族传说是垂死化身的英雄，名字叫作星郎（侗族传说《星郎为物之源》），另外侗族还有一个化身传说，其主人公是章良和章妹两个人，他们的肉化作千鱼百鸟，头发化作森林青菜，嘴变虎，耳朵变成木耳和香菌。

（四）泛化情感寄托物。

泛化情感寄托物也是一种用感知推移表达情感体验的方法。广西少数民族在这方面甚至很先锋，比如，在中原主流文化搞古文运动（唐宋八大家崛起），把先秦诸子哲学捆绑于政治的时候，彝族却继承战国理性思考传统，追随汉初董仲舒，体悟出天人感应论。该理论认为五行和人体有对应关系：水对应血、金对应骨、火对应心、木对应筋、土对应肉，和主体民族经典《黄帝内经》的理论形成同构。甚至，彝族人还编织出了另一种内涵的天人感应：风感应人的气、雷鸣感应人的话语、天气晴朗感应人的喜乐、天空阴霾感应人的内心恼怒、云彩感应人的衣裳、星辰八万四千颗感应人的头发八万四千根、周天三百六十度感应人的骨头三百六十节……彝族同胞思考问题就是这般抽象空灵。

提到泛化情感寄托物，就不能越过爱情信物这个阶梯。华夏主流文学中，男女互赠爱情信物的习俗源远流长，如《楚辞》当中《离骚》的"佩纕"、《山鬼》的"芳馨"、《湘君》中的"佩""杜若"；东汉秦嘉《赠妇诗》的"诗人感木瓜，乃欲答瑶琼"；《古诗十九首》的"攀条折其荣，将以遗所思"；《洛神赋》的"解玉佩以要之"；《西洲曲》的"折梅寄江北"；等等。这些都是为人耳熟能详的歌咏爱情信物的名篇。

这方面还涉及情感推移中的意象寄托——某些固定的意象模块被连接在经常闪现的瞬间情感体验中，起到把瞬间变为永恒的作用，相当于现在的照相技术。这种情况在广西民族民间文学中非常普遍。比如，客家《哥妹边哭边分离》："日头落岭岭落西，岭边鹧鸪咕咕啼，鹧鸪边啼边下岭，哥妹边哭边分离。"鹧鸪和情人的身影在诗歌中交叠闪现，情感的推移自然深切，似乎那鸟儿也被离情别绪所缠绕，用啼哭来排遣感伤。这样的广西民歌还有很多，如"我俩唱罢定情歌，碰蛋吃蛋心欢乐，吃过五色吉祥饭，双燕含泥造新窝"（壮族《碰蛋吃蛋心欢喜》）；"我们的心眼，不能只通得过一根针，而要能跑得过一群鹿"（《山泉》）；"没有不给鸟雀住的树林，没有不留客的瑶家"（《老同古歌》）。广西少数民族这些深婉真切流丽清新的情感正是在群鹿、桃花、鸟雀等的幻影幻形中得到了成功的推移与传递。

第二节　梦想成真的形象思维

文人骚客经常借助梦境来追忆流年，或是梦回故土，或是吊古伤今，或者借助梦境来抒发难以言明的特殊情感体验。他们充分利用梦所具有的随意、短暂、虚幻和飘忽不定等特点，给所抒感情、所叙事物蒙上一层神秘的色彩，以引起人们的好奇和探究欲望。因此，他们特别喜欢将梦的意象融入自己的创作当中。《离骚》营造的虚幻梦境、《西洲曲》中的"南风知我意，吹梦到西洲"、李商隐《锦瑟》中的"庄生晓梦迷蝴蝶，望帝春心托杜鹃"营造了一个个朦胧迷惘的梦境。这些优美的梦诗梦词形成了我国古代的梦文化，使读者产生独特的审美感受。比如，已经进入主流文学史的少数民族作家纳兰性德就是继苏轼、辛弃疾之后，又一个多梦的词人。他有相当数量的词作涉及了梦境，其诗词创作被时人评价为"纯任性灵，纤尘不染"（况周颐《蕙风词话》），说明纳兰虽出身高门华第，却是至情至性之人。在纳兰性德的词作中，人生若梦，梦即人生，梦成为他人生不可缺失的重要组成部分。他的梦或为婉丽清凄的春梦，或为哀感顽艳的残梦，或为悲士羁旅的怨梦，或为超脱空灵的虚梦……无不清丽脱俗，自成一格，给人以极高的审美感受。

广西民族民间文学在梦境描述方面，和主流文学、中原主体民族民间文学相比，无论是题材价值还是艺术档次都不逊色，只是因为广西本土学者受到这些瑰宝受众面狭窄现状的严重制约，不得不在介绍中使用较多的篇幅"讲故事"，因而无暇在提高其本身具有的品位上下功夫。比如，壮族、侗族传说《简宜的故事》。简宜（原型即钦州英雄驾二郎）在娘胎中孕育三年才出生①，这本来就和中原主体民族传说中老子的出生情况差不多——传说中老子的母亲怀孕时间竟然长

---

① 侬易天．风水先生：壮族民间故事[M].南宁：广西人民出版社，1958：83.

达八十一年，老子出生时是在李树下，由母亲割开左腋生的。老子生出来时已经有八十一岁了，白头发，白胡子，所以称"老子"。传说中老子的出生还伴有扑朔迷离的梦境，简宜的传说可能原本也应当这般丰富，侗族《吴勉的传说》就是伴有梦境的：吴勉出生时麻雀布满屋顶，红光围绕房屋，异香弥漫寨子，他一出娘胎就手持两种宝物，左手是一本书，右手是一根鞭子，落地就会叫爸爸妈妈。这又像是华夏主体民族周朝祖先后稷出生时的情况。因此，华夏民族大家庭的梦就是天南地北一个样，"民犹是也，国犹是也，何分南北！"

这里还涉及一个问题，就是图腾崇拜对民间传说的影响。"图腾"作为北美印第安人阿尔衮琴部落奥吉布瓦方言"Totem"的音译，本来是"他的亲属"的意思，是一种原始宗教现象。根据人类学家的猜想，原始人认为每个氏族都与某种动物、植物或其他生物有一定的"血缘"关系，认为本氏族来自（生自）于这些动植物或生物。因此，原始人便把它们当作"图腾"（标记），并对它们进行膜拜。这种膜拜的行动和观念是神话产生的温床。从族源神话能明显看出这种图腾的印迹。然而这种情况在华夏主体民族中并非尽然，因为虽然有"炎帝神农氏，姜姓。母曰女登。有娲氏之女，为少典妃，感神龙而生炎帝"的记载，但是炎帝氏族并非用龙作图腾，而是用鸟："殷契，母曰简狄，有娀氏之女，为帝喾次妃。三人行浴，见玄鸟堕其卵，简狄取吞之，因孕生契。"（《史记·殷本纪》）《诗经·商颂·玄鸟》也算是印证了这个朦胧追忆性质的"事实"。因此，简宜"驾二郎"和吴勉的梦幻出生和图腾无关系，还是像华夏主流文化那样，如《诗经》中经常把所做之梦和生儿育女（《小雅·斯干》等）联系起来，属于梦幻悬想式的浪漫。

在梦幻悬想浪漫气息的熏陶中，广西民族民间文学的想象力之丰富也足以在形象思维的百花园中一展风采。比如，壮族有这样的习俗：每年七月初七，众妇女请叫"猪笼姑娘"的巫女导游"仙圩"（壮族人认为的阴阳沟通之地），并用一件女人的上衣罩在猪笼上面，点燃香纸祭拜。伴随这个习俗的美丽传说是，世人可以在仙圩上见到已故亲人的灵魂，并由巫女替代自己的身份，向已故亲人表达思念之情和进行问候。届时巫女通过歌唱把思念的感情（包括已故亲人对世人的思念）表白出来，歌唱过程中巫女像在梦中一样啼笑自如。据说只有前生为善者的灵魂才可以游仙圩，让活着的亲人目睹其笑颜，其中虽然隐含佛教因果报应的气息，但是从牛郎织女鹊桥相会"梦游"到阴阳相隔的亲人相会，这种浪漫似乎比纯粹的解梦更能牵动情思。

想象力发挥到极致的作品，要数苗族的"影魂成活"观念。苗族人认为人的躯体、灵魂和影子具有同一性，都是形影相随的存在。因此，除了主流文化的守护魂魄观念，还忌讳别人踩自己的影子。这种想象的走火入魔也应当伴随或者让人感觉朦胧迷离，或者让人毛骨悚然的传说故事。另外，广西某些地区窖藏"七月七水"的习俗在想象力方面也让人咋舌：农历七月七那天他们会窖藏溪水、河水，盛于坛罐窖藏起来，说是这样储藏的水经久不变质发臭，而且沁甜凉爽，有发高烧饮用去病、制造酸醋等功效。

和这种中性浪漫相比，广西民族民间文学想象中的悲情浪漫传说更让人动容。壮族传说中莫一大王的头颅被砍掉之后，没有立即死掉，而是头颅飞上天空对着官兵大笑，把他们吓跑之后莫一大王手提头颅回到家中，只是因为母亲对他的问话回答不当，他才倒地死亡。这种永生情结即斗争、反抗活动（不是无谓的反抗）的精神延续。在广西民族民间文学作品中有三种转化情况：一是化为自然物质，如《布洛陀》中和官兵厮杀的英雄们手举火把变成木棉树，《眼泪潭》中的私奔情人变成岩石，岩石流泪不止积聚成眼泪潭；二是化为动物，《梁祝传说》中财主马文才变成掩脸虫，《达架和达仑》中达仑变成丑陋的鹩鹩鸟，《秧姑鸟》中的秧姑变成秧姑鸟；三是化为鬼魂，往往由鬼魂完成生前的遗愿。

作为弱势群体，改变现有生存方式是摆脱生活困境的一个有效途径，古今中外在这方面不乏其例。如果说古希腊神话中宙斯变形为牛（引诱欧罗巴）、天鹅（欺骗勒达），达芙妮变形为月桂树（逃避阿波罗追逐），纳西索斯变为水仙花（原因是顾影自怜），阿克泰翁被变成牧鹿（原因是偷看阿尔忒弥斯洗澡）等等这些和广西民族民间文学的苦情无奈相比还有些不着边际的话，那么华夏主流文学上古神话中炎帝之女变精卫鸟、盘古由犬变人（《后汉书·南蛮西南夷列传》《搜神记》均有记载），大禹变熊（为打通轩辕山）、涂山氏由九尾狐变人等都足以让广西古代边民摆脱寂寥感。因此，广西少数民族传说中的种种变形寄托的价值得认真品味。

蛇变人的传说有仡佬族《蛇大哥》、侗族《汉龙和培善》、壮族《蛇郎》、苗族《蛇郎与阿宜》、彝族《赛波莫》。而主流文化对此则不那么认同，《太平广记》中的《太元士人》《楚王英女》《薛重》《王真妻》等记述的都是蛇化作人形淫乱别人妻女，最后受到惩罚的故事。

除广西各民族外，其他民族也有很多关于蛤蟆变人的传说，如满族《蛤蟆儿子》、藏族《青蛙骑手》、羌族《青蛙花》等。作为华夏主流文化的标杆之一，《本草纲目》中就有关于蛤蟆的记载："用大蟾一枚……以炭火自早炙至午，去火，放水一盏于前，当吐物如皂荚子大，有金光，人吞之，可越江湖也。"这就是著名的蛤蟆致幻意象模块的文化显现方式。华北民间有将蛤蟆尿混入饮料、致人尿频乱性等的致幻传说，而月中蟾蜍的景象似乎也代表一种神秘的事物。

天鹅仙女变人传说在广西民族民间文学中不胜枚举，甚至"羽衣型"传说、神话的专利权也似乎在广西。《百鸟衣》叙事长诗虽然是现代作家创作的，但是和《神笔马良》一样，这个传说产生年代的古老不能被忽略。况且华夏主体民族史书和主流文学典籍如《史记·殷本纪》、干宝《搜神记》、句道兴《搜神记》（田昆仑）等对这种类型的作品均有记载。

关于田螺变人的传说，壮族《一幅壮锦》、苗族《孤儿和龙女》、彝族《长工和龙女》（鲤鱼变人）是代表作。主流文学有陶渊明《搜神后记·白水素女》、皇甫氏《原化记·吴堪》等。

即使是华夏主流文学史家也承认，苗族民间文学比喻多，诗意浓，幽默、诙谐。自然界的风雷雨电、鸟兽虫鱼、花草树木，神话传说中的妖魔鬼怪、神龙神人都常常被他们用来作为美丑、善恶的比喻或象征。

第三节　庄严诙谐的情感体验

壮族有一首著名的《吊丧歌》，其中有这样的句子："左边湿了娘身睡，右边干处放儿身；左右两边都湿了，抱儿怀里到天明。"[①] 这种在母亲亡灵前歌唱的悼词往往让孝子贤女哭得昏天黑地。这种天伦亲情的极致表述是由华夏民族的共同心理价值取向催生的。在华夏民族的天伦关系中，感恩是传统美德。在华夏主流文化经典《孝经》的早期（东汉）解读《孝经援神契》中，就有类似壮族同胞的歌谣的沉痛表述："母之于子也，鞠养殷勤，推燥居湿，绝少分甘。"明代徐田臣著名系列剧中的《杀狗记》有一出叫《孙荣奠墓》的戏，其中就有这样的唱词："三年乳哺恩爱深，推干就湿多劳顿。"明末民族英雄夏完淳的《狱中上母书》说的是养母对自己的恩情，其中"但慈君推干就湿，教礼习诗，十五年如一日"的

---

① 南宁地区文联，广西师范学院民族民间文学研究所，广西民众学会.壮族风情录 [M].南宁：广西人民出版社，1991：149.

哀痛，也是同一个催人泪下的切入角度。但是和壮族《吊丧歌》相比，这些歌谣的鲜活生动程度就差了不少。尤其是那让人永远有"谁言寸草心，报得三春晖"（孟郊《游子吟》）愧疚的"左右两边都湿了，抱儿怀里到天明"的彻心彻肺的描述，更是让人不能自拔于哀切的回忆剧痛中。

因此，针对天伦亲情的纪念仪式，广西少数民族并不比中原主体民族来得简慢，从现存民族民间文学作品看，反而是有过之而无不及的。比如，瑶族在亲人亡故之后进行的引渡亡灵仪式叫作"做功德"。这种称谓的仪式在少数民族中比较多见。比如，在文学艺术领域极负盛名的畲族舞蹈就多是出于做功德仪式而不是劳动过程。广西没有畲族，但是做功德的活动几乎遍布当地各个民族（包括汉族及其支系客家）。

广西民间文学还有另一种情感体验，就是社会责任感对审美心理的驱动情况。广西瑶族有一种"神判"的纠纷解决方式，叫"进社"：双方把争执山界上的泥土各挖一块，拿到社里去发誓，谁敢拜社，地界就归谁。他们认为在社王面前不能撒谎。① 这种神圣感是哪里来的？自然神和祖先神俯视芸芸众生，地无私载，天无私覆，公正无比，这种观念在华夏古籍中俯拾皆是，此处不再译述，接下来看看这"进社"和泥土的关系。

东汉汉章帝建初四年（公元 79 年），由班固结集的高层学者会议纪要《白虎通》曾专门设有王者为何有"社稷"之问答："为天下求福报功。以'人非土不立，非谷不食'。土地广博，不可一一祭之也，故封土立'社'，'社'为'土神'；谷物众多，不可遍及祀，故封谷立'稷'，'稷'为'谷神'之长。"我国作为秉持农耕文化的国家，统治者必须重视土壤和粮食，古人认为"神"可以从土地上引出万物，祭"神"可以保障五谷丰登。祭祀"土神""谷神"的祭坛叫作"社稷"。

对广西民族民间文学中庄严与诙谐流转形成的乐趣进行评价很有必要。有位学者曾经说过："歌剧音乐应当取材于民间音乐，但这绝不等于把原始的民间音乐套到歌剧音乐中去。应是在理解民间音乐的基础上，找出它们所有的特点，研究它们、掌握它们，然后充分发挥自己的想象力，而想象力应是以中华民族形象为基础的。"何止音乐，文学也应当遵循这样的规律。华夏民族的诙谐与庄严作为情感体验的临界概念，往往是浑融交织，让人啼笑皆非的。这是华夏民族自己的

---

① 胡德才，苏胜兴.大瑶山风情[M].南宁：广西民族出版社，1990：317-318.

民族特色，广西少数民族作为华夏民族的一员，在这方面也没有落伍。

华夏主流文化的诙谐的情感表达起源很早，见于文献记载的起码可以追溯到春秋战国时期的俳优戏，但是在文化精英层蔚为大观则大约从南北朝开始。传世作品证明当时兴起了文人集会中以诗争胜的风习，南朝"竟陵八友"的为首者竟陵王萧子良夜集学士、刻烛为诗是较早的例子。唐代宋之问因《龙门应制》诗获得武则天赏赐的锦袍也是这种风习的印记之一。至于中唐白居易、元稹的集会唱和已经成为主流文学史上的一道亮丽风景，可以说在习俗层面上已经占据制高点了。正是在这种风习的影响下，宋代佳作连篇美不胜收。像苏轼《薄薄酒二首（其一）》那样"薄薄酒，胜茶汤；觕觕布，胜无裳，丑妻恶妾胜空房"之类的民歌不民歌、主流诗歌不主流诗歌的诗作，即使在今天传世的文献如《全宋诗》中也能经常看到。主流文学史鄙夷宋代作诗不严肃，这种评价眼光不如刘勰（《文心雕龙·谐隐》："谐之言皆也，辞浅会俗，皆悦笑也。"）。广西各民族文学的庄严诙谐交融的习性在传世民间文学中得到了淋漓尽致的展演，这不仅反映在文人文学创作中，还反映在民间文学创作中。

第四节　象征隐喻的巧妙运用

如果把关于象征的各种传统概念暂时抛开，可以认为象征是人类文化的一种信息传递方式，它通过类比联想的思维方式，以某些客观存在或想象中的外在事物以及其他可感知到的东西，来反映特定社会中人们的观念意识、心理状态、抽象概念和各种社会文化现象。

有学者将"象征"引入人类学领域，对象征的群体性、主体性、多重性、时空性和传承性等基本特征进行分析，认为绝大部分的象征符号都反映了群体的价值取向和心理状态；任何象征符号在传递信息的过程中都是通过人这一主体来具体操作的；某些重要象征符号的表现形式与意指对象之间存在着多重的组合关系；某些特定的事物和活动只有在一定的时间和空间条件下才具有象征意义；象征符号在形成发展的过程中具有顽强的生命力；等等。这无疑扩大了这种信息传递方式的应用乃至研究的范畴。

　　文学是人学，人学本来在社会中就具有公共性。因此，象征研究的人类学的介入展示了一个值得欣喜的视角，那就是在重新审视文化的公共性时，把文化象征符号的表现形式和象征意义获得特定社会中绝大多数人的普遍认同作为文化存续的充要条件。可以说，一种文化现象只有获得了所在社会绝大多数人的普遍承认，才可能长期存在并沿袭下来。特定社会生活中，作为信息传递方式的象征符号，无论是植物、动物、器物、建筑、服饰、色彩、数字、空间、时间、人物，还是仪式、礼节、舞蹈、戏剧、体态、姿势、戏谑、宴饮等，都是历史沿袭下来的文化传统，它们在日常生活和社会生活中频繁出现，以满足人的各种需要，得到了广泛认同。只要它们在特定的时间和场合中出现，就会引起共鸣，并激发出人们强烈的情绪。象征符号的表现形式不但为所在社会中的人们所普遍认同，而且其包含的象征意义也为该社会绝大多数的人们所理解，无论其反映的是这个社会中的传统价值观，还是人们长期形成的人格特征和心理状态，都带有鲜明的象征印记。

　　广西壮族民间文学《救月亮》讲述的是月亮被狐狸精抓到山洞里，玛霞和狐狸精斗争，把月亮抢救回来的故事。整个故事是被艳丽包裹着的象征隐喻，涌动着颂扬、牵挂（玛霞在争夺过程中曾被狐狸精变成小花蛇）的意识暗流。而更为典型的还是广西金秀瑶族传世的《插秧歌》《盘歌》，歌中那些粉红色的诗意朦胧，影响着一代代广西少数民族少男少女，倾倒了一批批国内外客人，其魅力的生发源就在于那繁茂的象征意象组合。广西少数民族的艺术实践来自他们世代对艺术的沉湎，虽然像彝族阿买妮（约与刘勰、钟嵘同时期）《彝族诗律论》那样的成熟诗论不是太多，但就当时而论，两三千万人口的华南少数民族出一两个诗论家不能算稀少。

　　多姿多彩的侗族民歌也是侗族人之间审美交流的一种基本方式，相应地形成了一整套运用侗歌表演来展演审美习俗的繁复而固定的表演机制。这种机制与其说是一种娱乐的仪式化，不如说是一种"意象"的召唤。这种召唤覆盖侗族生活的各个层面。侗族学者认为，这种意象为主（也就是常说的象征隐喻、意识流）的审美意识来自侗族村寨的风水、鼓楼、风雨桥、民居的整体奇妙的隐喻和象征。石开忠曾经对这种现象进行过详细的介绍，其中专门谈到侗族文化心理衍射情况，足以印证人是一种文化存在物的观点。从根本上说，人运用象征的能力经常被用来当作一种标志，借此与动物相区别。因此，象征存在于所有的人类社会之中。那么，除了说明人与动物的区别，象征在人类社会中又是扮演一种什么样的角色？人类学家认为，为了摒除逃避社会传统责任的个别行为的萌芽，人类社会都引入了各种社会生活目的的象征表达。或者表述为象征主义有着双重的必要性，用于标志什么是社会的重要标志，以及促使人们在认识这些标准的基础上遵守它们。任何稳定的社会群体的成员都必须持有某种共同的价值标准。这些标准是社会情感的产物。但是若没有代表这些标准的象征，社会情感就不可能持续下去。由于社会的永久性与其成员短暂性的矛盾，任何社会的延续，一方面要靠其成员自身的再生产，另一方面要靠其成员所共识的社会文化标准的再生产。为了保证社会的延续，其共识的社会文化标准必须代代相传。因此，代表社会文化标准并寓于其中的文化象征就成为必要。关于象征物问题，人类学者们是这样认为的：象征有如隐喻，它或者借助于类似的性质，或者通过事实上或想象中的联系，典型地表现某物，再现某物，或令人回想起某物。①

　　广西瑶族有葫芦定亲的习俗。男女相识后，男子邀请两个男性伙伴作为媒人，除携带猪肉外，还带上一个装满酒的葫芦，媒人将葫芦挂在女方家门前的篱笆上，如同意，就收下葫芦；如不同意，就用针将葫芦刺穿，使酒流出。其中蕴含的文化学意义是可以从上述分析中捕捉到蛛丝马迹的。另外，广西那坡的彝族常用蜡光纸剪一个葫芦样，贴于神龛壁板上，作为祖灵的标志；也有的盖新房屋时，用薄木板锯成两只平面葫芦模样，分别钉挂在顶梁两端，以示确立了祖灵位。人类学家认为葫芦崇拜源于母体崇拜，其实所谓家，就是以夫妻为轴心的原初社会组织，性生活和谐与繁衍子孙的观念都应当聚集在这"葫芦模样"上面。隐喻在这里也得到习俗层面的印证。

本章小结

　　广西民间文学中蕴含着丰富的审美因子，无论是广西民间歌谣中蕴含的朴素认知，还是广西民间神话、广西民间传说等文学形态中蕴含的崇高美、悲剧美和怪诞美，无不渗透着民族文化的审美，为后世的浪漫主义和荒诞文化奠定了审美基础。广西民间文学幻想感知和思维模式中蕴含的审美也是十分丰富的，其象征隐喻的巧妙运用、庄严诙谐的表达无不蕴含着独特的审美特征，并且与华夏民族主流审美特质在一定程度上不谋而合。

---

① 赵超，青觉.象征的再生产：形塑中华民族共同体意识的一个文化路径 [J].中央社会主义学院学报，2018(6)：103-109.

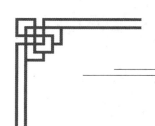

第六章　广西民间文学体现的民族文化精神及生态观

第一节　广西民间文学忧患意识的体现

华夏主流文化宝库中有一段至理名言："舜发于畎亩之中，傅说举于版筑之间，胶鬲举于鱼盐之中，管夷吾举于士，孙叔敖举于海，百里奚举于市。故天将降大任于是人也，必先苦其心志，劳其筋骨，饿其体肤，空乏其身，行拂乱其所为，所以动心忍性，曾益其所不能。人恒过，然后能改；困于心，衡于虑，而后作；征于色，发于声，而后喻。入则无法家拂士，出则无敌国外患者，国恒亡。然后知生于忧患，而死于安乐也。"（《孟子·告子下》）。孟子这段话简称为"忧患意识"。这种意识并非束之高阁的经院哲学，而是已经弥漫于社会生活空间，成为精英文化层的主流意识。

关于忧患意识在社会精英文化层面的浸润性蔓延，还可以举一个战国时期便被记录在案的远古例证，这一例证是上海博物馆藏战国楚竹书《容成氏》所著录的内容：大禹在治理洪水之后，华夏大陆远近臣服，"四海之内及四海之外皆请贡"。按说这种情况的出现一定会使中央财政状况大为好转，国家元首办公经费应当是空前充足的。但是大禹竟然在"民有余食，无求不得"的丰穰之年到来之后，从自己做起"始行以俭，衣不鲜美，食不重味，朝不车逆……"①

这种忧患意识自然也扩衍到华夏民族其他族群中，如《汉书·地理志》记载了以下内容。

江南地广，或火耕水耨。民食鱼稻，以渔猎山伐为业……而亡积聚，饮食还给，不忧冻饿，亦亡千金之家。信巫鬼，重淫祀。而汉中淫失枝柱……

其君禹后，帝少康之庶子云……文身断发，以避蛟龙之害……处近海，多犀、象、毒冒、珠玑、银、铜、果、布之凑，中国往商贾者多取富焉。

……

自合浦徐闻南入海，得大州，东西南北方千里……民皆服布如单被，穿中央为贯头……自初为郡县，吏卒中国人多侵陵之，故率数岁一反……

---

① 　马承源.上海博物馆藏战国楚竹书 （二）[M].上海：上海古籍出版社，2002：264-272.

从班固的记载中可以明白三点：第一，广西诸民族都是大禹的后代，虽然地处边远但也是金枝玉叶；第二，当时生产条件落后，生活环境险恶，因而巫鬼成了无节制祭祀的对象；第三，中原出身的地方官吏经常欺凌他们。

在受文化歧视与动辄遭征伐的族群繁衍环境中，毋庸讳言，广西少数民族的生存状态也出现了一些容易授人以柄的特殊情况。比如，华夏传统文化的"男耕女织"生活模式就在广西受到了"破坏"，少数民族妇女不裹脚，而是参与社会生产劳动，以内纺织外耕为特色的社会性别角色意识淡薄，就是心态公允的文人士子，遇到这些问题也不得不以奇闻逸事对待。

清代乾隆年间《庆远府志》有载，庆远地区"女……善耕作，尤好种棉。孟春，男女负刀芟其杂秽，锄而播种。"这已经算是态度比较正经的记述资料了。中华人民共和国成立之后的某些人类学调查成果在书写方式上则更为细腻：隆林仡佬族、龙津金龙峒傣族妇女除煮饭、纺纱织布、喂牛、喂猪、背粪、挑水之外，还与男子一起犁田耙田、选种播种、培土耘田、除草中耕、收割打谷等，历历在案有据可查。[①]

这种男女老少齐上阵的生存方式是忧患意识在日常生活中的淋漓展演。另外，从广西少数民族对主流文化文学的接受、传播中，也可以看到忧患意识的影子。比如，在广西少数民族诗人中，学习杜甫成为他们共同的心理取向。个中缘由也在于杜甫忧患的意识在其创作中的充分体现。

还有一点值得提及：自唐朝中后期以来，柳宗元、李商隐、黄庭坚、苏轼、秦观、范成大等或避战乱，或受贬到广西，他们在广西期间的忧患意识填胸塞臆，他们诗歌艺术在广西逐渐被接受："南方为进士者，走数千里""经指授者，为文辞皆有法"，他们传道授业，解惑释疑，在他们的影响下，壮族上层子弟习诗作文，一时竟然使"中州之士，时或逊焉"。当然，唐宋五、七言绝句的艺术形式被忧患意识捆绑浸润，为广西文人士子所熟悉，并将其转化为具有壮族特色的传世制作，是水到渠成的事情。

以上是广西文化精英层的情况。民间的情况如何呢？先看几个实例：红瑶要在瑶年吃老鼠、白面狸、石蛙。[②]在南国炎暑未退的时节吞吃这些腥臊恶臭的东

① 广西壮族自治区编辑组，《中国少数民族社会历史调查资料丛刊》修订编辑委员会.广西彝族仡佬族水族社会历史调查[M].北京：民族出版社，2009：188.
② 金秀瑶族自治县县委、县文联，广西师范学院民族民间文学研究所，广西民俗学会.瑶族风情录[M].南宁：广西人民出版社，1991：224.

西，不啻一种惩罚，就像让在蜜罐中长大的孩子吃"忆苦饭"、朱元璋让锦衣玉食的大臣喝"珍珠白玉翡翠汤"一样。秋收冬藏之前举行这种仪式当然不是春荒无粮，而是因为听从神灵（盘王爷）的警告，将这些在虽然无霜但是五谷休眠的季节和人们抢口粮的异类消灭——是一种严厉的物竞天择，是典型的忧患意识大展演。

毛南族进行幼儿教育时要给孩子讲述《一百只牛》《务银粘》《小燕子》等故事，教育善恶有报，"只要做好事，即使这辈子苦些，下辈子（另投胎）是会好过的"，反之亦然；妇女怀孕期间，要破解很多孩子出生之后的灾难，如"血罗解"（杀鸡祭祀防止难产）、"落井解"（杀鸡祭井，剪纸"花童"弃井，防止孩子出生后落井而死）、"半路解"（杀乳猪、鸡鸭，扎竹拱桥，抢剪纸"花童"，请师公作法事，防止胎儿腹内夭亡）、"平头杀解"和"七令关刀"（杀牲祭解，焚烧竹片刀，防止婴儿难产）等。还有，每年农历五月，毛南族要过"分龙节"。目的是祈求风调雨顺、百姓安康，这都与忧患意识有关。

广西客家的忧患意识被称作"离散型"忧患意识。高怡萍曾引用康斯坦布《客家人》一书的观点，认为企图从文化的角度来探寻客家族群的特殊性是徒劳的，事实上过去的客家研究者并未发现客家文化有别于汉文化之处。值得注意的是，高怡萍认为应从"离散"视野来检视客家的族群特性，即"代代相传的流离经历与情感，跨族群、异质文化的杂合，才是客家族群的生活基调"；作为族群名称的"客家"是在经历一段特定历史的过程中被不同论述者建构出来的结果。圈楼封闭青春，围堰封锁希望——客家人的生活方式就是走出高墙，外出闯荡。

广西那坡县彝族丧葬习俗中有腊摩送魂归故乡的习俗。[①] 其中《开路经》《哭丧歌》《嘱魂歌》等丧礼上所演唱歌曲的一些歌词也饱含忧患意识。

禁忌中的寡妇命运以壮族史诗《莫一大王》中的莫母形象为例。在故事中，由于莫母多次违反禁忌，莫一大王最终死亡。莫一临死前，嘱咐妻子把他的头装进缸里密封，严加守护，七七四十九天以后打开。莫一妻子照办了，到了第四十六天，莫母见媳妇昏倒在坛边，又听见坛里嗡嗡闹，于是莫母急忙开坛看，只见坛里飞出三只蜂，吓得莫母心惊慌，忙用滚水倒坛中。滚水进坛就糟糕，整坛的地龙蜂都死了。只飞出了三只蜂，径直向北方飞去了。三只地龙蜂飞进皇宫蛰瞎了皇帝，把皇兵追赶过山，不再来侵扰壮族人民，但莫母多次违反禁忌使莫

---

① 卢敏飞.腊摩送魂归故乡——广西那坡县彝族丧葬习俗考察[J].广西民族研究，2007(1)：164–171.

一的一系列行动化为泡影的举动激起了读者的痛恨之情。尽管史诗对莫母所做的坏事没有过多的责备，都说她是在无意中违反禁忌的。这就说明在民众思维、信俗中，寡妇最容易成为偶发性事件的促成者，这种深层忧患意识的淋漓展演不是民间文学所谓"女人是祸水"、寡妇坏事之类意象所能涵盖的切肤之痛。

除了诉诸故事传说，民间的忧患意识还表现在数也数不清的生活禁忌中，从文学视角切入，这些禁忌就绝非人类学、民俗学的定向解说能够解码还原的。比如，广西各少数民族中普遍流传的禁忌和巴莫阿依嫫等编著的《彝族风俗志》中收录的没有两样，如下所示。

动植物兆。狗爬屋顶、鸠栖屋顶、青蛇红雀入屋、狗无故狂吠、野猫叫、鸡乱啼、乌鸦叫、夜半马嘶、蛇交尾、蛙重叠、牛尾绕树、猪牛难产、牲母吃乳子、鸟粪落身、毛虫成串、蚂蚁成群、蜘蛛在门上结网、瓜自裂、瓜蔓扁等均为不祥兆。

梦兆。梦见公山羊和黑母鸡——流血、械斗；梦见牙齿脱落——亲人死亡（上牙男性、下牙女性、大牙大人、门牙孩童或晚辈、半牙子孙）；梦见砍柴伐木——要死人，且烧尸；梦见草木开花——四肢疼痛、旧病复发；妇女梦见首饰被人拿走——生育魂离体；男子梦见武器被人拿走——附身魂离体。

与之相应，就是在文化形态不是很发达的族群中出现了形态繁杂的占卜形式，如打木刻卜、量布卜、胛骨卜、鸡股卜、胆卜、蛋卜、草卜、竹签卜、木卦卜、掷牲卜等，不一而足。这些名目繁多的占卜方式自然需要形式的辅助，必然引发阴雨连绵般的祭祀活动。因此，我们在阅读典籍，特别是汉族知识分子书写的广西少数民族习俗资料时，不能把"重淫祀"作为边远地区文化形态落后的标志，而是应当用心体谅这些在政治上被边缘化的民族生存的心态。就像我们不能把遍布东京风景名胜区的法定"避难所"指示牌设置，解说为日本人庸人自扰一样。

另外，这些忧患意识也反映在广西少数民族民间传说中。比如，《望夫石》故事虽然流布全国，但是流传于广西民间的这个版本则带有浓重地方特色（如漓江意象、黄泥峡与斗米滩的地名等）。苗族传说《张古老斗雷公》虽然属于早期人类和自然（雷公）斗争的故事，但是作为文化积淀物却引发了一系列"忌雷"的从属意象。从相关资料看，华南一带的水族、苗族、彝族、布依族、普米族等以农耕为主的民族都有这种忌雷习俗，即在第一次或头几次春雷时忌出工种地。

第二节 广西民间文学厚生意识的体现

"厚生"这一词出自我国古代文献《尚书》。《尚书·大禹谟》记载,帝舜和大禹讨论如何治理国家时,大禹说:"於!帝念哉!德惟善政,政在养民。水、火、金、木、土、谷,惟修;正德、利用、厚生、惟和。九功惟叙,九叙惟歌。戒之用休,董之用威,劝之以九歌俾勿坏。"大体意思是指,您(帝舜)时常说的"政在养民",我(大禹)认为就是正德、利用、厚生等。大禹阐述的治国思想当即得到了帝舜的高度赞扬。根据大禹的阐述,华夏祖先积累的政治经验中所谓的"厚生思想其实应当包括两个方面:对人类生命价值的珍重(相当于如今人文关怀的话题,如爱护自然、保持人与自然的和谐发展等)和对个体生命质量的关注(婚恋,长寿等)"。结合广西民族民间文化文学的轨迹,下面从这两个方面入手进行简单阐释。

一、对人类生命价值的珍重

科学观念被虚诞化,符合民族民间文学对思想材料处理的"潜规则"。当今学者一般认为民间艺术展演文本的文化特征主要体现在两个方面:景观化的文化情态——去生活化,从特定族群的"生活样式"演化为供人观看和欣赏的景观、景象;娱乐化的审美品格——符号能指,娱乐化情绪和运作方式,混迹消费社会文化的逻辑节拍。从以下例子中可以进一步理解这种人文诠释。

(一)瑶族烧禾木习俗

广西兴安华江瑶族年饭后守岁时有烧禾木的习俗:要扛一根碗口粗细的圆禾木,塞在灶塘里烧火,把灶塘填得满满的,尽管烟雾大火苗不旺,也不得用斧头劈开,因为劈开禾木就是破坏"和睦",会影响家人外出办事和与外人和睦相处,和气生财,所以禾木只能完整地烧,不能劈烂。禾木是神圣之物,在燃烧时尽管很长,塞在灶塘中,还会有三四尺伸在灶塘外使人走路不方便。但任何人不得从禾木上跨过去。

禾木作为一个普通树种,包括樟树、杜英、含笑、水杉等,本身并没有什么特别之处。种种灵性都是人们赋予它的。而其与"和睦"的谐音是纯粹的汉语言，即主流文化因子的衍射。

（二）春社日敬奉社王、吃社肉习俗

广西各民族都有春社活动的习俗，而以壮、侗、苗、瑶、彝、毛南等族最为隆重。比如，现在的广西首府南宁从东晋建制起便是边疆重镇，加之少数民族杂居，一些节日的习俗虽然有乡村和城镇、壮族和汉族之分，但是在相异之中又有相同之处。

社日是华夏主体民族春季祭祀土地神的日子，一年两次，春天举行时叫"春社"，秋天举行时叫"秋社"。古无定日，先秦、汉、魏、晋各代择日不同。唐代张籍《吴楚歌词》："庭前春鸟啄林声，红夹罗襦缝未成。今朝社日停针线，起向朱樱树下行。"唐代王驾《社日》："桑柘影斜春社散，家家扶得醉人归。"可见唐代春社祭祀活动已经在民间普及了。自宋代起，以立春后第五个戊日为社日。然此后又有官社、民社之分。民社为二月二日，俗称"土地公公生日"；官社日期不变，其祭祀为国家祀典，在社稷坛举行。古代春社日时，官府及民间皆祭社神祈求丰年，有饮酒、分肉、赛会、妇女停针线之俗。宋元以来，著名诗人歌咏春社的名篇大量涌现，如陆游的《社肉》《春社》《春社有感》，辛弃疾的《清平乐·检校山园书所见》），方太古的《社日出游》，等等。更为有趣的是，中原民间素来有"二月二，龙抬头"的说法，广西很多地方又将春社节称为春龙节。

（三）放飞百鸟

毛南族有正月十五"放鸟飞"的节俗。传说毛南山乡有位老法师，他有个心灵手巧秀美出众的独生女儿，擅长以竹篾和菖蒲叶编百鸟，人称"小鸟姑娘"。她与一小伙子相恋，准备大年初一完婚。老法师想考验一下未来女婿的本领，让他在除夕天黑前把山上土地都撒上种子。小伙子一着急，本该撒谷种却错撒了糯稻种。老法师令其把种子全部捡回来，省得糟蹋了。这下可难住了小伙子，小鸟姑娘见此情景，让未婚夫回家把他们两人过去编的百鸟都用箩筐装来。姑娘对着编的百鸟吹了口气，又对小伙子说了几句悄悄话。小伙子把百鸟带到山上，这些鸟很快便飞出去捡回了所有的糯稻种。小伙子在天黑前重新撒上了谷种。老法师一看高兴了，说："过年让我们父女俩好好团圆团圆。正月十五再送女儿去你家成亲。"从此，便有了"放鸟飞"的节俗。

二、对个体生命质量的关注

第一，婚恋方面。康熙年间，陆次云在《峒溪纤志》中曾经描述过苗族"赶边边场"的盛况，其开放程度简直让人咋舌。

苗人之婚礼曰"跳月"。跳月者及春月而跳舞求偶也……而妍与媸杂然于其中矣。……是时也，有男近女，而女去之者；有女近男，而男去之者；有数女争近一男，而男不知所择者；有数男竞近一女，而女不知所避者；有相近复相舍，相舍仍相盼者。目许心成……于是妍者负妍者，媸者负媸者，媸与媸不为人负，不得已而后相负者，媸复见媸，终无所负，涕洟以归，羞愧于得负者。彼负而去者，渡涧越溪，选幽而合，解锦带而互系焉，相携以还于跳月之所，各随父母以返。而后议聘，聘以牛，牛必双；以羊，羊必偶。先野合而后俪比，循蜚氏之风钦，呜乎苗矣！

稍后是乾隆年间的赵翼，他在《檐曝杂记》中进行了更为详尽的记载。

粤西土民……男女之事，不甚有别。每春月趁墟唱歌，男女各坐一边，其歌皆男女相悦之词。其不合者，亦有歌拒之，如"你爱我、我不爱你"之类。若两相悦，则歌毕辄携手就酒棚，并坐而饮，彼此各赠物以定情，定期相会。甚有酒后即潜入山洞中相昵者。其视野田草露之事，不过如内地人看戏赌钱之类，非异事也。当墟场唱歌时，诸妇女杂坐，凡游客素不相识者，皆可与之嘲弄，甚有相偎亦所不禁。并有夫妻同坐墟场，夫见其妻为人所调笑，不嗔而喜者，谓妻美能使人悦也；否则，或归而相诟焉。凡男女私相结，谓之"拜同年"，又谓之"做后生"，多在未嫁娶以前，谓嫁娶生子，则须作苦成家，不复为此游戏。是以其俗成婚虽早，然初婚时夫妻例不同宿。婚夕，其女即拜一邻媪为干娘与之同寝。三日内，为翁姑挑水数担，即归母家。其后虽亦时至夫家，仍不同寝，恐生子则不能做后生也。大抵廿四五岁以前，皆系做后生之时。女既出拜男同年，男亦出拜女同年。至廿四五以后，则嬉游之性已退，愿成家室，于是夫妻始同处。

通过上述描述，我们对广西早期少数民族婚恋习俗中对个体生命质量的关注有了一个整体的了解。

第二，长寿方面，广西毛南人若年过六旬后身体虚弱多病，民间便称之为"倒马"。"倒马"就要找算命先生择吉日"扶马"，俗称"添粮补寿"。好比一匹马，疲病时要添加草料补元气。毛南人认为体弱多病吃了"百家米"就会早日恢复健康，延年益寿。仪式上唱《六马歌》和《十二月添粮添禄》等歌，并把箩筐里的米按照惯常仪俗保存起来，供老人"补寿"食用。

第三节 广西民间文学礼文化的体现

作为"礼仪之邦"，礼文化自然是华夏民族的主流文化。而广西这样的多民族聚居地难免有很多礼数不合乎礼文化的习俗。广西在礼文化方面获得巨大进步的标志性事件是广西出了个儒学巨擘——贾谊学派嫡系传人苍梧（今广西梧州）陈钦。根据《汉书·儒林传》的记载，可以勾勒出贾谊一派《春秋左氏传》师承脉络：贾谊—贯公—贯长卿—张禹—胡常—贾护—陈钦—王莽。

陈钦自幼即受到良好教育，博览群书，才华出众，熟习《易经》《尚书》《诗经》《春秋》《礼记》。建始年间（公元前32—29年），陈钦到京都西安跟古文学家贾护学习《左氏春秋》。他不墨守成规，有创见而独成一家，著有《陈氏春秋》，被公认为左氏的传人，当时的学术界就有"左氏远在苍梧"之说。西汉成帝刘骜时，陈钦被交州刺史荐举，到京城长安后被任命为"五经博士"，封奉德侯，与当时另一大学问家刘歆齐名。不久，又被举荐为教育刘汉皇家子弟及族戚和掌管朝廷君臣祭祀宗庙礼仪的太常官员。陈钦是西汉古文经《春秋学》和《左氏春秋》主要的经师，他教授过两位皇帝：他把所著的《陈氏春秋》（已佚）传授给王莽（后篡汉），是王莽的直接经师；又是汉平帝的经师之一。以陈钦、刘歆为代表的古文经学派曾经为是否确立《左传》等"故旧书"的官学地位、设《左传》博士，与今文经学派进行了一场学术大论争。时为大司马的王莽也助了一臂之力，陈钦代表的古文经学派在争论中最终赢得了胜利。《左氏春秋》最终被列为官学，并设立博士，影响十分深远。陈钦作为古文经学的旗手而受到学术界的景仰，他所著的《陈氏春秋》被视为古文经学的经典。

东汉时期，又出现了一个对广西文化建设起到了重要作用的儒将——马援。之后魏晋五胡乱华，逼迫汉人流浪南方，促进了中原主流文化向岭南的传播和流布。到了唐代，除了因迁徙流入的北方人口，流放人员的大量增加也加剧了岭南人口构成成分的改变，其中不乏金枝玉叶的宗室诸王、曾经权倾朝野的皇亲国戚，特别是文化素质极高的朝廷重臣和熟悉下层民情、谙熟主流文化的一般官员，这些流放人员影响了岭南士农工商各个社会层面。在广西做官的文化名人中，名气较大的有唐代文学家、曾官至宰相的张说，唐代大文豪柳宗元，宋代岳飞之子岳霖等。据记载，柳宗元（柳州刺史）、韦丹（容州刺史）、李复（容州刺史）等人均有解放奴婢的政治举措。在官府干预下，广西由奴隶社会进入封建社会，从此礼文化盛行。经过唐宋两代的经营训导，到了元代，左右江河谷等经济发达地区已经有官方认可的、数量可观的所谓"性略驯"的"熟僮"出现了。这种高品位的礼文化传布直接促成了广西少数民族文人作家队伍的形成。以壮族为例，壮族文人文学始于唐代，明清、近代时期有了发展，现当代则是壮族文人文学的大发展时期。近代以前，壮族文人作品大多是诗歌、散文，论文较少。由于历史的诸种原因，近代以前的文学作品保留下来的不多。据统计，明代后，保存至今的诗歌只有 2 万多首，其他文学作品、著作仅有 30 多种。如今，由于壮族中受汉族文化教育的人越来越多，文学创作也更加繁荣，各种文学体裁均有较多的代表作。

礼文化对广西民间的影响也比较大，下面以广西回族的情况为例论述。回族吸纳华夏主体文化的过程被某些回族精英称为"华化"，一般被认为肇始于唐代。而"华化"程度的加深则是随着元代大量回民跟随蒙古贵族流入中原政权做官开始的。作为纯文化现象，回族精英在翻译著述伊斯兰教经籍时采用"以儒诠经"方法，注意吸收和改造儒家传统文化中的资料，用于阐释伊斯兰教的内涵。其中明末清初回族学人王岱舆在《正教真诠》《清真大学》《希真正答》等著作中，更是将我国宋元理学与伊斯兰教义哲学相互渗透、融合，成为以儒家文化诠释伊斯兰经典的例子。《正教真诠》是一本正宗的伊斯兰教教义，但被同时代及其后代学者推举为"上穷造化之玄机，中阐人极之妙旨，下究物理之同异"，直接和《易经》渲染的大易文化接轨。

回族学者赵灿年轻时本无心穆斯林教义，专心研读儒家典籍，欲通过科举道路光宗耀祖，其所著《增补经堂八咏·小引》说："然素对青缃，每亲黄卷，虽知家传自有教门，亦知吾教之有真主，其赞诵斋拜之恩赐刑罚，则泰然不知，亦不问也……得岱舆王先生《真诠》一集，始知吾教名为清真。"赵灿科举失利之后才决意科考，受《正教真诠》影响投身伊斯兰文化研究，从而成为穆斯林"鸿儒"，扬名后世。[1] 这种转换在这里显得如此自然是因为主流文化经典和中国式伊斯兰教义的精义在此并存，所以这本书能够在浸染华夏主流文化的中国回族民间广为流布。

---

① 　杨晓春.论明清回族学人对王岱舆《正教真诠》的认识与评价 [J].贵州民族研究，2007(2)：151－158.

这种普及也是有据可查的社会现象。比如，备受学者关注的《傅氏宗谱》就饱含华夏主流文化的因子："族中尊卑长幼各宜安分，尊长不可凌辱卑幼，卑幼不得忤逆尊长。"《翁氏宗谱》也是这样："吾族自祖宗以来，皆以孝悌忠信、勤俭勤读、公平正直传家。夫孝以事亲，悌以敬长，忠以报国，信以交友。"

第四节　广西民间文学生态观的体现

广西是一个多民族聚居的自治区，各民族在长期的杂居中相互交融，共同孕育了绚丽多姿的民族文化，丰富了中华民族的文化宝库。由于少数民族大都只有语言而没有本民族的文字，他们对本民族文化的记忆与追述只能依靠口耳相传的口头文学，即民间文学，这些文学是研究少数民族文化的"活化石"。广西的民间文学蕴含着丰富的民族文化因子，体现了各民族朴素而深刻的生态知识、生态智慧和生态伦理，极富生态文化内涵。

一、广西民间文学的生态自然观

广西民间文学中的生态文化最为直观的表现就是民间文学中蕴含着朴素的生态自然观，生态自然观是生态文化的核心要素之一。生态自然观认为生态系统是一个共同体，人与自然是这个共同体的平等公民，人类应该尊重自然、爱护自然，人与自然相互依存、相克相生，最终达到和谐统一，成为一个均衡发展、和谐共处的有机整体。生态自然观反映了一个民族对人与自然关系的根本认知，是自然观发展的高级阶段。一些少数民族由于多居住在自然条件相对恶劣的山区，生产力极不发达，只有依附于自然才能生存，因而与其他经济较发达的民族相比，与自然的关系更为密切。他们在长期与自然打交道的过程中，既依赖自然、利用自然，又不断地努力与强大的自然抗争，形成了极具智慧的自然观。尽管这些民族的自然观尚未达到现代自然观的高度，但其中包含的敬畏自然、亲近自然、人与自然和谐共处等观念是与生态自然观的根本思想相一致的，是一种朴素的生态自然观。这种朴素的生态自然观通过这些民族的民间文学得以生动传达。

神话是原始先民集体创作的幻想性故事，是最古老的口头创作之一。正如马克思所说："任何神话都是用想象和借助想象以征服自然力、支配自然力，把自然力形象化。"① 神话创作于人类童年时代，在生产力极其低下的原始社会，严冬酷暑、洪水猛兽等变化莫测的自然界不但使先民的生产生活受到了极大的影响，而且还威胁着他们的生存。面对不测的自然界，先民产生了探索自然的奥秘和控制自然的迫切愿望，当自身条件不足、无法认识这些自然现象时，只能借助想象和幻想这种虚拟的神话来表达人类童年对未来生活的美好愿景，因而创造了大量极富想象力的神话作品。立足于高度关注生态文明的新时代背景，人们从生态的视角去审视神话作品可知：人与人、人与自然万物之间既和谐共处，又相克相生，表现的是一种可贵的朴素生态自然观，侧面反映出原始先民极具生态智慧的特点。广西各民族的诸多神话作品中也有着显著的生态意蕴。

（一）人与自然同源共祖

老子在《道德经》中说："道生一，一生二，二生三，三生万物。万物负阴而抱阳，冲气以为和。"这里讲的"道"是一团气，阴阳交汇而成万物。老子宇宙观的实质是以"存在论"为根据的宇宙万物创生论，这一观点对当下人类重新认识"人与自然"间的正确关系具有重大的意义。广西现今流传的民族神话中，有关人与万物的诞育的观念与老子上述观点不谋而合，尤以壮族创世神话较典型，如《姆洛甲出世》中讲："古时候天地还没有分家，空中旋转着一团大气，越转越急，越转越快，转成了一个蛋的样子。这个蛋有三个蛋黄，由一个拱屎虫推动它旋转。有一个螟蛉子爬到上面钻洞，这个蛋就爆开了，分为三片。一片飞到上边成了天空，一片飞到下边成了水，留在中间的一片就成了我们中界的大地。中界的大地上天天风吹雨打，长出了许多草，开出了一朵花，这朵花里长出了一个女人来，这个女人就是人的老祖宗——姆洛甲。螟蛉子飞上天去造天，拱屎虫留在地上造地。拱屎虫勤快，造的地很宽，螟蛉子很懒，造的地很窄，天盖不严地，姆洛甲就把大地一把抓起，把地皮扯得鼓起来，鼓起来的地方成为高地，凹下去的地方成为深沟峡谷，水往低处流就有了江河湖海。姆洛甲觉得冷清，就照着自己的样子用湿土捏了很多的泥人，经过四十九天，泥人活起来了。为了使中界更热闹，姆洛甲又将泥到处撒，天空中就出现了飞鸟，地上出现了走兽……"② 类似的开天辟地造万物的神话还有壮族的《布洛陀》、瑶族的《密洛陀》等。姆洛甲（布

---

① 戴庭勇.试论原始神话时空观[J].西藏民族学院学报（社会科学版），1993(1)：49-55.

② 中国民间文学集成全国编辑委员会，中国民间文学集成·广西卷编委会.中国民间故事集成·广西卷[M].北京：中国 ISBN 中心，2001：3.

洛陀、密洛陀）被认为是本民族先民的始祖，但姆洛甲诞生于花中（自然物），且姆洛甲诞生前"气"（宇宙）就已经存在，即人是自然之子，人与自然是生态共同体，双方同源同宗，宇宙在人类诞生前就已存在。在原始先民看来，人不是万物的灵长，远始先民也不存在"人类中心主义"的思想倾向，而是把人类与自然紧密联系在一起，这体现的是一种"天人一体"的朴素生态自然观。

在广西各民族的神话中，还广泛流传着洪水灾难后，躲藏在冬瓜或葫芦里的兄妹（娘侄、兄弟）繁衍人类的"人类起源"神话。《兄妹再造人类》的神话："大地被水淹没了，兄妹俩钻进葫芦里躲雨，等到洪水退去后，发现大地上的人类都被淹死了，只剩下兄妹俩。为繁衍人类，他们分别认柏树和梅树为父母，然后结了婚，生下了一个红光四射的血球，不成人样，后来在老天爷的帮助下，一阵大风将血球吹破，血水四溅，所溅之处都变成了孩子……"① 这里的"葫芦"是人类的大恩人，"兄妹认柏树和梅树为父母后才成了婚"等情节既有壮族先民植物图腾崇拜的印记，又体现了人是自然之子、人与自然有着血缘亲密关系的朴素生态自然观。

因此，在先民看来，人与自然万物是一个共同体，日月星辰、飞禽走兽、江水河流、花草树木等的存在都是有生命的，它们既没有高低贵贱之分，又不存在"人类是万物的尺度"的观念，反之，他们认为世间万物皆来自同一创世者，系同根同源。神话中"人类源出自然""人与自然同根共祖""冬瓜或葫芦帮助人类"的观点展现了先民以谦卑的姿态对待自然的朴素生态自然观。这与生态学中"自然界没有尊卑等级差别"的生态观是相符的。

（二）人与自然相克相生

大自然是一把双刃剑，有利生的一面，偶尔也有恶生的一面，如洪水、天旱、猛兽毒蛇、狂风暴雨等不利于人类生产生活的现象。对大自然这股阻碍人类生存和发展的力量，人类也积极地发挥了人的主观能动性，勇敢地与大自然进行了抗争。这种勇敢地征服和改造自然界中恶性因子、维系生态系统的平衡、促进人与自然的和谐发展的行为的本质也是生态自然观的重要内容。在广西的民间文学中流传的诸多"征服自然类"神话作品中皆隐约地蕴含着这样的生态自然观。比如，壮族《捅太阳》："古时候，天上有十二个太阳，并且很矮很矮。十二个太阳同时照着大地，草木枯萎了，地皮干裂了，石壁冒烟了，人们更是难受。一天，一个寡妇把孩子从背带里解下来时发现孩子已被晒熟了，寡妇放声痛哭……

---

① 陈金文，陈丽琴，陆晓芹，等．壮族民间文学概要[M]．北京：民族出版社，2016：18.

拿起竹篙把天上的太阳一个个捅落到了海里，捅到第十二个时，她想，要是全部捅完，地上就没有光亮了。于是她就把最后一个太阳顶上了高高的天空……"①类似"射日""捅日"的故事还有壮族的《特康射日》、瑶族的《尼勒射九日》以及侗族的《姜良射日》等。作品中"被打下的太阳"象征着自然界中恶性的因子，"寡妇"代表着与有害于人类的大自然抗争的原始人类英雄。在原始农业生产水平低下及人们的认识水平有限的条件下，加之自然灾害频发，当人类无法征服和解释突如其来的自然灾害时，就只能通过这些幻想和想象的方式编织神话，以表达他们支配自然、征服自然的美好愿望。神话中人与自然的这些"斗争"不是所谓的"人类中心主义"思想，而是充分发挥人的主观能动性，谋求与大自然和谐相处的积极表现，也是一种极具智慧的朴素生态自然观。

　　总之，广西各民族对如何处理人与自然关系的问题，有自己独特的生态自然观，这种自然观不是建立在"科学"的、"现代"的生态学的基础上的，而是建立在一种独特的生态智慧的基础上，和具有本土性和民族性的生态知识的基础上的。这种知识体系总是直接或间接地与该民族所处的自然与生态环境相关联，担负着引导该民族成员生态行为的重任，使他们在正确利用自然与生物资源的同时，能够维护所处生态系统的安全。这种独具智慧的本土生态观以形象直观的方式反映在民间文学里。

二、广西民间文学的生态伦理观

　　生态伦理属于生态文化的精神层次，是生态文化在道德伦理层面的表现。全球性的生态危机和频发的生态灾难使人们意识到生态问题关乎人类的前途和命运，严酷的生态现实要求人类道德进化，生态伦理学应运而生。生态伦理学是"关于人们对待地球上的动物、植物、微生物、生态系统和自然界的其他事物的行为的道德研究。它的主要特点是把道德对象的范围从人与人关系的领域，扩展到人与自然关系的领域"的学说。西方的生态伦理学思想产生于20世纪初，代表作是阿尔贝特·施韦泽的《文化与伦理》。尽管现代的生态伦理学迟至20世纪上半叶才正式出现，但其思想来源却古已有之，源远流长。在西方哲学和中国古代哲学中可以探寻生态伦理学的思想来源，在广西少数民族文学中也孕育着宝贵的生态伦理思想的胚芽。

---

① 　陈金文，陈丽琴，陆晓芹，等．壮族民间文学概要 [M].北京：民族出版社，2016：30.

广西民间文学中有许多与动物有关的传说，这类作品表现了民族的习俗文化、生态思想、道德规范，反映了广西民众以一种尊重与平等的态度对待人类与动物，赋予了动物与人同样的道德行为和价值观，表明的是一种人与自然万物在孕育之初即为平等主体的"存在者"的观点，是一种朴素的生态伦理观。

（一）人与动物亲密友善

生态伦理学的创始人之一阿尔贝特·施韦泽说过："敬畏生命决不允许个人放弃对世界的关怀，敬畏生命始终促使个人同其周围的所有生命交往，并感受到对他们负有责任。"[①] 人们对动物的敬畏之心自然会影响到他们对待动物的态度，这种"敬畏"的态度对生态的保护是有积极意义的。从广西少数民族诸多以"动物报恩与关爱动物"为主题的故事中可窥视人与动物之间亲密友善、相互依存、和谐共处的友好关系。壮族的《侬智高力射猴王箭》中讲到，侬智高在大明山上从大蛇嘴里救了一只老猴，老猴为报恩送给侬智高三枝猴王箭，侬智高在试射箭时无意将箭射到了皇宫，皇帝大怒，派兵南下抓侬智高，双方对峙时，猴王派群猴帮助侬智高……[②]《孔雀帽的来历》中也讲到，传说孔雀非常美丽、温顺，又不偷吃粮食，人人都喜欢它，从不伤害它。有个长得像孔雀一样漂亮的媳妇叫勒依，她善良、勤劳，绣花也绣得非常好。有一天，她的女儿外出玩时被毒蛇咬昏了，倒在地上睡着了。勒依非常着急，四处寻找，找了一夜都未找到。第二天，当她到孔雀很多的山脚时，发现她的女儿狄媚正在开心地和孔雀玩。狄媚告诉勒依，她被毒蛇咬昏后是孔雀把毒蛇咬死了她才得救了，夜间孔雀还用它们的翅膀盖在她身上，为她保暖。勒依听后非常感动，向这群孔雀作揖、叩头。为感谢孔雀，勒依在帽子上、被子上、衣服上都绣上了孔雀……[③]"猴王报恩"和"孔雀救人"相关内容的动人传说勾勒出了一幅幅人与自然亲密友善、互助互惠、和谐相处的生态美图，人类赋予了动物道德伦理，反映了人类善待动物、尊重动物的思想，从这些故事中可以窥视到壮族先民们希望与自然万物和谐共处的美好生态愿景。这种生态思想在代际传承中自然会对民众在对待动物的态度上产生潜移默化的影响，对保护野生动物、维护生态平衡都有积极作用。

---

① 陈海宏，谭丽亚．怒族民间文学中的生态伦理意蕴 [J]．民族论坛，2016(5)：22-25．

② 中国民间文学集成全国编辑委员会，中国民间文学集成·广西卷编辑委员会．中国民间故事集成·广西卷 [M]．北京：中国 ISBN 中心，2001：102．

③ 陈金文．壮族民间文学概要 [M]．北京：民族出版社，2016：117．

（二）万物有灵、取用有度

英国人类学家爱德华·泰勒于 19 世纪提出了"万物有灵论"。[①]这种观念产生于人类社会早期，由于人类生产力落后，人们的认识水平低下，原始先民相信世间万物（包括动植物）都是有灵魂的，人们按照人的习性赋予了世间万物人的特征，即"万物有灵"，他们有思想、有灵魂、有道德伦理，而且人们认为他们的灵魂是神圣不可侵犯的。这种原始的信仰和崇拜虽为迷信，用现代生态文化观来衡量固然有消极落后的一面，但在生产力落后的情况下，这种思想对人们因物资极度匮乏而随意捕杀动物的行为能起到一定的震慑作用，有利于维护生态系统平衡。从这个方面来讲，还是有实用意义的。这种观念也存在于广西少数民族的习俗传说中，在千百年的传播中潜移默化地影响着民众的心理，如在壮族的节日习俗传说中，农历四月初八为"牛魂节"或"敬牛节"。相传壮民插完田之后，就要给牛招魂，叫"脱轭"。因为牛经过一春的犁田耙地，非常辛苦，且天天挨鞭打，牛的神魂都被吓跑了，所以要给牛吃好的，将牛的魂重新招回来。一般用糯米来炒猪网油，然后用枇杷叶包成团，将饭团塞到牛的喉咙里，并对牛唱脱轭歌："牛啊我的宝咧，牛啊我的财咯，四月八来了，脱轭节到了，我把你来敬，我把牛轭脱，让你喘口气，让你歇歇脚，吃口好料子，听我唱牛歌。"此外，还要到草木繁茂的山坡上放牛，让牛自由自在地吃一顿。壮族民众视牛为"宝"的善举是尊重动物、与动物同甘共苦、取用有度的生态和谐伦理观。这种人与动物和谐共处的观念在瑶族的《敬鸟节》传说中也表现得较明显。相传居住在大藤峡山区的山民年年种出的庄稼都被雀鸟吃得七零八落，为保护庄稼，瑶家人家家都备有一支火枪，见鸟就打或用网捉。有一次，赵大叔见一大群鸟在叽叽喳喳地叫，正准备开枪时，天空突降一只大彩鸟，这只鸟告诉群鸟说："孩子们，我们世世代代被农夫用枪打、用网捕，他们害死了我们多少子孙，等庄稼成熟后我们就去狠狠地吃一顿。"赵大叔听后正准备举枪打那只鸟，突然听到那只彩鸟说："今天是农历二月初二，是我的生日，我在天上摆下了许多好吃的东西招待你们，你们不要再去吃农夫家的作物了，如果吃了，再被打死了，我过生日也不得安宁啊。"说完，群鸟都跟着彩鸟飞上天了。于是赵大叔就放下了枪，并用竹篾做了个鸟神，将糍粑插到鸟嘴上，后来众鸟就再也不来吃农夫的庄稼了。从此，农历二月初二就成了瑶族的"敬鸟节"。传说中的"人"与"鸟"之间的斗争关系实质是

[①]　金乾伟，杨树喆．"牛魂节"：人与自然和谐共处的生态范式 [J]．湖南农业大学学报（社会科学版），2012(3)：53-57．

人类与自然之间的矛盾，在激烈斗争之后他们最终和谐共处了。这提醒了人们：人类只有与自然妥协与和解，懂得与自然和谐相处才能互利互惠。这就是人类的生存发展之道。

总之，广西民间文学中的生态伦理思想既体现了中国古代传统哲学的生态伦理观，又和现代西方的生态伦理学原则遥相呼应。中国传统哲学中儒家的"天人一体""仁民爱物"的生态伦理观也在这些文学中得到了体现。

三、广西民间文学的生态美学观

广西民间文学中的生态文化在美学层面表现为民间文学中蕴含着未经提炼的生态美。生态美学是生态学和美学相交叉而形成的学科，它产生于后现代语境下，"以崭新的生态世界观为指导，以探索人与自然的审美关系为出发点，涉及人与社会、人与宇宙以及人与自身等多重审美关系，最后落脚到改善人类当下的非美的存在状态，建立起一种符合生态规律的审美存在状态"[①]。生态美学反映了生态环境日益恶化、生态危机不断加剧的情况下人类对人与自然关系的重新审视与思考，以及对"诗意地栖居"的良好生态环境的期盼。生态美是生态美学的主要研究对象和追求目标，在审美范式上包括依生之美、竞生之美、共生之美等。生态美是自然、人、社会之间和谐相处共同发展的景象，是整个生态系统平衡与和谐的理想状态。广西民间文学中，壮族崇蛙文化事象中蕴含着"那"文化生态美学观，这种"那"文化事象蕴含着未受现代工具理性影响的人与自然和谐发展的生态美，现代的生态美学在这些民间文学中得到了遥远的共鸣。

"那"在壮语中为"田""峒"之意。壮族聚居地处于亚热带，春雨、夏热的气候条件有利于水稻植物的生长，壮族是一个古老的稻作农业民族，早在新石器时代，壮族的先民就已掌握了水稻的栽培和种植技术，是世界上较早人工栽培水稻的民族，在长期的农耕稻作中积淀了丰富的农业生产经验，且形成了以水稻田为核心及与之相关联的壮族人的土地文化形态，即"那"文化。壮族人深知祖先开荒种田的不易，因而他们对来之不易的田地非常眷念，也极为依赖。为表达这种土地情结，他们据"那"而作，凭"那"而居，赖"那"而食，靠"那"而穿……他们在与大自然的长期斗争与妥协中较好地维持了自然生态环境，促进了环境的良性循环，实现了人与自然的和谐发展，形成了一种在良好的自然生态环

---

① 杨蕾.反思与超越——试论生态平等原则[J].赤峰学院学报（自然科学版），2013，29(24)：251-252.

境下生产生活的"那文化"生态体系。"生态美学是从历史和逻辑发展相统一的辩证角度，论证了人类美学的生态发展史，依次经历了古代的依生之美、近代的竞生之美以及当代的共生之美，将整个人类美学的发展史看作一部生态美学的发展史，在不同的时代呈现出不同的面貌。"① 依生之美是指审美的主客体占据着本体、本源、主导的地位。从壮族崇蛙文化的起源及相关事象中不难看出，壮族先民的"春祈秋收"的祭蛙神活动皆与壮族的"那文化"有着紧密联系，表现出的是"人"这个主体对以"蛙"为代表的"大自然"这个客体的极度依赖，形成了依赖自然、敬畏自然、尊重自然的人与自然和谐发展的朴素的"那"文化依生之美的美学思想。

（一）壮族"蚂拐节"中的"那"文化生态美学观

壮族的蚂拐节、牛魂节、拜秧节、尝新节、糍粑节等节日文化几乎都与"那"文化密切相关，农耕文明已成了壮族整个民族文化的象征，这些活动仪式的开展促成了一系列壮族民众的图腾崇拜对象的产生，"蛙"就是壮族"蚂蜗节"中的祭拜对象（蚂拐，是壮族人民对青蛙的俗称）。蚂蜗节流行于广西东兰、巴马一带红水河流域，是壮族民间祭拜蛙神的一种古老习俗，每年农历正月至二月初期间举行，主要包括找蚂蜗、孝蚂蜗、葬蚂蜗等三个主要环节，期间也伴有一些唱歌活动。蚂蜗节的第一阶段是正月初一，男女老少成群到田间地头寻找冬眠的蚂拐，先找到蚂拐者最荣幸，就地鸣炮，以告雷神，并将找到的蚂拐放入用竹筒做的蚂拐棺内，再将蚂拐棺放入彩色纸轿抬回村中的蚂拐亭祭拜。蚂拐节的第二阶段是从月初到月尾给蚂拐守孝，白天由孩子们抬着蚂拐到村屯各家各户巡游，晚上亭外篝火通明，守孝人一边跳着铜鼓舞，一边唱着古老的蚂拐歌，"种下秧田禾茂盛，不长稗草不生虫，田峒稻谷金闪闪，坡上棉花似白云"等，以表达大家对新春风调雨顺、五谷丰登、六畜兴旺的愿望。蚂拐节的第三阶段是葬蚂拐。选择吉时后，人们将蚂拐送到去年葬蚂拐的地方安葬，下葬前，请长者将上一年葬的尸骨取出，验尸骨，观其颜色，如骨白则干旱，五谷歉收；如骨黑则年景不好；如骨黄则预示是好年景，于是全场鸣鞭炮，铜鼓齐鸣，然后，安葬新蚂拐。这个以祭拜民族崇拜对象为主题的节日是壮族民众的物质文化与精神文化结合的表现形态。

关于蚂拐节的来历，民间流传有两种传说。一是源于东林孝母的传说。从前

---

① 申扶民.走向整生之美的当代生态美学——从《生态视域中的比较美学》看当代美学发展的新趋向[J].南方文坛，2005(6)：59-61.

有一个叫东林的年轻人，他母亲死了，他非常伤心，而这时偏偏外面的蚂拐"呱呱呱"地叫个不停，让他非常心烦，他一气之下就用开水浇了蚂拐，蚂拐伤的伤，死的死，从此，听不到蚂拐叫了，日头红似火，天也不再下雨了，大地变得干裂。后来布洛陀和姆洛甲告诉东林要向蚂拐赔罪，请蚂拐回来过年，还要请众人为蚂拐送葬，东林按他们说的做了。此后，人间又得到了蚂拐神的保佑，风调雨顺了。二是传说蚂拐是雷王之女，是雷王派到人间的使者，它一叫，人间就降雨，人们非常感激它，蚂拐死后人们像对待亲人一样为它吊孝。从"传说"引申到"蚂拐节"的祭蛙神仪式活动，留下的是壮族先民蛙崇拜的痕迹，他们视蛙为本民族的精神支柱。他们在漫长的农耕稻作中对大自然的规律已有了一定的认识，并且已经意识到了"蚂拐叫"与"天下雨"及"稻作"有着密切的联系，如"听不到蚂拐叫了，地就干旱了""蚂拐一叫，人间就降雨""伤害了蚂拐，蚂拐就不叫了"等。这些本是蛙的习性，但在生产力落后以及人类对大自然的认识不足时，他们只能通过想象将蛙（自然物的代表）拟人化，并通过祭拜蛙、模仿蛙的形式来表达他们对蛙的敬畏及来年灾难消除、风调雨顺、五谷丰登的美好愿景。壮族先民对蛙的敬畏对保护大自然、维护生态系统的平衡是有积极作用的，同时也表明他们高度依附于大自然，表现出了壮族先民对大自然的那种朴素的依生型生态美学意识，这种生态审美意识通过蚂拐节中的祭拜、歌唱以及蛙舞等活动形式呈现出来，形成了一种民族生态传统来约束民众尊重生命、敬畏自然，是典型的和谐生态美学观。

（二）壮族"花山崖壁画"中的"那"文化生态美学观

左江崖壁画是指分布在桂西左江及其支流明江流域的凭祥、宁明、大新、龙州、崇左、天等、扶绥等七个县的崖壁画，至今已在84个地点发现了183处，由287组画组成。其中以宁明江边的花山崖碧画最为著名，其画幅最大，分布集中，延绵数十里，画面里有图像1800多个，最高的崖碧画临江面约有100多米，最低的临江面也有约15米。因此，人们把以之为代表的左江流域各县的崖壁画统称为花山崖壁画。广西左江花山崖壁画已于2016年被列入了世界遗产名录。岩画的人物有正身的，也有侧身的，一律双臂弯肘上举，双腿半蹲成弓马式，形如青蛙，有的敲铜鼓，有的做跳跃状狂舞，仿佛一幅盛大的集体祭祀活动场景，如图6-1所示。

图 6-1　广西左江花山崖壁画

　　花山崖壁画地处左江流域较偏僻之处，交通闭塞，原无人知晓，直至宋代方为人所知。最早的记载是宋代李石在《续博物志》中记载："二广深溪石壁上有鬼影，如澹墨画。船人行，以为其祖考，祭之不敢慢。"据推测，多数画作于春秋战国时期，少数作于西汉。作画者可能为骆越民族人。《汉书·地理志》注引臣瓒曰："自交趾至会稽七八千里，百越杂处，各有种姓。"虽然百越族群多，但左江流域是百越民族中的一个重要分支——骆越民族聚居之地，骆越人是今天壮族、侗族、黎族等少数民族的祖先，他们有着共同的文化，蛙崇拜即为壮族先民的文化。左江崖崖壁极为陡峭，在生产条件极其低下的情况下，骆越先民为什么在几百年的时间里前赴后继地坚持在左江崖壁上作画呢？对此，因年代久远，又无相关文献记载，暂无考证。据推测，这可能与壮族的稻作文化及先民的蛙神崇拜有关。壮族是一个古老的稻作农业民族，壮族先民既依赖左江之水灌溉稻田，又害怕左江的洪涝灾害。史书对左江有相关描述："汹涌异常，奔波可怕，睹浩渺以心愁……欲离苦海，有翼难飞；思上青天，无棹可驾，三朝暴雨，祸即遍于州圩，两夜狂澜，势欲乎台榭。"面对既爱又怕的左江，当人们无法从科学的角度去解释这一自然现象时，自然就想到了他们的民族守护神——蛙神。如前所述，传说蛙是雷王派来人间的使者，有呼风唤雨的法力，而铜鼓则是蛙通天的法器。壮族先民想通过在崖壁上创作巨幅祭蛙仪式活动场景画来镇妖降魔，表达他们祈求蛙神消灾降福、民族兴旺、风调雨顺、庄稼丰收等美好愿望。因此，花山崖壁画（见图 6-2）也就成了壮族民族的镇族之宝。

图 6-2　广西花山崖壁画

　　在人类社会早期，人类认识自然和改造自然的能力极其有限，因而萌生了自然崇拜，人类所崇拜的神往往与人类的生活有着密切的联系。花山崖壁画上蛙神的出现反映了壮族先民在农耕稻作实践中与大自然之间的抗争，从中可知，壮族先民已在朦胧中意识到蛙在农业经济生产中的重要地位。他们将崇拜的蛙神以画的形式置于对他们的农业生产起着决定作用的左江边的悬崖上，以求得到神灵的护佑。画中的蛙形人、蛙舞等形象反映出壮族先民以"人与蛙（自然）"融为一体为美的审美观，表现出了审美客体的主导性，审美主体（人类）依附、依从于审美客体（蛙）的"那"文化"依生之美"的美学观。

总之，在广西民间文学中，虽然没有形成现代生态美学那样系统深入的哲学体系，但其以自然朴素、群众喜闻乐见的方式表达了对生态美学的朴素认知，和现代的生态美学的基本思想不谋而合。他们在与大自然长期共存共荣的过程中形成了朴素的审美观念，即凡有利于生态系统之完整、稳定、均衡发展的，就是美的、对的；反之，则是不美的、错的。

四、广西民间文学的生态习俗观

习俗是在人际关系和人与自然关系中约定俗成的风习、礼俗等行为模式，习俗作为一种自发的社会秩序，一旦生成便像一种社会规则那样对成员的行为有一种强制性的约束作用。广西是一个多民族聚集的自治区，多民族的文化在漫长的交融中形成了多元化的民族习俗，这些习俗是生态文化产生和发展中不可或缺的重要元素。生态习俗观是人们在生产生活中了解动植物的某种特性后，利用他们的特性来维持生态系统平衡的习俗观，主要存在于农村。这些极富个性色彩的传统生态习俗蕴含着丰富的生态知识及广西先民在严酷的生产生活条件下繁衍生息并与自然和谐共处的朴素生态思想，有些生态民俗对现代农村的农业生产生活起到了潜移默化的作用。其中与他们的生产生活息息相关以及对他们影响较大的习俗是歌谣习俗。所谓"歌谣"是篇幅短小、以抒情为主的民间诗歌的总称。[①]歌谣包括"民歌"和"民谣"，有生活歌、农事歌、礼俗歌、情歌、儿歌、娱乐歌等。

（一）民谣传唱农业知识，蕴含生态智慧

中国有许多少数民族能歌善舞，有些民族因没有自己的文字，故有了"以歌代言"的习俗。广西的壮、侗、苗、瑶等民族尤为突出，这些民族中流传着"饭养身，歌养心"的说法，在以稻作为主的民族中，这些歌唱习俗不仅可以"养心"，还能传递生态知识，更有着生态可持续发展的重要意义。与之相关的以农事民谣流传较广，如苗族的《节令歌》唱道："青天来哪样？白天来哪样？灰天来哪样？来的是什么？青天要打霜，白天要下雪，灰天要枸凌？树上白花花，山顶挂凌垢……"[②]这首民谣就是苗族民众根据生活经验总结出来的气候变化歌，编成这种易记、易唱的歌谣后，不仅能将枯燥单调的气候知识变得情趣盎然，还能教育后人如何根据气候的变化安排农事生产。用歌叙述农业生产生活的民谣也较

---

① 刘守华，陈建宪.民间文学教程（第2版）[M].武汉：华中师范大学出版社，2009：204.

② 杨夏玲.盖赖苗族传统生态知识传承与保护研究[D].贵阳：贵州民族大学，2018：55.

多，如壮族的《时令歌》描述："正月雨水落连连，立春过后农忙天。二月惊蛰撒谷本，春分来到护秧田。三月清明插秧忙，谷雨赶播中造秧。四月小满雨不断，立夏耘田赶时光……"①壮族民众不但勤劳，而且善于总结和思考劳动生产的规律，以通俗易懂的歌谣形式准确而生动地将岭南各季节气候的变化与农业生产联系起来，完美地总结了一条顺应自然规律的农耕法则。此外，传授生态知识的谚语在广西少数民族中流传得也较广，如"山上无树，庄稼无路""绿了荒山头，泉水青青流"等，这些谚语是民众对管护山林的总结，他们以通俗易记的谚语形式教育人们要护林、爱林，保护生态环境，反映了民众对美好生态环境的向往，其中蕴含着可持续发展的生态习俗观。

（二）原生态的民歌赞美"诗意地栖居"的美好生活

"广西如今成歌海，都是三姐亲口传。""刘三姐"是壮族民众心中的"歌仙"，现在的"三姐"已成了壮族善唱者的代名词。广西壮族刘三姐故里的景象如图6-3、图6-4所示。

图6-3　广西壮族刘三姐故里·刘三姐歌台

---

① 梁庭望.壮族风俗志[M].北京：中央民族学院出版社，1987：111.

图 6-4　广西壮族刘三姐故里·歌女放歌

　　除壮族外，广西多个民族都有以"会唱歌、唱歌多"为荣的习俗，如侗、苗族等。南宁首届国际民歌艺术节的主题曲《大地飞歌》已红遍大江南北，歌中呈现的"踏平了山路唱山歌，撒开了渔网唱渔歌……牡丹开了唱花歌，荔枝红了唱甜歌，唱起那欢歌友谊长，长过了刘三姐门前那条河……"正是对广西这种多姿多彩的"歌海"生活的真实写照。三江县的"侗族大歌"、壮族的《刘三姐歌谣》均于 2006 年被列入中国第一批国家级非物质文化遗产名录。不同民族的歌都有着本民族的特色，但也有一个共同的特点：歌源自"大自然"，以传授知识、歌颂自然、赞美劳动、以歌传情等为主题，表现的是一种人与自然、人与人之间和谐的生态思想。比如，广西的"侗族大歌"主要流传于三江侗族自治县的洋溪、梅林、富禄等沿江一带的侗寨，歌者常在江边模拟高山流水和虫鸣鸟叫等自然之声，所用乐器也以树叶、竹子制作而成，"侗家爱唱歌，歌漫千山万条河，琵琶弹断穷苦树，木叶吹绿万重坡"。[1]这里所唱的是山、河、树、坡等自然景物，所用乐器也为自然物制作而成。许多歌名还以自然物为名，如《知了歌》《蝉歌》。此外，以唱情歌著称的壮族民众在男女对歌时同样也离不开"大自然"，如"路边杨柳绿，风吹柳枝动哥心，哥问这兜杨柳树，为何不给哥遮阴？"[2]以"杨柳"这个自然物比作心上人。侗、壮族歌中表现出的这种与大自然息息相关的审美观蕴含着他们对家乡及大自然的热爱及人与自然之间的和谐生态之美。

---

①　杨通山，蒙光朝，过伟，等 . 侗族民歌选 [M]. 上海：上海文艺出版社，1980：315.

②　潘其旭 . 壮族歌圩研究 [M]. 南宁：广西人民出版社，1991：199.

总之，广西民间文学中的歌谣习俗与他们的生活息息相关，是和自然关系最为密切的一种习俗之一，是广西各民族独有的文化特征。这些习俗中折射出的生态文化思想或理念可供现代社会在生态文明建设中借鉴。

本章小结

广西由于秀丽的自然生态、长期的农耕渔猎生活以及受到中原文化的深刻影响，其民间文学蕴含着丰富的民族文化因子，不仅体现了广西各民族朴素而深刻的生态知识、生态智慧和生态伦理，富于生态文化内涵，还体现了中华民族传统文化精神。本章论述了广西民间文学中忧患意识、厚生意识、礼文化等民族文化精神的具体体现，分析了广西民间文学生态观的相关内容。对广西民间文学民族精神及生态观的详细解读，对我们了解和认识南疆少数民族的历史、思维、文化等方面具有重要意义。

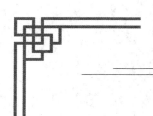

第七章　广西民间文学体现的文化心态及美学意境、哲学思想

第一节　广西民间文学体现的文化心态

历史上，由于统治阶级的奴役与压迫，广西各族人民尤其是少数民族人民生活在水深火热之中，为了求得自身的生存与发展，他们忍辱负重，但却不甘受欺凌，表现了一种坚强的民族性格和不屈不挠的心理。他们就是凭着这种心理战胜变幻莫测的大自然和尔虞我诈的黑暗社会，顽强地生存并将文明延续下来。这种民族心理很自然地会投射到本族人所创作的特别是广受欢迎的文学作品中去。

一、叛逆心理

叛逆心理在远古时代表现为人类对神灵的远离或背叛。随着私有制社会的出现，人们逐渐开始对长期剥削、迫害他们的种种不平行为进行抗争。从广西民间文学所反映的情况看，这种心理主要表现在对神灵、对皇帝、对土司（地主、山霸）以及对封建思想等方面的叛逆。

首先是对神灵的叛逆。原始时代，人们对各种各样千变万化的自然现象感到迷惑，不可理解，无法抗拒，以为那些伟大的自然现象都是由某种神灵支配着的，只有对之顶礼膜拜，虔诚顺从。后来随着社会的发展，人们对大自然逐渐有所了解，对那些神灵就不那么盲从了，而是敢于根据实际需要来安排自己的生活。这一点在壮族神话《布伯与雷王》中反映得很有意思，其中有雷王向人间收租，布伯略施小计，不让他计划得逞的故事。大意是天上的雷王到人间视察，受到热情款待。他想到自己在天上享受到的反而没有人间好，于是向布伯提出要收租：凡种出来的庄稼，第一年，要收上面的；第二年，要收下面的；第三年，上下全收。布伯自有办法对付：第一年种芋头，长在底下，雷王收不到租；第二年种稻谷，长在上头，雷王又收不到租；第三年种苞谷，长在中间，雷王更收不到租。雷王恼羞成怒，不给人间放水，且让太阳暴晒大地，在"布伯求雨雨不下，胡子散乱翘尾巴，河边水车散了架，可惜膝盖沾泥巴"的情况下，为了让干裂的土地有水，布伯腰插砍刀到天上找到了雷王。按壮族的神话世系，雷王应为布伯的父辈，有掌管天庭的权利，但布伯并不理会这一套，居然要造他的反。他代表的是民意，是"民意"反叛"天意"意识的觉醒。

其次是对皇帝的叛逆。皇帝是封建社会的最高统治者，经受着层层盘剥、生活在社会底层的广西各族人民终于醒悟，皇帝是带给他们种种苦难的"总头头"，不反掉这个总头头，苦日子还是少不了。于是他们也要造皇帝的反。著名的有宋代侬智高领导的壮族农民起义，明代广西大藤峡瑶民起义、韦朝威和韦银豹领导的壮族农民起义、八寨壮族和其他少数民族反抗明朝统治者的斗争、吴勉领导的侗族农民起义、清代姜应芳领导的侗族农民起义、张秀眉领导的苗族农民起义、洪秀全领导的金田起义、孙中山领导的镇南关起义等。这些起义和斗争都在不同程度上动摇了封建帝王的统治，当然也反映在了民间文学中。流行于壮族地区的《辛亥革命歌》就以浅显的语言反映了人民群众反对皇帝统治的这一场斗争。该歌前半部分记述了清王朝统治者自入关以来对中国各族人民昏庸腐败的黑暗统治和对外奴颜婢膝所造成的恶果，后半部分歌颂了孙中山等人领导的为推翻清王朝而进行的不屈不挠的斗争，矛头是直接指向皇帝的。

再次是对土司的叛逆。由于历史的原因，广西少数民族地区曾实行土司统治制度，土司在地方上是个土皇帝，对辖区土民有生杀予夺之权，盘剥奴役就不用说了。哪里有压迫，哪里就有反抗，各族群众对他们进行反叛也是理所当然的。流传于毛南族地区的《三娘与土地》便是百姓反土司奴役的一个传说，它的主要情节是清道光年间（1821—1850 年），龙口村毛南族姑娘谭三娘与壮族青年韦土地八月十五在花坳坐夜时，互送信物定了情。但到腊月二十六，三娘洗菜时被土司蒙官撞见，蒙官派人强下聘礼。三娘只好与土地逃走，蒙官便下令追寻。半年后，终于找到两人下落。蒙官派人到三娘与土地开荒的峒场里杀死土地，抢走三娘，并对三娘采取劝、逼手段，三娘提出先为土地办丧事，才能同蒙官办婚事，蒙官不得不照办。后来在洞房里，三娘灌醉蒙官并将他刺死，然后去拜哭夫坟，夫坟突然开裂，三娘跃入坟中殉夫。坟中冒起白雾，升上高空，变成紫云，上托着一对凤凰，那是土地和三娘的化身。这传说正是人民为摆脱土司统治而做出反叛土司行为的直接反映。

也有通过打官司来斗倒土司的，如壮族长歌《控告土官歌》便是一例。这首长歌叙述了这样的事：清光绪年间（1875—1908 年），都安县境内的都阳（今属大化县地）黄姓土司要起一座东楼，叫土民每人出500 贯钱，不然就要来做苦役。众人因不堪重负，联合起来与土司打官司。官司首先告到思恩府，官吏受了贿赂，原状被驳回，并说如不服可以去"游案"，于是又告到桂林、柳州，最后告到龙州，才打赢了这场官司。八年的斗争虽付出了许多代价，却取得了胜利。从此，土司再也不敢小看土民了。

在旧社会，穷人也能告赢官府，这是罕见的。这首长歌告诉人们，官府不但可以告，而且可以告赢，大大鼓舞了老百姓反对官府（包括土司）压迫的那种叛逆精神。

最后是对封建社会包办婚姻的叛逆。旧社会，广西各族人民，尤其是各族青年饱受封建婚姻桎梏。青年人反对封建婚姻的事常常发生。其中男女"私奔"的事也时有所闻。壮族民歌《不怕双刀架两颈》就是对这方面的体现。这种"私奔"当然是对封建婚姻的一种叛逆，是人们尤其是年轻人对自由、爱情的执着追求与向往。

有一些女子被强迫与毫无感情的人成亲，当然心不甘，情不愿，便千方百计地挣脱这封建枷锁。在壮族长歌《唱秀英》里，被刘财主抢来做他丑怪儿子媳妇的秀英在情郎黄三哥失踪、母亲惨死的情况下也没有屈服，而是把刘家闹得天翻地覆。即使面对至高无上、法力无边的王母娘娘，秀英也毫不惧色，沉着应战，最后拔下王母娘娘的头发，把这个世世代代统治着妇女的"老山熊婆"连同罪恶累累的刘财主全家烧成灰烬。由此可见，这种叛逆心理一旦化为行动，其力量是不可低估的。

婚姻上除了父母之命的因素，统治者的介入也是爱情不自由的一个原因。为了追求爱情上的自由，受害者在统治者的高压手段下，也表现得宁死不屈。例如，壮族传说《达汪》中就有这样的故事：壮族织锦能手达汪是个漂亮而聪明的姑娘，土司要娶她做小老婆，她不肯，土司发誓若娶不到她就把她害死，并硬说达汪偷吃了求雨时祭祀雷王的祭品，除非达汪嫁给他，否则就要将她剖腹示众。面对土司的淫威，达汪毫不畏惧地说："我达汪是没有罪的，不需要老爷赦免。老爷想要娶我，除非地上不长青草，天上不出太阳。要是地上还长青草，天上还出太阳，那就万万不能。我达汪清清白白，也是不怕死的，我愿意把我的肚肠剖开给众人看，让大家知道我的死是由于恶人的陷害。"这态度何等坚决。达汪的做法既是对土司强权的叛逆，又是对不自由婚姻的叛逆。各族青年对封建势力束缚、压迫下的种种不合理婚姻的反抗为数不少，民间文学自然反映了这种生活实际情况。

二、图强心理

过去，广西各族人民既要受到封建王朝的统治，又要受到土官、土司的欺凌。所受的苦难要比中原地区的人民深重得多。不管苦难深重到何种地步，他们总是迎难向前，积极进取。这在民间文学作品中大量地表现为民族的图强性，其中包括求生存、求平安、求进取等几个方面。

首先是求生存。旧时代，广西的一些少数民族或因逃赋欠税被官军围剿镇压，或为生活所迫不断迁移，一次次斗争，一次次失败，一次次地被迫离乡背井。种种艰难险阻没有使他们萎靡不振。为求得自身的生存与发展，他们表现出了一种积极的人生态度。且看瑶族《老人歌》是如何唱的：

开天辟地四边茅，

先有苗瑶后有朝。

穿了树皮和木叶，

吃了山果和草根。

经过几多苦中苦，

度过几多难上难。

天下谁人能比我，

日作夜息过平生。

"先有苗瑶后有朝"的语气多么豪迈。瑶族人民向来认为他们的始祖是盘古，天和地是盘古开辟的。因此，"先有苗瑶后有朝"，朝廷官府是后来才有的，朝廷官府虽有权势，但并没有什么了不起。广西各族人民正是凭着这种豁达的人生态度而求得生存并繁衍下来的。

其次是求平安。太多的不幸告诉人们，平安才是生存之本。人们也不会把对平安的祈望寄托于出现什么"平民天子"，在"平民天子"管制下，出现一片王道乐土；而是更多地在本民族或本区域范围之内提出一些处世之道，作为一种行为规范，从而获得生活上的局部平安。流传于上思县的壮族《处世歌》便是教人们如何看待事情、如何友好地生活而求得平安的篇章：

富贵不是钉铜板，

人生在世多风浪。

讲话莫要讲太绝，

谁知将来无祸殃？

莫笑别人是傻瓜，

谁知儿孙将何样？

有吃六十还有变，

哪个铁链锁田庄？
哪个把得家常稳，
哪个常把富翁当？
常见富人变穷鬼，
深潭大井也能干。

人世纷纷不好当，
不怕横祸也怕遇魔王。
人生在世乖难尽，
清水也要嚼过再下肠。
哪一句不是要相问，
有斟有酌多商量。
高声低声莫乱讲，
一手一脚莫要乱争强。
以力服人人不服，
以理服人得久长。
出事皆为肝火起，
心性不改遭祸殃。

兄弟之间为手足，
"和睦"二字记心上。
纵然话语有高低，
绝情的话莫开腔。
树木相依长得高，
兄弟相依天塌也能挡。
言语过后如过一场雨，
莫要硬吞竹签下肚肠。
莫要相近变相远，
莫要小事纠缠起纷争。
记仇记恨难了结，
互相体谅得久长。

此外，汉族的《为人处世歌》、侗族的《莫狂妄作恶》、仫佬族的《巴望世人把心修》、回族的《二十二无益歌》都属于为求平安而劝谕人们的歌。

最后是求进取。一个人活在世上，若没有一定的进取心，那么这个人便会如行尸走肉般，无甚作为了。同样，一个民族若失去了进取心，这个民族也将是一个没有希望的民族，而且将逐渐被历史所淘汰。广西各民族人民能在艰难困苦中走过来并取得发展，靠的就是这样一种进取心。流传于汉族地区的《志气歌》便是这种进取心的一种表现：

人生志气与天高，
莫要气短随浪涛，
胆大可锯龙头角，
心雄敢拔虎须毛。
登天可揽云中月，
落海可擒水底鳌，
春汛报喜江水绿，
脱下青袍换红袍。

一个有强大活力的民族不但会着眼于自己的现实，而且会思考自己的未来。如果当下没有文化，没有知识，那么民族的未来就是一个严重的问题，甚至可能会被灭绝。这种忧患感实际上也是民族进取心的另一种表现方式，它使得各族人民主动冲破封闭状态，加强学习，以促进自身的发展。《学岩》反映的是毛南族人民民族意识的萌醒，其大意是毛南百姓中有人偷偷读书考中秀才，秀才在家中开馆教书，土司送给县官一担银子，要县官找个借口不许秀才教书。老百姓让秀才躲在岩洞里办学。土司又贿赂县官，让他找借口捉拿秀才，秀才和学生们非常不服气。这个故事反映了毛南人民汲取汉族文化、重视本民族教育的奋斗过程。对文化的追求正好说明了他们已觉察到了没有文化的危机。只有有了这种忧患感，各民族人民才能以积极进取的心态去正视现实，展望未来，创造未来。

三、团结心理

长期的社会生活实践使广西各族人民更加体会到，一个民族要生存发展，必须内部团结，只有团结在一起，才能形成强大的力量。与此同时，也必须与周边民族团结，形成一个安定的、良好的社会环境，只有这样，各族之间才能相互学习、共同繁荣，才能为社会发展、建设广西做出应有的贡献。这些反映在民间文学作品中就是本民族内部团结以及和其他兄弟民族的团结。

首先是本民族内部的团结。广西各民族都很注意本民族内部的安定团结，他们有许多办法来与那些影响到内部安定团结的现象作斗争，常常把有关维护生产、治安与保障社会秩序的原则订成条规，让大家共同遵守。壮族的"都老制"、瑶族的"石牌制"和"油锅"组织、苗族的"寨老制"及"埋岩会议"、侗族的"侗款"、仫佬族的"冬"组织、毛南族的"隆款"及"议事会"等都是各民族在历史发展过程中形成的传统社会组织，对团结本族、发展本族都起到了积极的作用，因而在广西，在民族聚居区，社会秩序都比较好。

族人只有对民族内部团结足够关注，才有可能为民族的利益而献身，如壮族民间故事《逃军粮》反映的正是这一道理。传说宋朝时，被征调带领部队武装前往桂西北参加镇压苗民起义的民众，因不满朝廷官兵的暴行而起义，后来被朝廷兵马包围而断粮。少女蓝莎英看到正在哺乳期的嫂子挤奶给伤员吃，也跑到山石后面挤奶。但她还是姑娘，乳房挤出的是鲜血，鲜血洒落在荒坡上，荒坡马上长出一丛丛结满紫红色小果的矮树，吃起来像蜜一样甜。这些果实救活了伤员。为解救被困在山上的一万多人，她干脆割下自己的乳头，两手捧着四处奔跑，让鲜血洒遍荒坡，长出救命的果实，后终因出血过多而牺牲。莎英以自己的鲜血和生命挽救了全部族人。

其次是同其他兄弟民族的团结。广西各民族基本是杂居杂处，生活上，已经长期形成有灾相助、有难相帮的习惯，几个民族共同垦山种植、共同抗租抗粮的事例时有发生。在许多方面，他们早已打破民族的隔阂，只要知道别的民族兄弟需要帮助，就会仗义出力。壮族《马骨胡之歌》讲述的便是人们团结一致共渡难关的故事，改编自汉族青年何文秀的故事，大致如下：何文秀是明代嘉靖年间（1522—1566），广西两江地区南浦一带的一位壮族青年。他父亲何君达在朝廷主管军械。当时，朝廷的宰相陈连因何君达是壮族"蛮种"出身而常怀敌意，暗中指使亲信张堂火烧军械库，嫁祸何君达，将他先斩后奏，奉旨抄家灭九族。何文秀因父亲久无音讯，受母亲嘱托前去京城探望，途中被那奸相的爪牙逮捕入狱。汉族州官李明透与何君达是同年好友，为人正直，早就跟陈连不和，被贬来广西做官。他了解君达，便私下买通公差，放走文秀。文秀以卖唱为生，逃到新州。新州有个名叫黄国老的狱吏，膝下有一女黄兰英，她听了文秀的冤屈后，不仅同情他，还与他私订终身。事情为黄国老发现，两人便由新州逃到海城。在海城无意中住进了陈连亲信张堂的家里。张堂垂涎兰英美貌，用计将文秀灌醉，将杀死的丫头移到他床上，告他因奸不遂，杀人灭口，使文秀被捕入狱。接着张堂便威逼兰英，兰英悬梁自尽，被邻居杨妈救活，收为义女。文秀被判死刑，刑前，他把自己的冤屈编成一支马骨胡曲，在狱中自拉自唱，感动了从新州调到海城的一个狱吏——黄兰英的父亲黄国老。黄国老让身患痼疾的儿子替代文秀赴刑，将文秀收养于家中读书，为其改名为黄龙。不久，公差放走钦犯事发，陈连到海城调验人头。黄国老怕计谋败露，想将文秀溺死，后文秀被黄夫人救出，上京赶考，考官正好是文秀父亲的好友李明透。何文秀取得"皇榜第一"，奉旨出任海城巡抚。在海城，他暗中寻访到兰英，鼓励她向新任巡抚鸣冤。张堂随之被捕，供认了全部罪行。何文秀正拟申报朝廷，将张堂正法，恰巧黄国老偷梁换柱的事传到京城，奸相陈连下令文秀捉拿犯人。文秀乘机将有关罪犯押赴京师，利用嘉靖皇帝爱听戏的特点，将他父亲的冤屈编成故事，当着皇帝和满朝文武的面，自拉自唱，皇帝听了非常感动，当场追查祸首，将陈连处死，命何文秀承袭父职，黄国老亦受褒奖，合家团聚。改编后的故事巧妙地将原有的民族隔阂加入了忠奸斗争的性质，又宣传了民族团结友好的思想，并形象地反映了人民要求消除民族隔阂的强烈愿望。

广西各民族在牵涉到个人或小群体利益的问题上讲究民族团结，在影响到外省外地以至国家利益的问题上更注意各民族的团结。壮族瓦氏夫人领兵帮助东南沿海人民抗倭的业绩最能体现这点。

瓦氏夫人生活于明嘉靖年间，本是田州（今广西田阳县）土司岑猛的妻子。先是丈夫岑猛被指控为叛乱而被杀，接着儿子也被杀，孙子又战死疆场，本是家仇族恨集于一身，然而正在这时，东南沿海遭倭寇侵袭，十分危急。朝廷调她出兵抗倭。她以国家民族大局为重，毅然放下自身利益，亲率狼兵赶赴前线杀敌。

瓦氏夫人领兵到达江浙前线后，与当地官兵及各族人民一起团结抗敌，打了许多胜仗，保卫了我国东南沿海的安全，得到了朝廷的嘉奖和当地群众的赞扬。

第二节　广西民间文学体现的美学意境

民间文学的作者们都是富有创造性的劳动人民，他们热爱生活，能把自己对生活的审美感受用各种美的形式表现出来。广西民间文学所表现的美学意境大致有以下几个方面。

一、乡土美

广西民间文学写的自然是广西当地和当地民族的人和事，这就注定了它离不开乡土的美。

第一，反映人文景观之美。劳动人民在长期的实践中，创造了许多对社会有用的东西，包括人文景观，体现了劳动者的高度创造力，代表着当地的景物特色，如写侗族民间文学，往往离不开鼓楼和风雨桥。侗族故事《风雨桥的传说》讲述的是在一个小山寨里住着一对恩爱的夫妻，男的叫布卡，女的叫蓓冠。一天早晨，河水突然猛涨，布卡夫妇急着去西山做工，便往寨前大河的小木桥走去。刚到桥中心，妻子便被螃蟹精卷进了河底岩洞，螃蟹精要逼她为妻。布卡几次潜水寻找，都不见妻子的踪影。一条花龙知道后，便使出法力将螃蟹精镇住，救出蓓冠。消息很快传遍了侗乡，大家把原先靠近水面的小木桥改建成了高架长廊式的大木桥，还在大桥的四条中柱上刻上花龙图案，祈望花龙长留。大木桥建成后，大家吹笙、跳舞、举行庆典。花龙也化成彩云飘来，盘绕在廊亭上，久久不去。因此，此桥也被称为回龙桥，有的地方也叫花桥，又因桥上能遮蔽风雨，所以又叫风雨桥。它从功利性出发，把人文景观同自然景观融为一体，呈现一种和谐的美。

第二，反映自然景观之美。广西是个山清水秀的地方，桂林山水秀甲天下，许多民间文学都少不了奇山、秀水、怪石、奇洞。在《桂林传说故事》这本故事集中，除了直接描写那些美丽的山山水水外，更多地是把美丽的传说与美丽的山水结合起来。此外，壮乡、苗岭、侗寨、瑶乡、壮村等富有地方民间特色的事物在广西民间文学中也是经常可以找到的。那遍是林木的苗山，通幽的山路，清澈的山泉，层叠有序的侗居，木、石、土、瓦构建的壮村，还有拟人状物的众多奇峰石景等，为读者增添了许多美的感受，从而使读者更爱自己的乡土和国家。

第三，反映广西物产之美。地处亚热带的广西有许多土特产品，如沙田柚、罗汉果、菠萝、龙眼、荔枝、杧果、田七、合浦南珠等。这些土特产品有些直接在民间文学中出现，有些民众就据其特点演化出一个美丽的传说，有些所演化的传说甚至融进了当地民族的历史和社会生活，从中也可以看出这些土特产品在人们心目中的分量，如《珠还合浦》就给人们讲述了一个意味深长的有关合浦南珠的优美传说。南珠是世界上最有名的珍珠之一，它的产地就在广西合浦。相传明朝万历年间，合浦白龙海边有一个白龙村，村民世代以采珠为生。村里有一个采珠青年叫海生，他的父亲因采珠而死于海啸恶浪。而他从小练得好水性，潜入海底可以待上几个时辰，躺在水面也能飘浮一天一夜，他成了附近的"采珠王"。有一次，他采到一只大珠蚌，得了一颗拇指大的珍珠。一到晚上，这颗大珍珠就发光，把周围照得像白天一样。海生将这颗夜光珠挂在龙眼树上，珠民就在珠光下补渔网、修渔具、做各种活计。就是天阴下雨的黑夜，海上珠民也可以凭着夜光珠判定方位，回到白龙村，所以村里的人都爱护它。后来，皇帝建新宫殿，要用闻名天下的合浦南珠来装饰，便命令太监赵兰领了三千兵马南下合浦收集珍珠。珠民被逼下海采珠，不是淹死海底，就是由于采的珠不够上交而惨死在他的屠刀下，几天内就死了珠民五百多人。后来，赵太监听说海生家有颗夜光珠，便强行要去，并剜开自己大腿的皮肉将夜光珠放进去，以便万无一失地交给皇上。哪想到了广东与江西交界的梅岭时，一瞬间，风云突变，电闪雷鸣，霹雳一声，把他打得人仰马翻，那颗宝珠竟冲开他的皮肉，飞回合浦海中。等赵太监再领兵追回合浦，发现珠民已逃走一空，赵兰无法回京复命，只好吞金自杀，三千兵马也各自逃亡。后来合浦海面晚上依旧珠光闪闪，逃难的珠民也全部回来采珠捕鱼。夜光珠的真身——珍珠公主爱慕海生的正直、善良、勇敢，变成一个美丽的姑娘来到人间，与海生结为一对恩爱夫妻，过着自由幸福的生活。

这个故事不但反映了广西的物产美，而且分别对美丑进行了褒贬，其主题就更加积极了。类似这样的传说还有很多，如壮族的《田七的故事》等。

二、民风美

广西各民族都各有自己的风俗习惯，形成了丰富多彩的民风，这些民风会很自然地成为民间文学创作的题材。例如，仫佬族的"依饭节"本来是为了纪念为仫佬人射杀狮子、野牛使大家能平安耕作、获得丰收的罗义、罗英父女而发展起来的歌舞和祭奠活动，后来就被创作成故事《依饭节的传说》，借以教育后人不忘为大家带来幸福的先辈；又如，瑶族"砍牛祭丧"这个习俗，据说远古时代，为了改变父母亲死了要分食其肉的陋习而产生，后来就被改编为《砍牛与岩葬的传说》，借以教育后人要不忘父母养育之恩，更使人们脱离野蛮，走向文明，意义十分深远。还有壮族故事《五色糯米饭的来历》反映的民风就更美，品格也更高了。故事说的是古时宜州地方有个叫韦达桂的人在朝中当宰相，他非常关心民间疾苦，把自己的俸禄拿一半回乡济贫救饥，不仅让官府免去了壮乡的公粮，还想办法让皇帝停止了用人皮营造宫殿的计划。皇帝知道了是韦达桂从中阻挠，便降罪发兵来捉拿他。乡亲们闻信就把他藏在山上的枫树林里。兵丁搜了七天七夜不见踪影，便在三月初三那天放火烧了山。后来，乡亲们才在一棵枫树洞里找到达桂的尸体，只好把他埋在那棵大枫树旁。不想坟上长出一棵枫树和一棵黄栀子树，还有一丛丛红蓝草。第二年三月初三这一天，人们以达桂生前喜欢饮食的米酒、糯米饭来祭他。突然狂风大作，大雨倾盆而下，顿时一片片枫树叶、一根根红蓝草、一颗颗黄栀子落在碗碟上，糯米饭一下变成了红、黄、蓝、紫、白五种颜色。从此，每年三月初三，村村寨寨都搭起布棚，摆上五色糯米饭等祭品供祭达桂亡灵，还唱起纪念他的歌。以后相沿成习，便成了三月三歌节。这个介绍歌节来历的传说不但反映了纯朴的壮族民风，而且可以从中看出人们的高尚情操。因为它反映了人们的意愿，所以至今长盛不衰。

三、理想美

长期生活在苦难岁月里的广西各族，特别是少数民族群众总想改变自己的生活状态，对未来有一种美好的理想和追求，反映在作品中便是一种理想美，如壮族长歌《八姑》对一个宝葫芦进行描写，寄托了人们的美好理想。

特高含笑来安慰，
叫声妹妹莫担心。
怀里取出宝葫芦，
叫出房屋间间新。
楼阁亭台多好看，
好像宫殿亮晶晶。
叫出锅灶和米面，

柴米油盐山海珍。

叫出农具样样有，

犁耙耕牛数不清。

叫出织锦织布机，

针织工具美又精。

八姑越看越欢喜，

糖水加蜜甜透心。

在当时的社会现实里，八姑这样的农家女子是很难见到这些东西的，特高的宝葫芦也不过是一种虚幻之物，但却反映了人们的愿望和理想。人们除了对个人的生存环境存在着美好的理想，对所在部族的生存环境也存在着美好的理想。比如，瑶族故事《千家峒的传说》中的千家峒是个富饶美丽的地方，那里山峦重叠，森林茂密，佳果累累，流水潺潺，峒中有块大田，土质肥沃，一千户人家共同耕耘，共同收获，田里长的谷粒有指头般大，大家的生活很富足。有一年，粮官来到千家峒，瑶家好客，轮流宴请粮官。粮官久不向官府回话，官府以为他被害了，便派兵马前来攻打，千家峒一时变成血火之地，侥幸而活下来的十二姓瑶人也被迫逃散。走前，他们祭了盘王庙，把牛角锯成十二节，每姓拿一节，起誓以后十二节牛角凑齐的时候，瑶民就有重返千家峒的日子。这就是他们的理想，他们的奔头。

当然，各族男女青年对自己的未来，包括恋爱、婚姻、家庭、生活，都怀着强烈的理想，他们要求自由、自主，这也相当多地反映在了各种民间文学中，就不一一列举了。

第三节　广西民间文学体现的哲学思想

广西的各个民族丰富多彩的生活中处处充满着哲学思想，广西民间文学就是来自民间生活，当然也反映了一些哲学思想，尽管作者创作时并非一定要反映某一种哲学思想。因此，各种民间文学所反映的哲学思想是自然的、客观的。主要表现在以下几个方面。

一、原始的唯物观

天地是怎样形成的？宇宙万物为什么会成为这个样子？这一点在广西比较古老的民间文学作品中都有所体现。瑶族先民认为天地一切都是由一种"物"演变而成的，而这种"物"在作品中就是风。这在《密洛陀》中是这样表述的：

暖风吹过一百二十道岭，热气流过一百二十座山。暖风吹动不浪费，热气升腾有因缘。暖风吹动铸造元些，热气升腾凝造雅些。风要造化洛陀得有个地方，气要化成洛西得有个家园。元些是母亲降生的温床，雅些是亲娘出世的摇篮。

密的温床有了，密的摇篮有了，密的家园有了。暖风又吹动来造化洛陀，热气又飘来孕育洛西。不知多少个百年啊，不觉多少个千载啊！洛陀才从风里诞生，洛西才在气中出世。没有风吹拂，洛陀难以成人；没有气孕育，洛西不能成长。

在混沌的宇宙中，风和气流创造了瑶族女神密洛陀。密洛陀又造了天和地，但她发现天地不牢，又找风和气流帮忙，铸成12根顶天柱支撑，天地才稳定下来。但那时宇宙昏暗无光，密洛陀再找风和气流帮忙，创造了太阳和月亮。她看太阳和月亮在空中太寂寞，又造了云彩陪太阳，造了星星陪月亮……

在这里，瑶族先民把天地万物的形成解释为自然界物质运动的发展过程。也就是说，这些物质本身不断地运动、发展、变化就形成了天地万物。这就是一种原始的唯物观。

在壮族《兄妹结婚》、汉族《伏羲兄妹造人》、仫佬族《伏羲兄妹的传说》等几个有关洪水神话的故事中，可以看到洪水、石磨、火烟、竹子、葫芦、乌龟、冬瓜、肉团等一些代表物质的东西。可见，人类的再生无论是从冬瓜里走出来的，还是将肉团切成一块块抛撒而变人的，都离不开自然物质环境。这种把人类起源于自然物质、归因于自然物质的观点都是原始的唯物观。

二、朴素的认识论

随着万物有灵信仰的发展，各民族先民的图腾崇拜开始形成。反映在民间文学作品中就是壮族的"青蛙"图腾，瑶族的"龙犬"图腾，苗族的"枫树"图腾，以及侗族等百越先民的"鸟"图腾等。"图腾"是人们在认识水平比较低下的时代，对某种事物虽有初步认识，但又不能真正认识时的一种反应。

壮族对青蛙的崇拜就是人们在社会实践中的一种认识。青蛙在南方亚热带地区是常见之物。每年，它总是伴随着明媚的春光和滋润万物的春雨而来，给人们带来丰收的预兆。因人们对它有着一种特殊的感情，以农耕为主的壮族更是将这种益虫奉为神明，不仅祭拜它，还用各种形式表现它。

瑶族故事《密洛陀》所反映的认识论也是逐步深化的。密洛陀在造江河湖泊、森林树木、田园庄稼的时候，意识到只有造人，这个世界才会充满生机。开始，她用泥土来造人，可造出的是水缸；她拿米饭来造人，却造成了酒；她又拿芭茅叶来造人，又变成了蝗虫；再拿南瓜、红薯来造人，结果造成了猴子。几经失败之后，她觉得造人必须选个好地方。于是派出老鹰去寻找，经过十几年，终于找到了个好地方。那地方气候温暖如春，花开遍地，密洛陀非常满意。她到了那里，把一棵有蜜蜂做窝的树砍了下来，连树带蜂窝一起熬炼。白天炼三次，晚上炼三次，然后装进箱子里造人。经过九个月，密洛陀听见箱子里的哭声，急忙打开箱子一看，见都成了人，便抱出来，喂奶水养大。后来他们就分别到各个山头去建村立寨，开山种地，过着男耕女织的生活。

密洛陀造人的过程，并不是一帆风顺的，而是经历过挫折和失败，最后才成功。这个故事虽然没有系统地论述从实践到认识，再从认识到实践的整个认识论的过程，但却始终蕴含着这样一种观点——人的认识来源于实践，只有在实践（有时是反复的实践）基础上的认识才是正确的，才能达到预期的目的。瑶族故事《密洛陀》正体现了这种认识。随着生产力的发展，人类对大自然的认识也不再像以前那样朦胧，他们在对周围世界进行探索的过程中逐渐有了新认识，逐步感受到了自身的巨大作用。各民族的射日神话就说明了这个问题，它表现了人类征服自然的强烈愿望，有人定胜天的思想，当然这是一种不自觉的思想意识，但却表明了人类在大自然面前已不再是驯服的奴隶，而是敢于起来同大自然抗争，并战而胜之。这就是通过实践不断加深认识，进而发挥主观能动作用的表现，是巨大的进步。

三、矛盾的普遍性

每个民族包括广西各民族在自己的发展过程中，和周围的一切总有着各种各样的关系，发生着各种各样的矛盾。这种矛盾的普遍性必然会反映到广西民间文学作品中。

第一是人和自然的矛盾。人类一旦诞生，便在大自然的怀抱里生存，于是人和自然就会有矛盾，恶劣的自然环境与人类的生存之间就存在不少矛盾，如《侯野射太阳》就反映了这种矛盾。这个故事说的是从前天地离得很近，地上的人春米时碓头就会撞到天，天被撞得摇摇晃晃，住在天上的雷公便要对人报复，它要太阳烧得火旺，把地上的人晒得又烫又辣，把一个舂米妇女背着的娃仔都晒死了，妇女气得大骂老天，她的丈夫就拿了根竹篙去戳天上的太阳，太阳只好往高处退去，天也随着退高退远。这样太阳便变得暖和，不再烫人了。但是旧矛盾解决了，新矛盾又产生了。人们生活好转了，又懒下来，连屙尿也不扫，这样尿越来越多，臭气熏天。雷公一天到晚闻着臭气，十分恼火，便造了十一个太阳，加原来的一个，共十二个太阳，把地上的水都晒干了，树木、作物都晒死了，白天人们只好躲到岩洞里，等晚上太阳下山了，才出来找东西吃。后来逐渐找不到吃的东西了，生活苦到了极点。这个新矛盾怎么解决呢？后来出了个侯野，射下十一个太阳，留下一个太阳照大地，人们才恢复原来的生活，矛盾才得以解决。

第二是人与人之间的矛盾。人与人在社会交往中不可能不产生矛盾，特别是在阶级社会中，大量的不平会带来大量的矛盾，其中最明显的是剥削者与被剥削者的矛盾，如毛南族的《毛人传奇》说的就是这种矛盾。一次，财主的儿子和几个富家的孩子抢了穷孩子的金鲤鱼，还追打穷孩子，毛人见义勇为，击退了富家子弟，要回了金鲤鱼，并征得穷孩子同意，把金鲤鱼放回了河里。这一下惹怒了财主，他派家丁去抓毛人。家丁见毛人力气大，吓得回头就跑。财主不死心，一个阴谋又一个阴谋加害于毛人。当然，人与人的矛盾还包括统治阶级与被统治阶级之间的矛盾，仅本书上文所举的事例就有平民与土司之间、群众与官府之间、百姓与皇帝之间的矛盾，都各有民间文学作品予以介绍。

然而，一旦大敌当前，国家和民族遇到危难之时，人和人之间的矛盾以及其他各种各样的矛盾便会让位于国家民族的矛盾，即侵略者与反侵略者的矛盾就会上升为主要矛盾。京族的《悬崖飞兵》便反映了这个矛盾。它叙述了杜光辉率领由京汉人民组成的义军坚决打击法国侵略者的故事。开始，义军是被动的，被法国侵略军逼得退到石山顶上，而且只剩下几把糯米。义军将糯米煮成饭，粘在鼓皮上，便趁黑夜摸下悬崖，突出重围。第二天一早，法国兵只听得山上鼓响，闹不清中国人在干什么，其实是乌鸦在吃鼓上的糯米饭。到傍晚，糯米饭快被吃完，鼓声零星几下便没了。敌人笑中国人饿软了，连打鼓的力气都没了。可就在这时，突出重围的义军从敌人的后路包抄过来，打了敌人一个措手不及，法国侵略军终于败退了。这故事在反映敌我矛盾的同时，表现了我国义军驱敌报国的机智勇敢精神，令人敬佩。

毋庸讳言，人与人之间的矛盾更多地表现为内部矛盾，特别是一些日常生活上的纠葛。这样的情况少不了也为民间文学所反映。毛南族的故事《多嘴公》就写了一个爱管事的老头，由于他平常多嘴，儿子、媳妇都讨厌他。但他还是照样多嘴，如经常关照媳妇要关好鸡鸭，防止野兽叼走。一个晚上，狐狸真的来偷鸡了。媳妇怪他听到鸡被咬得吱咯叫还不喊一声。他却说："你们不是嫌我多嘴吗？"这里把家庭内部矛盾写得活灵活现。

有了矛盾，该怎么处理？从广西民间文学作品来看，对立矛盾和非对立矛盾有两种不同的处理方法。对立矛盾处理方法多是斗争制胜法或精神胜利法，对大自然带来的不可抗拒的苦难，人们往往首先运用自己的力量，不然就借助鬼神之类的超自然力量，也包括龙、雷、虎、风以及其他某些已经神化了的动植物等，如在古时，天上、地上、地下三界争得不可开交时，壮族祖先布洛陀便叫人把天扯到三十三根南竹顶不到那么高，把地加到三十三座石山那么厚，从此，三界的人讲话互相听不见，吵架的事也就不再发生了。对付对立矛盾中的统治者，甚至皇帝（主要指暴君、昏君之类），人们总是奋起抗争，如果不能全胜，也要弄得他没有好下场，如壮族的《渔夫和皇帝》说的是一个在洪水中救了一窝蚂蚁、一窝喜鹊、三只猴子和一个皇帝的渔夫，他不忍心让小生灵被水淹死，拒不服从皇帝要他把小动物赶走的命令。洪水退后，皇帝发现他的金印不见了，便贴出布告。渔夫照梦中所见赶到京城，找到金印献给皇帝。皇帝想起他曾经违抗自己的命令，便说金印是他偷的，把他关起来。蚂蚁、喜鹊和猴子天天送食物给渔夫吃。一个月后，皇帝听说渔夫还没有死，忙问原因，渔夫说是海龙王给他配了三个"仙肚"。皇帝要渔夫带他去海龙王那里求取仙肚，结果皇帝被海水淹死了。

如果人们面对的是比自己强大得多的统治者、压迫者，虽然斗争是失败的，但在民间文学作品中对这种失败的斗争的表现也没有给人悲哀的感觉，相反会让人从中得到启迪和鼓励。在壮族神话《布伯与雷王》这一作品中，壮族的布伯与雷王进行斗争时，雷王因为权大势大号令大，对洪水有极大的控制权。有一次，他专门放洪水淹下界，布伯为了救百姓，用麦秆当船迎着雷王出击，雷王急忙收水，布伯没有防备他这一招，"麦秆船"撞到石头上，自己摔死了。布伯人死魂不死，他的心变成了启明星，永远照着人间。这无疑是一种精神胜利法，使人们得到了精神上的慰藉。同样，像前面提到的《莫一大王》《梁山伯与祝英台》等，也用了相似的手法：莫一大王死后化为异物报仇、梁祝化蝶双飞都是精神胜利法的表现。

非对立矛盾的处理一般寄托于公理判定或进行调解等。例如，壮族故事《分猫》，它叙述的是这样一件罕见之事：一家四兄弟只有一只猫来分，他们将猫的四腿当成四部分，一人一腿，接着轮流养。大哥养的时候，猫腿受了伤，但伤的腿是老四的，大哥连理都不理。后来在邻居的劝说下，叫来老四，才把那条腿包扎上药。谁知当天晚上，猫跳过火灶，包猫脚的纱被火烧着，结果把邻家的屋子也烧了。在衙门里，大哥说这是老四负责的那条腿引起的火灾，不关他们三个哥哥的事，要老四负责赔偿。后来，通过寨佬的说理说情，讲团结友爱、讲互谅互帮是人间最起码的道德，不能什么事情都斤斤计较。最后，损失由三个哥哥共同赔偿，矛盾终于得到了圆满的解决。

广西民间文学作品展示这些矛盾的目的是褒劳动，贬懒惰；褒正直，贬奸诈；褒善良，贬邪恶。因此，广西民间文学广受各族群众的喜爱，也得到了文学工作者的收集、整理、再创作，从而得到了更好的发展。

本章小结

广西民间文学是广西各民族社会生活、社会习俗的反映，人们的审美情趣、文化心态、哲学思想在其民间文学作品中都有充分体现。广西民间文学以其鲜明的地方特色和民族色彩，在中国文学史上占据着重要地位。在漫长的历史岁月中，广西各族人民所创造的丰富多彩的民间文学以其独特的内容和形式，反映广西特定的历史和社会生活，表现广西各族人民的理想和愿望、疾苦和欢乐，展示广西各族人民的审美感受、道德观念和风俗习惯，不但对文学艺术本身有珍贵的价值，而且对研究各民族的政治、经济、语言、哲学等都有特殊的价值。

参考文献

[1] 广西壮族自治区民间文学研究会 . 广西民间文学 (参考资料) 第五期 [M]. 南宁：
南宁广西壮族自治区民间文学研究会，1964.

[2] 广西壮族自治区民间文学研究会 . 广西民间文学（参考资料）第六期 [M]. 南宁：
南宁广西壮族自治区民间文学研究会，1965.

[3] 中国民间文艺家协会广西分会 . 广西民间文学信息（总第 23 期）[M]. 南宁：南
宁中国民间文艺家协会广西分会，1991.

[4] 广西民间文学研究会 . 广西作家与民间文学 [M]. 南宁：南宁广西民间文学研究会，
1985.

[5] 蓝鸿恩 . 广西民间文学三十年 [J]. 民族文学研究，1988（5）：69–72.

[6] 过伟 . 广西民间文学研究之窗 [J]. 民间文学论坛，1986（2）：42–51.

[7] 蓝鸿恩 . 十五年来的广西民间文学工作 [J]. 民间文学，1964（5）：57–64.

[8] 过伟 . 广西民间文学事业 20 世纪的发展轨迹 [J]. 贺州学院学报，2007，23（1）：
30–38.

[9] 刘亲荣 . 广西少数民族民间文学中的生态文化内涵探究 [J]. 兰州职业技术学院
学报，2021，37（1）：10–13.

[10] 李萍 . 民间口承文学视域下广西抗战文化研究的新思考 [J]. 创新，2020，14（2）：
90–99.

[11] 邓琴 . 探赜广西大瑶山民间口传文学中的儿童文化特征 [J]. 文化学刊，2019（3）：
25–28.

[12] 刘丽琼 . 民族民间文学对广西文学创作的影响 [J]. 桂林师范高等专科学校学报，
2015，29（4）：98–101.

[13] 莫明星，李兴 . 旅游文化语境下的广西京族民间文学 [J]. 安徽文学（下半月），
2014（5）：155–156.

[14] 陈曼平.广西服饰文化：民间文学的沃土（一）[J].广西地方志，2007（1）：57-61.

[15] 陈曼平.广西服饰文化：民间文学的沃土（二）[J].广西地方志，2007（2）：51-57.

[16] 蓝克宽.广西仡佬族民间文学一瞥 [J].广西大学学报（哲学社会科学版），1984（1）：90-95.

[17] 广西僮族文学史编辑室.广西僮族民间文学概况 [J].民间文学，1960（11）：44.

[18] 过伟.广西民俗民间文学采录研究之历史与发展 [J].广西梧州师范高等专科学校学报，1999，15（2）：5-8.

[19] 过伟.广西山歌初探：民族民间文学散论之二 [J].南宁师院学报（哲学社会科学版），1982（3）：45-136.

[20] 王迅，莫西宁.广西仡佬族文学本体性探究 [J].贺州学院学报，2020，36（1）：35-39.

[21] 欧造杰.壮族民间文学的审美特征及其意义 [J].河池学院学报，2020，40（5）：1-6.

[22] 龙晓添.多样的风土，共享的时序：广西二十四节气文化 [J].民间文化论坛，2017（1）：13-20.

[23] 李志艳.民间文学的文学地理学批评转型：以壮族民间文学为例 [J].云南社会科学，2020（2）：171-176.

[24] 刘亲荣.非遗保护视野下广西民族传统口头文学的当代价值及传承 [J].南宁职业技术学院学报，2019，24（1）：97-102.

[25] 刘绍卫.重新发现广西文学 [J].南宁师范高等专科学校学报，2008，25（1）：11-13.

[26] 董灵.广西戏曲资源考辨 [J].戏剧文学，2008（9）：68-70.

[27] 陈凤凤，陈炜.论广西戏曲类非物质文化遗产桂剧保护性旅游开发 [J].沧桑，2009（3）：38-39.

[28] 陈勤建.非文学的民间文学 [J].苏州教育学院学报，2021，38（2）：2-6.

[29] 刘馨芮.浅谈民间文学的哲学价值 [J].文学少年，2021（10）：57.

[30] 董晓萍.民间文学理论的"骨架"[J].读书，2019（2）：116-119.

[31] 李霖婕，吴静．民间文学的特点和价值 [J]．消费导刊，2019（43）：105.

[32] 马玉涛．民间文学的文化价值 [J]．文化创新比较研究，2019，3（21）：74-75.

[33] 闫晓毅．浅论民间文学的收集与开发 [J]．文艺生活（下旬刊），2020（30）：6.

[34] 王杰文．本土语文学与民间文学 [J]．民族艺术，2019（6）：21-28.

[35] 李林怡．民间文学当代传承特征 [J]．科研，2019（4）：4-5.

[36] 高志明．民间文学当代传承的特征 [J]．大理大学学报，2019，4（1）：53-58.

[37] 欧造杰．壮族民间文学的审美特征及其意义 [J]．河池学院学报，2020，40（5）：1-6.

[38] 卢柳媚．论壮族民间文学中的生态意识 [J]．文存阅刊，2018（20）：160.

[39] 李丞．壮族民间文学文化的闪光点 [J]．参花（上），2017（7）：106-107.

[40] 钟红艳．壮族民间文学中的传统管理意识研究 [J]．桂林师范高等专科学校学报，2018，32（1）：98-101.

[41] 韦柳云．浅析壮族民间文学中的壮民族性格特征 [J]．三月三（壮），2017（6）：123-127.

[42] 金乾伟．生命本位与壮族民间文学生态审美意蕴 [J]．景德镇学院学报，2015，30（5）：56-61.

[43] 郭辉．壮族民间文学的文化功能初探 [J]．广西社会科学，1988（3）：159-168.

[44] 谢莉．壮族民间文学对舞蹈创作发展的影响 [J]．作家，2014（20）：170-171.

[45] 韦伯夷．壮族民间文学札记（三则）[J]．广西师范学院学报（哲学社会科学版），1986（4）：85-90.

[46] 卢柳媚．论壮族民间文学中的生态意识 [J]．文存阅刊，2018（20）：160.

[47] 罗传清．论壮族民间文学中的英雄崇拜 [J]．黑龙江史志，2008（10）：67-68.

[48] 潘春见．首子信仰与壮族民间文学的原型分析 [J]．广西民族研究，2000（4）：50-55.

[49] 韦其麟．谈谈人跟自然斗争的故事：壮族民间文学札记 [J]．学术论坛，1987（5）：35-38，85.

[50] 李富强．壮族民间文学艺术中的农耕文化特点 [J]．广西民族研究，1996（1）：73-81.

[51] 韦其麟．壮族民间文学的拓荒者：怀念侬易天 [J]．南方文坛，2011（4）：100-103.

[52] 黄桂秋．试论壮族民间文学中的妇女形象 [J]．广西民间文学丛刊，1983（9）：215.

[53] 潘其旭 . 歌圩：壮族民间文学的自然载体 [J]. 民族文学研究，1988（5）：73-78.

[54] 周国平 . 论壮族民间文学复活及生命转换情节的文化内涵 [J]. 广西民族大学学报（哲学社会科学版），1999，21（3）：52-57.

[55] 莫敏武，陆葵 . 壮族民间文学之瑰宝：壮族谚语对联 [J]. 对联 . 民间对联故事，1996（3）：10.

[56] 黄凌志 . 壮族女神：原始崇拜与民俗文化的历史积淀：壮族民间文学女性形象的文化意蕴探究系列之一 [J]. 广西右江民族师专学报，1996（1）：37-44.

[57] 雷文彪 . 广西金秀瑶族"梁祝"故事传播变异表征的成因探析 [J]. 广西科技师范学院学报，2019，34（4）：14-17.

[58] 吴正彪，王贞俨 . 瑶族民间文学类非物质文化遗产的学术研究价值 [J]. 广西民族师范学院学报，2020，37（3）：20-24.

[59] 王宪昭 . 广西瑶族盘瓠神话田野调查引发的思考 [J]. 广西民族师范学院学报，2017，34（5）：1-5.

[60] 何颖 . 历史视野下的瑶族民间文学 [J]. 广西大学学报（哲学社会科学版），2000（5）：83-87.

[61] 韦英思 . 广西瑶族神话《密洛陀》的思想价值 [J]. 民族论坛，1989（2）：56-59.

[62] 彭曦芷 . 浅议侗族古歌中生命意识的体现 [J]. 明日风尚，2019（19）：167-169.

[63] 杨思民 . 丰富多彩的侗族民间文学 [J]. 贵州民族研究，1984（2）：168-173.

[64] 张人位 . 侗族文人文学浅谈 [J]. 贵州民族研究，1985（4）：82-88.

[65] 龚树排 . 侗族民间文学中的空间观与生活空间的建构 [J]. 柳州师专学报，2008（3）：7-10.

[66] 陈丽琴 . 侗族民间戏剧审美论析 [J]. 中国戏剧，2009（1）：55-57.

[67] 原子 . 从美丽传说至瑶汉浓情 [J]. 三月三（汉文版），2019（4）：48-51.

[68] 覃志峰 . 演绎与重塑：雨花石的传说 [J]. 文学教育（中），2017（35）：80-81.

[69] 吕妍，肖怡芊 . 浅析广西大明山传说的艺术特征 [J]. 商，2015（7）：125-126.

[70] 陈金文，张兰芝 . 广西德保县李将公传说研究 [J]. 广西民族师范学院学报，2015（4）：4-6.

[71] 吕妍，肖怡芊 . 广西大明山人物传说研究 [J]. 牡丹，2015（6）：68-71.

[72] 杨燕飞 . 从民间传说探寻壮族三月三源流 [J]. 广西民族师范学院学报，2020，

37（2）：23–28.

[73] 阳崇波 . 仫佬族民间故事的特征 [J]. 河池学院学报，2015（6）：41–46.

[74] 何丽蓬 . 壮泰 "屎壳郎" 民间故事比较探析 [J]. 青年文学家，2017（18）：72–73.

[75] 黄振中 . 红水河流域的民间故事与壮民族心理生成探析 [J]. 文学教育（上），2019（22）：144–145.

[76] 欧冬春，何湘桂，邓芸芸 . 壮族瓦氏夫人民间故事的文本变迁及内涵演变 [J]. 牡丹，2020（8）：69–71.

[77] 徐嘉穗 . 浅析广西壮族民间故事《娅阎外婆》在异质文化环境中的发展与传播 [J]. 大众文艺，2018（8）：39–40.

[78] 马娜英 . 壮族民间故事中的巧女形象探微 [J]. 广西科技师范学院学报，2018，33（1）：51–54.

[79] 李沛 . 广西少数民族创世神话的概念隐喻认知分析：以《中国民间故事集成·广西卷》为例 [J]. 长江丛刊，2017（24）：61–62.

[80] 陈丽琴，熊斯霞 . 论京族民间故事的特征 [J]. 钦州学院学报，2012，27（6）：6–10.

[81] 刘建华 . 民间故事中 "人化异类" 型故事的深层文化意涵 [J]. 广西师范大学学报（哲学社会科学版），2016，52（2）：136–141.

[82] 刘亲荣 . 壮族崇蛙文化中的 "那" 文化生态意蕴 [J]. 文化学刊，2021，123（1）：17–19.

[83] 刘亲荣 . "非遗后" 时代背景下民间文学传承的困境与保护对策 [J]. 今古文创，2021，56（8）：70–71.